MEU LUGAR AO SOL

LEAH JOHNSON

MEU LUGAR AO SOL

Tradução
Thaís Britto

Copyright © 2021 by Leah Johnson
Copyright da tradução © 2022 by Editora Globo S.A.

Publicado mediante acordo com Scholastic Inc., 557 Broadway, New York, NY 10012, USA.

Os direitos de publicação foram negociados por meio da Ute Körner Literary Agent SLU – www.uklitag.com

Todos os direitos reservados. Nenhuma parte desta edição pode ser utilizada ou reproduzida — em qualquer meio ou forma, seja mecânico ou eletrônico, fotocópia, gravação etc. — nem apropriada ou estocada em sistema de banco de dados sem a expressa autorização da editora.

Título original: *Rise to the Sun*

Editora responsável **Paula Drummond**
Assistente editorial **Agatha Machado**
Preparação de texto **Helena Mayrink**
Diagramação **Renata Vidal**
Projeto gráfico original **Laboratório Secreto**
Revisão **Sol Coelho**
Design de capa original **Stephanie Yang**
Ilustração de capa **Alexis Franklin**
Adaptação de capa **Renata Vidal**
Ilustração adaptada nas pp.8, 132 e 212 **Freepik**

Texto fixado conforme as regras do Acordo Ortográfico da Língua Portuguesa (Decreto Legislativo nº 54, de 1995)

CIP-BRASIL. CATALOGAÇÃO NA PUBLICAÇÃO
SINDICATO NACIONAL DOS EDITORES DE LIVROS, RJ

J65m

    Johnson, Leah, 1993-
        Meu lugar ao sol / Leah Johnson ; tradução Thaís Britto. - 1. ed. - Rio de Janeiro : Globo Alt, 2022.
        304 p.
        Tradução de: Rise to the sun
        ISBN 978-65-88131-49-7
        1. Romance americana. I. Britto, Thaís. II. Título.
    22-76095   CDD: 813
                                                                                     CDU: 82-31(73)

Meri Gleice Rodrigues de Souza - Bibliotecária - CRB-7/6439
16/02/2022 22/02/2022

1ª edição, 2022

Direitos de edição em língua portuguesa para o Brasil
adquiridos por Editora Globo S.A.
R. Marquês de Pombal, 25
20.230-240 – Rio de Janeiro – RJ – Brasil
www.globolivros.com.br

Para as garotas negras que foram chamadas de exageradas e para aquelas que não acreditam ser o suficiente: vocês são a música mais linda do mundo.

MEU LUGAR AO SOL é um romance que celebra a alegria compartilhada dos shows e o entusiasmo feroz do primeiro amor. Para aproveitar por completo a experiência de leitura, que espero ser inspiradora e reconfortante, alguns leitores podem preferir saber de antemão que este livro inclui referências a perda dos pais, ataques de pânico, violência à mão armada e compartilhamento de imagens sem consentimento.

Com amor,
Leah

Festival de Música FARMLAND

SEXTA-FEIRA

"Este é nosso reino. Aqui, ninguém pode dizer que não somos os melhores."

— Pop Top no Festival Coachella, em abril de 2018.

OLIVIA

SEXTA-FEIRA DE MANHÃ

Minha melhor amiga sempre foi a primeira pessoa a quem recorro quando preciso dar um sacode na minha vida.

O rádio está no último volume dentro da SUV de Imani, e nós duas estamos com a cabeça jogada para trás, gritando a letra da música a plenos pulmões para o teto do carro. Não é exatamente o sacode pelo qual eu estava procurando quando fui atrás dela, três meses atrás, no início do verão — quando estava triste, frustrada e, *mais uma vez*, de coração partido —, mas é uma sensação boa. Do tipo que só é possível quando você está com sua melhor amiga, a caminho de seu primeiro festival de música, deixando para trás os escombros de um segundo ano do Ensino Médio desastroso.

É a sensação de possibilidade.

— Não estou dizendo que o amor não é real! Só estou dizendo que, estatisticamente, não tem como ter sido *amor de verdade* todas as vezes em que você disse estar apaixonada — grita ela, durante o solo estrondoso de bateria saindo das caixas de som.

Ela abre a boca para que eu lhe dê um Twizzler e se inclina na minha direção sem tirar os olhos da estrada, avançando devagar na fila de carros. Imani está usando um de seus muitos óculos de sol de grife, o único capricho fashion que ela se permite, mas posso ver a expectativa em suas sobrancelhas definidas levantadas por trás dele. Cumpro com minha função de copilota e ponho o doce em sua boca.

Ela mastiga e engole, depois balança a mão no ar para enfatizar seu argumento.

— Eu li um estudo sobre isso. Em geral, você precisa ter pelo menos dois relacionamentos longos, um relacionamento a distância, quatro ficadas de uma noite só e morar junto com uma pessoa antes mesmo de se apaixonar pela primeira vez. Você nem passou pelos requisitos básicos ainda. Levando em conta os dados, a probabilidade de algum dos seus relacionamentos ter sido amor de verdade é bem pequena.

Imani Garrett e suas probabilidades. Imani e seus *dados*. Às vezes seu cérebro trabalha demais e ela não consegue ver o que vejo — que o amor não é uma equação matemática. Encontrá-lo requer tentativa e erro, como todas as boas canções de amor sempre me ensinaram. E, no meu caso, requer mais tentativas do que consigo contar e mais erros do que deveria ser humanamente possível.

Está quente do lado de fora, dá para perceber pelo suor nas camisetas laranja com os dizeres VOLUNTÁRIO DO FARMLAND do pessoal que sinaliza para que sigamos em frente, mas, dentro do carro, o clima está perfeito. Há o zumbido do ar-condicionado, a batida do grave e Imani e eu, quicando de expectativa — o melhor tipo de nervosismo. O tipo que precede um fim de semana grandioso o suficiente para mudar alguma coisa, mudar *tudo*. E, apesar da insistência de Imani em usar uma matemática insuportável para tentar me convencer de que meu coração não anda fazendo hora extra, é exatamente disso que preciso no momento.

A vocalista da banda, Teela Conrad, solta um agudo brilhante, e, nesse momento, esqueço totalmente de todo o meu histórico romântico catastrófico e do meu mais recente fracasso.

Eu vivo para testemunhar momentos como este. Imani canta a letra junto a plenos pulmões enquanto tamborila os dedos no volante no ritmo da música, e quase consigo me convencer de que estamos na mesma sintonia. De que em algum lugar no fundo daquele cérebro brilhante e engenhoso há o mesmo tipo de inquietação que existe no meu. Mas esses momentos nunca duram muito. Porque no fim ela sempre desliga o rádio e volta a ser ela mesma.

Eu ainda estou procurando meu botão de desligar.

— E aí, Farmers! — cumprimenta uma das voluntárias ao pararmos no guichê de entrada. Ela sorri para mim, e abro meu maior sorriso em resposta. Já sei que essa é a minha galera. — Vocês parecem prontas pra se divertir!

— Sim, algumas de nós mais do que outras.

Imani aperta o pause na tela que está controlando a playlist do Spotify e, pronto, já está mal-humorada de novo. Como se eu não me lembrasse de que o Festival Farmland não é exatamente o seu conceito de diversão.

Ela estaciona o carro e nós saímos para os voluntários conferirem se há algo proibido nele: nada de animais, armas, drogas. Enquanto esperamos, meu minivestido larguinho começa a colar na pele graças à umidade do norte da Geórgia em agosto, mas continuo sorrindo. Nada vai me desanimar hoje, nem mesmo uma melhor amiga relutante e uma vida inteira de romances trágicos, nem um celular vibrando com as mensagens de uma mãe que acha que, no momento, estou no retiro da igreja de Imani que acabei inventando.

Não consigo nem me sentir culpada pela mentira ridícula — praticamente blasfêmia — que precisei contar a ela para vir. Obviamente não sou religiosa como minha mãe. A igreja dela é um santuário com bancos de madeira, ministros e um pratinho onde as pessoas depositam doações. A minha igreja é o calor humano de corpos juntos na multidão, a vibração do baixo pulsando sob nossos pés e um vocalista que prega a palavra da rebeldia, da revolução e do amor por meio de belas harmonias e uma progressão de acordes perfeita. Algumas pessoas encontram a salvação em prédios adornados com vitrais, outras, num show de punk rock em um porão.

— Essa foi uma péssima ideia, Liv — diz Imani, inclinando-se para apoiar o cotovelo no capô do carro, mas rapidamente desistindo ao se lembrar de como a superfície deve estar quente. É como se ela estivesse lendo minha mente. — Você devia estar se preocupando com tantas outras coisas neste fim de semana. Tipo, sei lá, talvez a audiência judicial? — Sua voz ganha aquele tom irritado, mas ainda afetuoso, que sempre aparece quando Imani entra no modo maternal. — Você está demorando uma vida pra decidir o que vai dizer. Não pode improvisar esse tipo de coisa.

Não consigo ver seus olhos através das lentes dos óculos escuros, mas sei que estão apertados. Não quero falar sobre a audiência. Não quero nem pensar nisso. Eu me recuso.

— Não vamos falar sobre isso. — Minha voz sai mais rápida e mais ríspida do que eu queria. Tento logo aliviar o clima. — Devíamos falar sobre o fato de a minha melhor amiga ser literalmente um gênio que ganhou de bandeja uma vaga antecipada na Universidade de Chicago!

Pode até ser uma tentativa de desviar a atenção de mim, mas quero mesmo falar sobre isso. Imani passou o verão inteiro trabalhando em um projeto de pesquisa na Universidade de Chicago e já está com a vaga praticamente garantida para o próximo outono. Ela é brilhante e linda, com sua pele negra e sua autoconfiança. É o pacote completo. Pena que seu cérebro enorme não encontrou um jeito de consertar o meu.

Imani fica corada, envergonhada com o elogio, e diz:

— Não importa. Não tente mudar de assunto. Você tem que...

E, como os voluntários do Farmland são a minha galera, meus camaradas, meus parceiros, Imani não consegue terminar a frase, porque somos liberadas e então conduzidas para a área de camping. Por mais que eu ame Imani e valorize sua opinião, quase sempre fico agradecida quando ela perde a linha de raciocínio.

Imani não queria vir ao festival de jeito nenhum. E, como em muitas outras ocasiões, foi convencida pelos destroços reais e terríveis do meu mais recente término. Ainda estávamos no outono, mas meu segundo ano já tinha sido uma série de catástrofes românticas; a última delas inclusive me tornara uma excluída nas rodinhas da escola e uma vergonha completa para a minha mãe.

Logo depois do acontecido, fiz o que qualquer garota com o mínimo de senso faria: liguei para minha melhor amiga e pedi a ela para me levar no drive-thru do McDonald's, onde eu poderia chorar no estacionamento enquanto devorava um McFlurry de Oreo, como era da vontade de Deus.

— Imani, por favor, por favor, *por favor*, vamos fazer alguma coisa no verão. Alguma coisa legal. Alguma coisa bem longe daqui — implorei, em meio às lágrimas.

Eu já estava pensando alguns meses à frente. Precisava de alguma coisa que me ajudasse a aguentar o restante do ano na escola, ou então não sobreviveria com a sanidade intacta.

— Olivia, tudo bem, para com isso. — A voz dela assumiu um tom reconfortante pós-término. O tipo de tom que se usa com criaturas da floresta apavoradas e, aparentemente, também com garotas de dezesseis anos cujo coração foi arrancado e atropelado pelo Dodge Charger ridículo do ex-namorado. — Você está muito melhor sem aquele papel higiênico de folha simples em formato de ser humano na sua vida.

— Mas eu — soluço — queria que ele — soluço — fosse — assoada de nariz num lenço de papel chique perfumado — o cara ceeeeeerto!

— Eu sei — disse ela, sem desviar o olhar do meu. Limpei o nariz na manga da camiseta e ela pegou o álcool em gel tamanho família. Segurou até que eu estendesse a palma da mão, onde esguichou um pouco do produto, e continuou: — Sei que queria.

Sou muito boa em ter o coração partido. Algumas pessoas podem até dizer que o potencial de destruição do meu coração é infalível. Mas meu verdadeiro talento secreto parece ser, na verdade, ter o coração partido ao mesmo tempo em que destruo a vida de alguém. Me amar — ou, na maior parte das vezes, ser amado *por mim* — é garantia de desastre.

Imagine que sou o gêmeo malvado e desconhecido dos Fab Five, os cinco apresentadores do *Queer Eye*. Em vez de entrar na sua vida e dar um jeito nas suas pontas duplas, transformar seu apartamento numa página de revista de decoração e renovar seu guarda-roupa, eu digo as coisas erradas, faço as coisas erradas e sou a prefeita da cidade dos Exagerados e Apressados desde que nasci.

Mas Imani não é assim. Por algum golpe de sorte, arranjei o tipo de melhor amiga cujo superpoder é encontrar as soluções, enquanto o meu parece ser criar problemas. Ela é uma das poucas pessoas do universo que ainda não afastei. Obviamente tenho muitos motivos para amá-la, mas o fato de ela sempre me apoiar está no topo da lista. Logo depois de seu gosto musical impecável.

Odeio que tudo sempre termine desse jeito, que *eu* sempre termine desse jeito. Mas pelo menos tenho Imani para ajudar a me resgatar de todos os buracos que cavo para mim mesma.

— Só vamos para outro lugar! Qualquer lugar, não importa. — Dava para sentir aquele formigamento de urgência na base do meu pescoço, que sempre sinto quando preciso fazer algo grande: cortar o cabelo, mergulhar de cabeça num novo relacionamento, tentar me alistar no Corpo da Paz aos quatorze anos "pegando emprestada" a identidade da minha irmã mais velha para usar como se fosse minha. — E se fizéssemos uma viagem de carro? Podíamos ver uns monumentos e coisas assim.

Imani riu com deboche.

— Você odeia monumentos.

Apoiei a cabeça no painel e soltei um resmungo. Parte do problema aqui sempre foi o fato de que Imani é a pessoa que tem o carro, então é ela quem escolhe todos os nossos passeios-para-curar-o-coração-partido. Essa foi mais uma ocasião em que a falta de mobilidade sobre quatro rodas limitou bastante minhas opções.

— Tá bem, tá bem, eu acho mesmo que monumentos são o destino mais chato e mal-empregado do dinheiro dos contribuintes. — Assoei o nariz no lenço. — Então vamos ver alguma outra coisa.

— Acho que você está se esquecendo de alguns detalhes cruciais. Um: sua mãe nunca vai deixar você ir. Dois: você está sem um centavo.

— Contraponto: minha mãe já me odeia mesmo, então mais uma decepção não vai ser nada. E tenho algumas centenas de dólares que economizei para o negócio do carro. — Não que eu não estivesse investindo no negócio do carro. Estava só levando um tempinho. Tipo o tempinho do meu Ensino Médio inteiro.

O rádio estava com o volume no mínimo, mas mesmo em meio às lágrimas eu conseguia identificar o cantarolar baixinho da banda favorita de Imani tocando ao fundo. Kittredge era quase uma peça do carro dela. Era sua banda favorita em parte pela música, mas principalmente por causa de Davey Mack, o baixista ruivo, magrelo e excêntrico que dividia os vocais com Teela Conrad — e a única pessoa do planeta por quem Imani já admitiu sentir algum tipo de atração.

Imani abriu a boca para responder, mas parou imediatamente ao identificar a melodia que saía das caixas de som. Aumentou o volume até o máximo.

— *"Sou só uma garota que mordeu a isca, e você ainda é o garoto que meu o destino arrisca!"*

Ela berrou o verso completo, depois encostou de volta no assento e diminuiu o volume.

—Ai, nem acredito que vou perder a turnê de verão inteira.

Essa conversa era conhecida. Imani tinha perdido os shows do Kittredge nas últimas duas turnês de verão por causa do programa de que participou na Universidade de Chicago, e também perdeu a turnê antes disso porque os ingressos que comprou eram falsos. O que no fim das contas foi perfeito para mim, porque acabei precisando dela para me apoiar durante mais um término naquela noite.

E desta vez, logo depois que terminassem a parte europeia da turnê, corria o boato de que entrariam num hiato.

Naquele momento eu me lembrei de ter esquadrinhado o roteiro da turnê com ela quando fora anunciado, meses antes, e uma lâmpada de desenho animado acendeu sobre a minha cabeça. De repente, eu soube o que fazer. A última data da turnê era um festival de música gigantesco na Geórgia, no fim de agosto, onde eles seriam a atração principal. Seria alguns dias depois da data em que Imani voltaria de Chicago e uma semana antes de começar nosso último ano no Ensino Médio. Eu teria minha viagem de carro, Imani veria o amor da vida dela e, por um efêmero fim de semana antes de voltar à escola e à visão do inferno que aquilo seria para mim, nós poderíamos ter a maior diversão das nossas vidas.

— Festivais de música são perigosos — argumentou ela. — Insolação? Desidratação? Um atirador louco matando todo mundo? Não me olhe assim. Não se lembra do que aconteceu naquele festival em Las Vegas?

— Acho que você se preocupa demais — respondi.

Imani sempre foi muito certinha a respeito de qualquer coisa que envolva o mínimo risco de perigo. Para mim, isso é porque ela ouve a BBC World e a NPR com o pai desde antes de saber falar. Muito noticiário deixa a pessoa paranoica.

— Bem, uma de nós precisa se preocupar.

Não foi fácil convencê-la, nem mesmo com os argumentos tentadores. Ela rebatia todos com estatísticas e mais estatísticas de tudo que poderia dar errado, mas se tem uma coisa na qual sou boa, é em dar um jeito de dobrar as pessoas. E o amor de Imani por Davey Mack sempre vai prevalecer sobre qualquer lógica. Não posso dizer que não fico agradecida por ter encontrado seu ponto fraco.

Antes de concordar, ela impôs uma condição.

— Você não pode fazer o que sempre faz — disse, parando com o dedo já quase no botão para comprar os ingressos pelo telefone. A luz amarela horrorosa do letreiro do McDonald's entrava pela janela e iluminava o interior do carro. — Quando a gente chegar lá, precisa me prometer que não vai decidir passar o fim de semana inteiro pegando alguém novo.

Ela olhou para mim com uma franqueza que Imani só se permite ter quando estamos nós duas, e eu sabia que o que viria depois era importante.

— É para ser um programa nosso, só eu e você, ok? Fim de semana das melhores amigas.

Ela levantou o dedo mindinho e enrosquei o meu no dela. Beijamos os dedões para selar a promessa, do mesmo jeito que sempre fazíamos desde que viramos melhores amigas. Então Imani comprou o ingresso e imediatamente começou a explorar o site do Farmland.

— E quero andar de roda gigante quando a gente estiver lá. O site diz que eles têm uma. Então não podemos perder.

Ela abaixou a cabeça logo depois de dizer isso, como se estivesse envergonhada de ter algo tão mundano na sua lista de desejos, como se as únicas coisas que ela pudesse desejar fossem um Prêmio Nobel, uma Medalha Fields ou algo assim.

Fiquei me lembrando de todas as vezes em que Imani foi a algum lugar só porque eu pedi, e do quanto a amava por isso. Depois de tudo que ela fez por mim, manter essa promessa era o mínimo que eu podia fazer. Um fim de semana épico para nós duas assistirmos às nossas bandas favoritas, ganharmos uma marca de bronzeado bem ridícula e termos uma experiência tão divertida que me seguraria ao longo de todo o ano escolar que me aguardava.

— Combinado — concordei.

Porque é isso que melhores amigas fazem.

SEXTA-FEIRA DE MANHÃ

Meu verão está terminando do mesmo jeito que terminaram todos os verões de que me lembro na vida: montando acampamento sob o sol inclemente no terreno de três quilômetros quadrados do Festival Farmland, ao lado de alguém que entende isso e que me entende. É perfeito. É familiar. Até que a pessoa na minha frente abre a boca, e eu me lembro, com impressionante clareza, que nada está igual aos verões anteriores.

— Toniiii — choraminga Peter, sentado na grama. — Isso seria muito mais rápido se você me deixasse ajudar.

Peter tira o boné velho dos Oakland A's da cabeça e sacode os cachos do cabelo escuro antes de colocá-lo de volta, com a aba para trás. Está com as pernas cruzadas a poucos metros de onde estou montando o acampamento, e faço o meu melhor para ignorar aqueles olhos grandes e castanhos de cachorro pidão que me encaram. São quase irresistíveis, até mesmo para mim.

Solto um grunhido em vez de responder e puxo a rede sobre a barraca para prender com mais segurança. Tudo vai mais rápido quando faço sozinha. Não é para ofendê-lo, é apenas um fato.

— Não é da natureza humana ser uma ilha, T-Bone! Veja o caso do John Tyler. Chamavam ele de "presidente sem partido", nunca teve qualquer chance de ser reeleito. E sabe por quê? O homem se isolou.

Mais uma vez, ele obviamente andou assistindo por conta própria um daqueles documentários que passavam para a gente na aula de história. Minha única resposta é um olhar que diz *Você está mesmo me comparando a um homem branco morto de novo, Peter?*.

— Está bem, a estética é um pouco diferente — completa ele, nervoso —, mas você entendeu o que eu quis dizer.

Faço uma expressão contrariada com o volume alto de sua voz, e Peter se explica:

— Opa, desculpa, T. Eu fico exaltado quando falo dos presidentes pré-Reagan. — Ele toca na tela no celular, que acende. — Ei! Alguém acabou de postar que viu Bonnie Harrison na barraquinha de tacos. Temos que ir lá. Não é? Com certeza. Sei como você gosta de Sonny Blue.

Ele está certo, Sonny Blue é minha dupla queer de folk-soul favorita, mas estou concentrada na tarefa de agora. Ele espera um segundo antes de falar de novo. Peter faz isso desde o dia em que nos conhecemos, neste festival, há seis anos. Ele não se importa nem um pouco de preencher todas as lacunas da conversa que deveriam, teoricamente, ser ocupadas por mim. Mas tento não dizer mais do que o absolutamente necessário. Este, assim como meu trabalho solitário e eficiente, é mais um tijolo usado para construir a impenetrável Fortaleza de Toni Foster.

Peter é a única pessoa que já conseguiu ultrapassar minhas defesas. Seis anos atrás, nossas barracas ficavam lado a lado — ele com seu tio Rudy e eu com meu pai —, e não consegui me livrar dele o fim de semana inteiro. Não importava o quão retraída ou mal-humorada eu estivesse, Peter continuava aparecendo, fazendo perguntas, insistindo para que eu provasse sua receita inconfundível de sanduíches de marshmallow diante da fogueira. Era como se ele nem percebesse o quanto eu era antissocial. Eu não conseguia fazer com que ele se mandasse. E em algum momento, ali entre a quadragésima terceira curiosidade a respeito de um presidente morto e a décima segunda história sobre quebrar uma parte do corpo graças a seu jeito atabalhoado, esqueci que era isso que eu queria.

Peter se levanta e é como se eu estivesse olhando para um palhaço se esticando depois de sair de um daqueles carros minúsculos — como conseguiu parecer tão pequeno? Ele põe os braços ao redor dos meus ombros, embora esteja um calor de trinta e cinco graus sob o sol de meio-dia e eu esteja afundando uma estaca no chão com o pé, então é por pouco que Peter não ganha uma joelhada na costela. Ele me abraça forte, como se estivesse com medo de que eu fosse tentar fugir, o que mostra que me conhece bem.

— Eu te amo assim mesmo, minha parceira platônica — sussurra ele.

E, por um momento, fico tentada a retribuir a frase, por puro instinto. *Quando alguém diz que te ama, você diz que ama também*, meu cérebro me lembra. Mas eu não faço esse tipo de coisa.

Dou dois tapinhas no braço dele, e de repente estou louca para sair daquele abraço e começar o que viemos fazer aqui. Este fim de semana não é para declarações de amizade eterna ou para Peter tentar bancar o terapeuta comigo usando as técnicas da mãe dele de "criação dos filhos com amor". Não é nem pelos shows que estamos aqui, embora isso seja um ótimo bônus. Estamos aqui para que eu possa resolver a minha vida. É isso.

Consigo respirar melhor quando Peter se afasta, e quase me sinto culpada por isso. Mas me impeço. Se deixar espaço para qualquer outro sentimento que não seja motivação, é capaz de eu perder a cabeça. Respiro fundo e, em vez disso, termino de afundar a estaca no chão. E assim, de repente, o acampamento fica parecido com o do ano passado, e o do ano anterior a esse, e os de todos os anos desde que eu tinha idade para andar.

Mas quando começo a pensar no que — em quem — está faltando, balanço a cabeça como se pudesse fisicamente afastar o pensamento. Tento focar no que está acontecendo ao meu redor. O barulho de nossas vizinhas abrindo duas latas de cerveja Pabst Blue Ribbon, uma risada leve vinda do acampamento em frente, a rádio do Farmland tocando na caixa de som da minha caminhonete.

— E não se esqueça de se inscrever no concurso Golden Apple! — A voz do locutor é tão animada e radiofônica que é impossível ignorar. — É uma tradição antiga do Farmland, e temos certeza de que este ano vai ser ainda mais especial. Não é, Carmen?

Entra uma voz de mulher, meio rouca mas ainda assim bem comercial.

— Com certeza, Jason. Os jurados deste ano são os melhores em muito tempo. Para os competidores, sem dúvida é uma oportunidade única. E não podemos nos esquecer de outra competição importante neste fim de semana, o #EncontradoNoFarmland...

Os apresentadores continuam falando, mas paro de prestar atenção. O Farmland é famoso por uma série de coisas — ser um dos maiores festivais do país, lançar a carreira de algumas das maiores bandas do mundo —, mas o que eles valorizam mesmo é o Golden Apple. É um concurso de talentos que dá a músicos amadores a chance de tocar diante das atrações principais do festival, que atuam como jurados, e o vencedor ganha a oportunidade de tocar com uma das bandas no palco no último dia do festival.

É uma das maiores atrações do evento, e é um sucesso enorme todo ano. Desta vez, quem ganhar vai tocar com o Kittredge, uma das bandas de rock alternativo mais famosas do mundo e, coincidentemente, os antigos patrões do meu pai. Ele foi gerente de turnê deles durante a maior parte da minha vida, e antes trabalhou para umas outras bandas dos arredores do Meio-Oeste, mas nenhuma que tenha deslanchado como aconteceu com o Kittredge.

— Ouviu isso, Toni? — chama Peter, de dentro da caminhonete, onde está tentando carregar o telefone com um adaptador um tanto temperamental. — Estão falando da sua grande chance!

Ele coloca a parte de cima do corpo toda para fora da janela e toca uma guitarra imaginária, completamente fora do ritmo. Quero rir, mas a ideia de ter uma grande chance — um momento em cima do palco que define toda a sua vida — está próxima demais para o meu gosto. Não quero ser famosa. Não quero ser uma estrela. Só quero algumas respostas.

Pego a case que agora abriga meu violão favorito — um belo Fender de mogno que meus pais me deram no meu aniversário de quinze anos — na caçamba e a apoio na lateral da caminhonete. Está enfeitada com adesivos do mundo inteiro, indicando todos os lugares em que já esteve. As poucas partes ainda vazias são lembretes de que ainda há lugares para ir. Cidades grandes incríveis, botecos sujos e locais de show gigantescos decoram seu exterior. É uma espécie de tapeçaria, com uma narrativa bem coesa: uma vida fragmentada que levou meu pai para longe de mim mais vezes do que eu conseguia aceitar.

Mas bem ali no meio, novo e brilhante em comparação com o restante dos adesivos desgastados com o tempo, está o mais recente deles. Um adesivo vinho e bege onde se lê BEM-VINDO À SUA CASA, HOOSIER, da recepção aos calouros da Universidade de Indiana, no mês passado. Minha mãe deve ter colado ali enquanto eu arrumava as malas ontem à noite e não prestava atenção. Estou até surpresa que ela não tenha colado o adesivo da Faculdade de Direito Maurer lá também, só para eu não esquecer meu destino. Olhar aquilo faz meu estômago revirar, assim como qualquer outro lembrete de para onde eu devo ir na semana que vem.

Sei que Peter não entende exatamente por que isso é tão importante para mim ou por que interrompo a conversa toda vez que ele tenta falar sobre faculdade, embora eu saiba que ele se esforçaria para entender se eu tentasse explicar. É que tudo para Peter se resume a grandes sonhos e grandes amores. O pai dele é um artista contemporâneo famosíssimo que vende suas instalações por tipo um bilhão de dólares cada uma, e a mãe tem uma loja na Etsy onde vende joias artesanais para outras mulheres brancas para ajudá-las a encontrar a "fonte da alma" — o que quer que isso signifique.

Peter podia dizer a eles que queria se formar em Tecnologia da Indústria de Boliche e ficariam felizes (ele chegou a cogitar isso durante cerca de um mês no primeiro ano, depois de assistir a um documentário sobre a história da bola de boliche). Os Menon são o tipo de família que escolhe sempre a paixão em vez da lógica. E tem funcionado para eles. Mas não é assim para a maioria de nós.

Eu me ocupo arrumando o colchão de ar dentro da barraca enquanto Peter puxa assunto com nossas vizinhas, duas garotas de regatas de irmandade e rabos de cavalo altos, que têm um adesivo da Universidade do Tennessee colado no jipe. Por mais agradecida que eu esteja por ele ter concordado em vir comigo neste fim de semana, respiro aliviada por ter um momento sozinha. Sinto que estou perdendo o controle, apesar dos meus esforços para engolir toda a ansiedade que está me consumindo desde que chegamos ao Farmland. Todas as memórias que se recusam a ficar enterradas, todas as promessas que meu pai fez e que agora nunca mais serão cumpridas.

A verdade é que nada poderia ter me preparado para a forma como perdemos meu pai. Mas isso não muda o vazio torturante que se instalou dentro de mim pelos últimos oito meses.

Não sei se acredito num poder divino ou em vida após a morte ou em qualquer uma dessas coisas que o padre disse no velório do meu pai. Mas os incontáveis verões no melhor festival de música do mundo, numa antiga fazenda em Rattle Tail, na Geórgia, junto com outros sessenta mil fãs de música, assistindo a shows montada nos ombros queimados de sol do meu pai, me ensinaram uma verdade inalienável: em algum lugar nos anos-luz que separam o espiritual e o científico, o conhecido e o indescritível, é lá que está a música ao vivo.

Temos Jimi Hendrix num show de duas horas no Woodstock que revolucionou o rock'n'roll para sempre. Temos Beyoncé, que se tornou a primeira mulher negra a ser atração principal do Coachella, numa performance que redefiniu a cultura. Temos Bob Dylan plugando sua guitarra elétrica no Newport Folk em 1965, e o Queen se reunindo no Live Aid vinte anos depois. Música ao vivo é a parada: é a chave para o universo, e você só precisa prestar atenção.

Se você tem uma dúvida, meu pai me ensinou que a música ao vivo tem a resposta. E eu não tenho outra opção a não ser acreditar. Porque nunca precisei mais de uma orientação do que agora.

Desde que eu era criança, minha mãe sempre deixou claro o que ela queria para mim: estabilidade, consistência. Algo mais do que a vida que meu pai levava. Preciso fazer algo concreto, algo *real*. E isso significa ir para a faculdade. Não porque ela me castigaria, cortaria a minha grana, me expulsaria de casa ou qualquer coisa do tipo se eu não fosse, mas porque partiria o coração dela me ver terminar como meu pai. O tempo inteiro correndo atrás de um sonho que nunca se realizaria.

Não vou fazer isso com ela. Não posso.

Quero acreditar no discurso da minha mãe de que começar o curso na Universidade de Indiana vai me mostrar o caminho que ando buscando, mas minha intuição diz bem alto que meu propósito não é ficar sentada numa sala de aula em Bloomington lendo as irmãs Brontë e tentando me recuperar da festa da noite anterior. Quando penso na faculdade, minhas mãos começam a tremer e mal consigo respirar. Mas quando penso em não ir, me dá um branco completo.

Minha mãe não tem a menor dúvida de que o motivo do meu total descontrole nos últimos meses é o luto. Mas a principal razão, a mais assustadora, é que tenho quase dezoito anos — praticamente uma autêntica adulta — e não tenho a menor ideia do que quero fazer com a minha vida. E agora eu sei, com total clareza, que não dá para perder tempo tentando descobrir esse tipo de coisa. Meu pai foi o exemplo perfeito disso.

Meu pai sempre disse que, quando as pessoas sobem no palco, elas simplesmente sabem. Foi o que aconteceu com ele. Quando tinha dezoito anos, ele pegou a guitarra e tocou para um público pela primeira vez num café em Bloomington. E assim, de repente, ele teve certeza de que queria passar o resto da vida ajudando a colocar música boa no mundo. Segundo meu pai, mesmo que eu não fosse trabalhar na indústria fonográfica como ele, era impossível mentir em cima de um palco.

Qualquer coisa da qual esteja fugindo, qualquer coisa que deveria estar buscando, tudo se revela sob aquelas luzes.

Não foi aqui neste festival que ele encontrou seu propósito, mas pode ser onde vou encontrar o meu. Tem que ser.

É muita coisa para explicar ao Peter ou a qualquer pessoa, então não explico.

— Toni! — Como sempre, ouço Peter antes de vê-lo.

Passo a mão no rosto e saio da barraca para encontrá-lo. Quando olho, ele está passando a mão na barriga, bem onde a camiseta cropped do Fleetwood Mac deixa seu abdômen magro e bronzeado à mostra. Ele está numa onda de trazer de volta os croppeds para homens ultimamente. De acordo com ele, *"Um maluco no pedaço* fazia isso! A masculinidade frágil não pode nos impedir de abraçar o melhor da moda dos anos 1990".

Posso ouvir o estômago dele roncando mesmo a alguns metros de distância. Ele levanta as sobrancelhas para mim.

— Barraquinha de taco?

Concordo com a cabeça. Pego meu telefone, embora o sinal seja horrível aqui, e começo a andar na direção do Core — o centro do festival, onde fica tudo, desde comida até merchandising e os palcos. Caminhamos por uns cinco minutos até que noto uma confusão de movimento pelo canto do olho e paro. Minha primeira reação é ficar com medo diante da imagem de alguma coisa se movendo de forma rápida e imprevisível, até que compreendo o que estou vendo.

Uma garota está toda enrolada na corda verde da barraca. Está usando um vestido rosa de verão que provavelmente seria mais indicado para um encontro pretensioso no Museu de Arte de Indianápolis do que para um festival de música, tranças grandes enroladas num coque tão enorme que me surpreende ela não ter perdido totalmente o centro de gravidade, além de um par de óculos gigante em formato de coração que obviamente tem muito mais estilo do que utilidade.

Já vi muita coisa nessa minha vida de Farmland, mas dificilmente alguém que estivesse tão desastrosamente despreparada para montar um acampamento.

— Na verdade — começo, a voz meio rouca pelo pouco uso. — Vá sem mim. Eu vou...

Aponto com a cabeça na direção da garota enrolada com a barraca.

Peter abre um sorriso.

— Esse é o espírito do Farmland! Pode deixar, amiga. Vou pegar para você a melhor opção sem glúten que eles tiverem na barraquinha de tacos.

— Espera! Pode me inscrever no Golden Apple, já que vai lá?

Digo a ele para usar meu nome do meio em vez do sobrenome, só para garantir. Não quero nenhum nepotismo atrapalhando as coisas.

A gente deveria ter chegado ontem à noite para eu me inscrever mais cedo — só tem umas cinquenta vagas por dia —, mas Peter estava muito cansado para dirigir depois do voo até Indianápolis, onde me encontrou, e já tínhamos planejado sair de manhã cedo mesmo. Também não ajudou nada um dos nossos pneus ter furado perto de Nashville e Peter praticamente ter quebrado o dedo só de sair do carro para tentar me ajudar a trocá-lo.

Ele me cumprimenta e quase sai correndo. Enquanto ele se afasta, vou em direção à garota, que agora está tão enrolada na barraca que parece um pouco com uma múmia.

— Ei — chamo. Ela não responde, e percebo que é porque estou falando muito baixo. Às vezes esqueço que preciso calibrar o volume quando estou falando com alguém que não é Peter ou minha mãe. É como se minha voz ficasse presa na garganta. — Ei!

Os olhos da garota encontram os meus por meio segundo, como se não tivesse certeza se estou falando com ela ou não. E então ela imediatamente cai de cara no chão.

OLIVIA

SEXTA-FEIRA À TARDE

Não era minha intenção ficar encarando, mas eu sou apenas uma reles mortal com um probleminha de atenção e um olho bom para coisas bonitas.

Não é nada mal que a coisa bonita em questão seja uma garota que é muita areia para o meu caminhãozinho, tipo uma praia inteira de areia. E eu não vou entrar nessa de novo. Não, Olivia Brooks não vai mais ficar atrás de ninguém. Não vai mais conquistar ninguém. Não vai mais se jogar de cabeça em casinhos que inevitavelmente acabam em fracasso. Já passei dessa fase.

Mas não tem problema nenhum em ficar apenas admirando enquanto a garota caminha pela pista lamacenta e finge não rir de algo que o amigo falou. É totalmente irrelevante para mim o momento em que ela tira o chapéu de caubói com abas largas e sacode os dreads como se estivesse num comercial de xampu. Não me abala em nada o fato de aquele short desfiado fazer com que ela pareça ter pernas absurdamente longas, num tom de marrom tão vivo que me lembra o Chiron no pôster de *Moonlight* — e elas são tão brilhantes, meu Deus, como alguém pode ter umas pernas dessas? Qual é a rotina de *skincare* dessa menina?

Mas de repente ela está andando na minha direção, e eu não levo o menor jeito para esse negócio de acampamento, não importa quantas mensagens eu tenha lido nos fóruns do Farmland, e estou toda enrolada com essa barraca idiota que comprei na internet há três semanas, e ela está gritando para mim e...

Estou no chão, um montinho tamanho Olivia cercado de fios de náilon verdes e estruturas de alumínio. Dá para sentir que meu coque foi derrubado e meus óculos de sol novos estão caídos para o lado. Pouquíssimas situações seriam mais constrangedoras do que essa. E olha que já tive a minha cota de momentos constrangedores diante de pessoas bonitas. Pergunte a River Brody sobre o incidente com a tigela de ponche no baile de despedida dos calouros.

Se Imani não tivesse ido até o Core tentar conseguir sinal no celular para ligar para os pais, certamente ela estaria parada aqui do lado, fazendo beicinho e aquela expressão de Olivia-como-você-sempre-acaba-assim antes de me ajudar. Mas, no momento, a pessoa que se aproxima de mim tem um rosto indecifrável e óculos de sol Wayfarer espelhados que refletem minha imagem.

— Hã.

Pele Perfeita tapa o sol ao se inclinar sobre mim. Assim de pertinho, posso ver cada detalhe de seu rosto, do piercing no septo até a forma de suas sobrancelhas, uma um pouquinho mais arqueada do que a outra. Ela passa a mão na nuca e abaixa levemente os óculos para ver meus olhos. Eu poderia dizer alguma coisa, lançar algum flerte deplorável pensado exatamente para o tipo de pessoa que acho que ela é só de olhar rapidamente, mas essa barraca está apertando meus braços ao lado do corpo, e a queda no chão meio que me deu um pico de adrenalina, e a Pele Perfeita está me *encarando*, e nada disso é bom para os meus pulmões.

Eles fazem o melhor possível, os pobrezinhos chiam que só, mas qualquer coisa é capaz de sobrecarregá-los. E... Isso mesmo. Aí está.

Eu me sacudo toda, ofegante, tentando liberar os braços para conseguir pegar o inalador que está guardado na pochete.

— Você está bem? — pergunta Pele Perfeita, e eu até ficaria impressionada com sua perplexidade diante dessa bagunça que sou eu tendo um ataque de asma a seus pés se eu não estivesse, sabe como é, lutando para fazer o ar chegar aos meus pulmões.

— Meu. *Inalador* — mal consigo dizer.

Aponto a pochete com a cabeça, na esperança de que ela se recomponha para salvar a minha vida, literalmente, e então possa voltar a ser linda como uma deusa.

— Seu o qu... Ah, meu Deus.

Sua expressão agora é de completo terror, e então ela se joga no chão e revira a pochete até encontrar meu inalador cor-de-rosa e enfiá-lo na minha boca. Nem penso nisso quando ela aperta e libera o salbutamol. Respiro fundo como faço desde criança, quando ainda era minha mãe que cuidava dos meus remédios. Prendo a respiração pelos dez segundos necessários e, como se ela soubesse o que está fazendo, aperta o inalador mais uma vez.

Quando sinto minha frequência cardíaca se estabilizar e o ar começa a fluir melhor, deixo minha cabeça cair na grama e solto um suspiro. Pele Perfeita faz a mesma coisa. Ela se deita ao lado do sushi de barraca que sou eu e solta um suspiro aliviado também.

Leva uns trinta segundos até eu dizer:

— Ei, hã, desculpe pela situação de vida ou morte, mas será que você pode me dar uma ajuda?

É como se minha voz a tirasse de seus próprios pensamentos com um solavanco, e ela se senta imediatamente. A garota empurra meu corpo um pouquinho para a direita com a mão firme, mas gentil, e puxa os fios com a outra. Antes que eu perceba, já estou em pé novamente e em dívida eterna com uma estranha e seu rosto impassível. Depois de tudo, ela se levanta, se ajeita e está ótima, como se nada tivesse acontecido.

Quero apertar suas bochechas só para suavizar sua expressão. Era mais fácil decifrá-la antes, quando estava com medo por mim, mas agora ela parece uma espécie de estátua. Linda, mas sem emoções. Depois de anos de treinamento diante de pessoas lindas e indisponíveis, e vendo ali tanto um desafio quanto uma situação familiar, aprendi que, se eu piscar de certa maneira ou rir de uma piada nem um pouco engraçada, em algum momento consigo arrancar uma reação de qualquer um. Uma reação que me colocaria no centro do universo da pessoa enquanto eu tivesse sua atenção.

E seria bom no começo: ser notada, trocar minha pele para me tornar alguém digna de seu olhar enquanto durasse nossa interação. Mas não terminaria bem. E Imani está certa. Preciso parar de pensar assim. Preciso parar de procurar o fogo e depois me perguntar por que acabei queimada.

— Você está bem? — pergunta ela, e me dou conta de que fiquei encarando por tempo demais. Ela aponta para os escombros da barraca atrás de mim e ajeita seu Ray-Ban. — Eu posso, hum... ajudar.

— Ah, meu Deus, sim! Por favor!

Eu e Imani chegamos quase meio-dia, então já faz um calor desumano. Tivemos um incidente com um burrito do posto de gasolina que, três horas depois de sairmos de Indianápolis de manhã, deixou Imani incapacitada. Ainda estou tentando esquecer aquilo tudo. Vamos dizer apenas que nós duas tivemos nossa dignidade abalada no banheiro daquele posto.

Saio da minha barraca-casulo para que minha salvadora possa pegar os materiais e imediatamente lembro por que as mensagens nos fóruns também diziam para tomar cuidado ao andar descalça nos acampamentos. Sinto uma dor forte no pé e vejo que pisei em um daqueles ganchos de metal idiotas que servem para manter a barraca no chão.

Estremeço de dor e Pele Perfeita logo me pega pelo braço.

— Vem comigo. — Ela olha para o meu pé. — Tenho kit de primeiros socorros.

Eu nem discuto, e ela sustenta basicamente todo o meu peso enquanto me leva até a suv de Imani. Ela me ajuda a sentar na beira da mala do carro e promete voltar logo. Tento me recompor conforme ela corre até sua caminhonete para buscar o kit. Queria ter um espelho, mas, na falta dele, vou me virar com um simples inventário do meu estado atual. Puxo meu minivestido para baixo, ajeito o coque e limpo os óculos escuros antes de ela voltar segurando uma caixinha vermelha com o símbolo médico da cruz branca em cima.

Deixo as mãos sobre o colo, como se não estivesse tentando me arrumar para ficar apresentável segundos atrás, um pouco envergonhada embora provavelmente eu nem devesse estar. Ela parece aquele tipo de pessoa que levanta da cama impecável, a pele perfeita sem maquiagem, e invejo essa facilidade.

— Muito sério isso aí — digo, já que ela ficou quieta de novo. — Não acredito que me esqueci de trazer um kit de primeiros socorros. É a primeira coisa que todos os fóruns dizem para trazer.

Ela resmunga concordando, mas não responde. Passa álcool em gel nas mãos e pega o meu pé. Com as mãos seguras, passa a pomada, e seu silêncio me deixa nervosa. Eu não lido bem *mesmo* com silêncios constrangedores.

— Normalmente demora até o segundo encontro para as pessoas revelarem seu fetiche por pés.

Se eu pudesse enfiar a mão na cara forte o suficiente para voltar no tempo e me impedir de dizer isso, eu faria.

— Sou do tipo que gosta mais de mãos — diz ela, sem qualquer emoção. — Mas obrigada.

Diante disso, eu gargalho tão alto que chega até a ser meio mal-educado, a julgar pela expressão confusa da garota. Então me dou conta de que ela salvou minha vida, se ofereceu para montar minha barraca e cuidou do meu pé depois de mais uma amostra da minha falta de jeito, e nem sequer sei seu nome. Ela termina de enfaixar meu calcanhar e solta meu pé devagar, e estendo a mão.

— Meu nome é Olivia. — Ela demora um pouquinho para segurar minha mão, mas enfim me cumprimenta. — Juro que normalmente sou mais organizada do que isso. E que minhas piadas costumam provocar risadas e não silêncio.

— Não me diga. — A voz dela é quase inaudível, mas consigo ver claramente um sorrisinho no canto de sua boca. — Toni. — Ela guarda o kit de primeiros socorros na pochete e dá de ombros. — Já vim aqui muitas vezes para saber que não dá para esquecer os Band-Aids.

Em vez de continuar a conversa, Toni vai direto ao trabalho. Recolhe todas as peças soltas da barraca que deixei espalhadas e nem pega o manual de instruções, já sai consertando tudo o que eu basicamente destruí. O telefone dela vibra ao meu lado na mala, onde o deixou.

— Toni? — Pego o celular e o estendo para ela. — Alguém está te ligando.

Ela pega o telefone, coloca no viva-voz e o posiciona numa cadeira para continuar com as mãos livres.

— Más notícias, T-Bird! — É a voz estridente de um cara, e Toni imediatamente para o que está fazendo. Ela fica quieta de novo. O cara continua falando, como se não esperasse uma resposta. — As vagas solo para o Golden Apple estão esgotadas.

Ela pega o telefone devagar, desliga o viva-voz e o leva até a orelha, fazendo com que eu só consiga ouvir o lado dela da conversa.

— Não é possível — ela grita e sussurra ao mesmo tempo. Faz que não com a cabeça enquanto o cara fala. Depois responde de modo quase inaudível: — Peter, não é possível que esteja. Eu não sou... Não posso ser uma dupla.

O Golden Apple. Está em todos os fóruns de mensagens sobre o festival. Se eu tivesse a mínima suspeita de que minha experiência na última fila do coral me levaria a algum lugar, eu até teria feito a minha inscrição só por fazer. Mas pela expressão de Toni nesse momento, completamente perdida, dá para ver que não era uma coisa que ela queria fazer só para anotar no diário depois.

E, do nada, um tipo de plano diferente começa a se formar na minha cabeça. Nada de mudanças de visual ou de alterar minha personalidade para ser algo que alguém talvez queira que eu seja — um plano que pode ajudar a colocar as coisas no lugar em vez do habitual roteiro de destruição. Toni precisa de alguém para competir junto com ela. Eu preciso de uma distração.

A garota encerra a ligação e se joga na cadeira ao lado. Desço da mala do carro e toco em seu ombro. Ela mal se vira e, mesmo quando faz isso, é como se tivesse se esquecido de que eu estava ali.

Eu me tornei quase uma especialista em adivinhar quais são os papéis que as pessoas querem que eu interprete. Sei tudo que é possível saber sobre criação de galinhas sem gaiolas graças a meu namoro com Hilton, que fazia parte do Futuros Fazendeiros da América. Fiquei incrível em fazer cartazes de protesto quando estava saindo com Brandon, que era presidente da sede do PETA no Colégio Park Meade. Cheguei a considerar me alistar no Corpo da Paz quando Jenna, da aula de literatura, disse que só namoraria garotas que se dedicassem ao serviço público.

Sou um camaleão, mudando constantemente para me adaptar ao meu entorno.

Mas o problema de mudar de pele o tempo inteiro para virar outra coisa, ou outra pessoa, é que isso requer manutenção constante para funcionar. E quando não consigo mais — quando a superfície começa a rachar —, eu viro alguém que causa mais mal do que bem.

Minhas mãos começam a suar só de imaginar o que acontece quando me envolvo na vida de alguém, quando os machuco sem querer. Seco as mãos na barra do vestido e sacudo a cabeça para afastar os pensamentos. Não, neste fim de semana não vou fazer nada disso. Só trouxe meus vestidos favoritos, meus sapatos mais bonitos. Vou ser a melhor versão de mim mesma neste fim de semana. Não vou cometer os mesmos erros de sempre. E esse é o melhor jeito de fazer isso.

— Toni — digo, tentando imprimir o máximo de confiança e segurança à minha voz. Uma onda súbita de clareza me faz perceber que preciso disso. Mais do que um fim de semana divertido com a minha melhor amiga, eu preciso fazer algo de bom para alguém e para mim mesma. Preciso que ela diga sim. — Acho que posso ajudar.

TONI

SEXTA-FEIRA À TARDE

— Não.

Pego novamente a barraca para terminar de ajudar essa menina e voltar para o que sobrou do meu fim de semana. Agora que não posso competir no Golden Apple, isso tudo não passa de uma última farra antes de mais uma futura universitária se mudar para o campus. Parece clichê, parece vazio, parece todas as coisas que eu não queria que fossem.

— E por que não? — Olivia dá a volta para ficar bem no meu campo de visão e coloca as mãos nos quadris. Ela tomba a cabeça para o lado, como se tivesse a audácia de estar indignada. — Você precisa de mim e eu acabei de me oferecer com toda a bondade do meu coração. E sou uma cantora bem ok. Você deveria me agradecer.

Abaixo os óculos escuros para conseguir vê-la sem nenhuma lente colorida no caminho. Ela é baixinha, mas o coque formado pelas tranças lhe dá quase trinta centímetros a mais de altura. A maquiagem está perfeita, mesmo com todo o ataque de asma/barraca, e suas bochechas brilham. Ela tem a pele clara o suficiente a ponto de eu conseguir ver o vermelho da queimadura de sol inevitável já aparecendo em seus ombros descobertos. E embora esteja agora com uma expressão carrancuda, ela é... bonitinha. Esse é o primeiro sinal.

— Porque não trabalho em equipe — respondo, finalmente. — E não aceito favores.

Coloco os óculos de volta e passo uma das hastes de alumínio pelo tecido da barraca. Essa interação está me deixando mais lenta. Esse é o segundo sinal.

Talvez fosse para ser assim. Que tipo de iluminação eu estava buscando ao me apresentar numa performance fracassada? Não consigo tocar uma música inteira há oito meses. Mal consegui pensar na ideia de tocar desde o funeral do meu pai. Por que achei que vir aqui e me inscrever nessa cópia barata do *The X Factor* me faria decidir o que fazer da vida? Era um tiro no escuro de qualquer forma.

— Mas! — Ela bufa. — Lembra aquela vez em que você salvou a minha vida? Bons tempos, não é? Criamos umas belas memórias, eu diria.

— Por que você está insistindo tanto nisso? — pergunto, olhando para ela.

Eu me dou conta de que essa é a conversa mais longa que tive com alguém sem ser minha mãe ou Peter em muito tempo. Conheço essa garota há apenas meia hora e ela já conseguiu transpassar meus anos e anos de prática para falar o mínimo e apenas quando necessário. Esse é o terceiro sinal.

— Na verdade, não responda. Não preciso saber. — Limpo as mãos no short e aponto a barraca com a cabeça. Já está na hora de acabar com essa interação. — Bom fim de semana.

Começo a andar na direção do Core e mando uma mensagem para Peter avisando que vou encontrá-lo. Minha cabeça está rodando tentando entender o que significa não competir no Golden Apple. A vida adulta é apenas uma lista de concessões. Sem qualquer rumo para o futuro, passo quatro anos numa faculdade que não quero cursar. Eu me formo com um título para o qual não dou a mínima, caio numa carreira qualquer e fico ali por quarenta anos. Minha mãe fica orgulhosa porque fiz a coisa certa, a coisa estável, mas, antes que eu perceba, já esqueci o que é ter dezessete anos e ter *opções*. Mesmo que eu não tenha a menor ideia de quais opções são essas, ou como alcançá-las.

Estou vendo um filme do resto da minha vida e não gosto de para onde vai esse enredo.

Começo a andar mais rápido por instinto, tentando chegar a algum lugar, qualquer lugar onde eu possa fugir do meu destino.

— Espera!

Viro para trás e Olivia está correndo em minha direção. Ou, bem, correndo do jeito que dá, com suas sandálias enormes batendo no caminho de cascalho que leva ao Core. Quando ela me alcança, imediatamente usa o inalador e suspira.

— E se fosse uma troca?

Pisco os olhos.

— Como assim?

— Uma mão lava a outra. Uma via de mão dupla. Eu já namorei umas quatro pessoas que faziam discursos e participavam de debates, então sei mais um milhão desses ditados.

Ela sorri, e é um sorriso brilhante e aberto. Se eu fosse outro tipo de pessoa, com outro tipo de bagagem, eu provavelmente ficaria encantada. Mas não estou. Na verdade, só estou ficando mais frustrada.

— Não faz sentido.

Continuo a andar, mas ela vem caminhando ao meu lado. Nunca vi alguém tão difícil de despachar, especialmente por mim, a não ser o Peter, talvez. Normalmente basta um olhar para impedir as pessoas de se sentarem à minha mesa no refeitório, tentarem ser minha dupla na aula de química ou me venderem algo na rua. Existe um motivo para eu ser chamada de Sra. Noel pelos meus colegas de turma, e não é porque asso biscoitos ou tenho as bochechas rosadas.

É porque sou uma rainha de gelo. E em geral sou muito boa nisso.

— Faz sentido sim, Dona Rabugenta, você só não está prestando atenção direito — insiste ela. — Estou dizendo para fazermos uma troca. Então não é como se eu estivesse te fazendo um favor, vamos ficar quites. Um acordo de damas!

Paro de andar. Não respondo, e ela encara isso como uma oportunidade para continuar falando.

— Já ouviu falar do #EncontradoNoFarmland?

É claro. É claro que essa garota quer que eu a ajude a encontrar aquelas maçãs idiotas para aquela caça ao tesouro idiota. Eu devia ter imaginado. Todos os novatos no Farmland caem na cilada de tentar ganhar essas pegadinhas comerciais. Em um ano foi uma campanha nas redes sociais da Live Nation para ver quem conseguia postar mais com a hashtag deles em troca de ingressos para shows por um ano. No ano seguinte era algo ainda mais irritante. Nunca tem nada a ver com música.

Além de ser ridículo e, sinceramente, vergonhoso (meu pai se reviraria no túmulo se soubesse que estou participando de alguma campanha de marketing capitalista que usa a música como pretexto para fazer as pessoas comprarem e consumirem mais), é impossível. E digo isso a ela.

— Esse festival fica numa área de trezentos hectares. Não existe nenhuma chance de você encontrar todas.

— Não é impossível para alguém como você. Alguém que conhece o lugar tão bem depois de anos vindo aqui. — Ela dá de ombros. — Se você precisa de mim tanto quanto preciso de você, sabe que não vou te decepcionar. Combinado?

Ela levanta os óculos em formato de coração até o cabelo e estende a mão como se estivesse tudo certo. Como se seu argumento tivesse sido tão certeiro que eu não pudesse recusar.

E talvez ela esteja certa. Que escolha tenho? Sem qualquer outro plano, vou para Bloomington na semana que vem sem nem poder argumentar. Vou ser a filha que minha mãe me criou para ser, a que toma decisões sólidas e se mantém firme nelas. Então, a não ser que eu suba no palco e, como meu pai sempre dizia, ele me revele outra opção, vai ser faculdade mesmo. É assim que funciona.

— Eu queria muito ganhar aquele carro. — Olivia estende a mão para mais perto de mim e abre um sorriso ainda mais largo. — E gostaria de ajudar você a ganhar o concurso. E então, o que vai ser?

Não posso contabilizar um quarto sinal, então decido apagar tudo. Começar do zero.

Tento apaziguar a confusão no fundo do meu cérebro dizendo que essa é uma má ideia, que Toni Foster não faz esse tipo de coisa, que não posso e não devo fazer isso. Que quanto mais você confia em outras pessoas, mais fácil é você se ferrar. Seguro a mão dela e faço o possível para ignorar o fato de a palma de sua mão encaixar perfeitamente na minha.

— Beleza. — Aperto a mão dela. — Tô dentro.

OLIVIA

SEXTA-FEIRA À TARDE

Assim que deixo Toni perto dos acampamentos, vou procurar Imani para contar sobre a mudança de planos para o fim de semana, e minha expectativa é encontrar minha melhor amiga fazendo várias coisas. Talvez esteja parada diante de algum ventilador gigante no Core, tentando se recuperar do que ela chamou mais cedo de "calor irracional". Ou até comprando comida na barraquinha de tacos, onde todo mundo nos fóruns diz que é obrigatório comer. Eu até poderia imaginar que ela encontrou um show legal e já está assistindo a alguma banda tocar.

Mas nunca na minha vida eu esperaria que ela estivesse conversando com um cara. E, pelo que estou vendo, um cara *gatinho*!

— Olivia! Aqui!

Ela acena ao me ver serpenteando pela multidão. Surpreendentemente, levei um tempão para passar pela segurança porque eram muito meticulosos. Pelo visto, tanto tempo que minha melhor amiga foi substituída por um clone especialmente falante.

Quando chego mais perto da barraquinha de tacos onde eles estão — então ela *foi* mesmo comer na barraquinha de tacos! —, o cara, que deve ter mais ou menos a nossa idade, sorri como se eu fosse um velho amigo de guerra. Dou uma analisada rápida: o cabelo preto cacheado está escondido sob um boné de beisebol velho e seus braços longos e magros, de pele escura, lembram os daqueles bonecos de vento que ficam nos estacionamentos de concessionárias. Ele é tão alto quanto um jogador de basquete, mas não tem o mesmo porte atlético dos jogadores de basquete que namorei. E está usando uma camiseta cropped. Com um short jeans.

Depois de cinco segundos, já o considero meu filho, meu rolinho de canela magrelo.

Ele levanta a mão para me dar um *high five*, e eu imediatamente bato de volta. Se tem uma coisa de que gosto, essa coisa é um *high five* animado.

— Peter Menon, muito prazer — se apresenta ele.

Olho para Imani e ela dá de ombros, como se, assim como eu, também estivesse confusa sobre os motivos para estar conversando com um estranho. Não é que Imani não seja sociável, ela é. Mas normalmente só com pessoas que já conhecemos. Ela nunca foi muito fã de estranhos. Esse é o meu campo de atuação.

— Eu e Imani estávamos aqui nos conhecendo graças a essas coisinhas muito apimentadas.

— Você devia ter visto como a gente ficou. Tipo o Paul Rudd naquele meme do *Hot Ones*.

Eles riem dessa piadinha interna, mas eu nem reclamo, porque quem não ama o Paul Rudd? Pego a minicâmera instantânea pendurada no pescoço para tirar uma foto dos dois no meio da risada. Sacudo a foto e sorrio. Ei. Olha só pra gente.

— Vocês têm uma energia ótima — diz ele, ainda sorrindo. De repente, tem uma ideia. — Cara! Vocês duas precisam conhecer a minha amiga. Estou indo encontrar ela perto do letreiro do Farmland. Ela vai se inscrever no Golden Apple. — Ele pega o celular e começa a vasculhar as mensagens. — Vocês precisam ouvir a voz dela. É incrível.

Dou risada da animação de Peter. Sua energia é tão tangível que sinto estar absorvendo um tanto só de estar perto dele.

— Ah, perfeito, é pra lá mesmo que estamos indo.

Pego Imani pelo braço, e Pete vai tocando uma bateria imaginária enquanto caminhamos.

Imani odeia quando mudo os planos em cima da hora, então tento ir suavizando a notícia. Não pensei na reação dela quando decidi fazer isso, e agora percebo que pode ter sido um erro de julgamento. Ela queria um fim de semana estritamente de melhores amigas, e isso dá uma bagunçada na nossa programação. Mas! Pensando pelo lado positivo, eu posso ganhar um carro, o que significa que Imani não vai precisar me levar a todos os lugares o tempo inteiro e, como estou sempre falida, pagar pela gasolina extra. Só preciso colocar as coisas nessa perspectiva e ela vai basicamente me implorar para incluir Toni nos planos do nosso fim de semana. É quase certo.

Quase sendo a palavra importante aqui.

— Então, o negócio é o seguinte: depois que você saiu do acampamento, aconteceu uma coisa...

— Eu organizei um roteiro pra gente não se perder — interrompe ela, já pensando bem à frente, como sempre. — Pensei que a gente podia ir na roda-gigante hoje, talvez assistir a um dos shows do palco Red Delicious, e depois ver as lojinhas.

Abro a boca para interromper só por tempo o suficiente para contar sobre a caça ao tesouro, mas meu telefone não para de apitar. Fico achando que pode ser algo urgente, mas, quando pego o celular, as mensagens da minha mãe aparecem na tela. Elas são a lembrança da minha mentira, a única que seria capaz de mantê-la fora da minha cola por um fim de semana inteiro, e lê-las deixa um gosto amargo na boca. Não quero usar o Deus dela para conseguir o que quero, o que preciso, mas não havia outro jeito.

Não é como se ela ainda confiasse em mim, depois de tudo o que aconteceu. Não é como se ela fosse confiar em mim de novo um dia.

> Não se esqueça de dar a Imani o dinheiro da gasolina pela carona até o retiro.

> E não deixe de rezar antes de comer. Você sempre esquece.

> Isso vai ser bom pra você.

É essa última mensagem que me abala e me faz tropeçar um pouco enquanto andamos. É como se ela estivesse sacudindo uma bíblia na minha cara. *Isso vai ser bom pra você* fica martelando na minha cabeça até ser a única coisa que consigo ouvir. Tem tanta coisa contida nessas seis palavrinhas. O quanto preciso mudar, o quanto ela acha que preciso mudar. Eu sou muito rápida, muito *soltinha*, muito imoral, e isso é ruim para mim. Ela me lembra disso quase todos os dias desde tudo o que aconteceu com Troy.

Já é ruim minha mãe achar que sou incapaz de tomar boas decisões. E que até minhas boas intenções acabam magoando as pessoas. O pior é ela estar totalmente certa.

Sinto uma onda de determinação me invadir. Nós vamos ganhar essa caça ao tesouro. Vou cumprir minha promessa a Imani, ganhar esse carro, ter um ótimo fim de semana e deixar esse lugar — e Toni — melhor do que o encontrei. Eu posso virar a página. *Posso*.

— Olha só, Imani, antes de fazer tudo isso, temos só uma pequeeena mudança de planos — me apresso em dizer.

Quero explicar antes que encontremos Toni, e o tempo está acabando. O rosto de Imani assume uma expressão confusa, o que é raro, porque ela sempre, *sempre* tem a resposta para tudo.

Peter aponta para o letreiro com uma das mãos e cutuca o ombro de Imani com a outra.

— Lá está a minha amiga!

Imani olha para onde Peter está apontando, e acabo seguindo seu gesto também. Tem umas vinte pessoas paradas ao lado do letreiro, então é difícil saber de quem ele está falando, até que completa:

— É aquela de chapéu!

Peter dispara na direção dela — sai correndo como um cachorrinho que se soltou da coleira —, e não demora muito até eu perceber para quem ele estava apontando. Quando a vejo, meu coração vem à boca, e não de um jeito divertido, tipo numa montanha-russa. É claro que vai ser assim. Eu me enrolo toda tentando terminar minha explicação às pressas, mas sei que não estou sendo rápida o suficiente.

— Sabe quando eu disse que estava querendo um carro? Então, olha que história engraçada, essa garota que eu conheci...

— De onde você conhece o Peter? — pergunta Toni, assim que nos aproximamos. Sua voz é tão clara e seu olhar tão duro que é impossível fingir que ela não está falando comigo.

Peter olha para Imani e depois para Toni, animado, mas um tanto desconcertado.

— Espera aí, você conhece a Imani?

Imani solta meu braço e aponta para Toni com o queixo.

— Não. De onde *você* conhece a Olivia? — pergunta.

E então, de repente, como se tivessem ensaiado, todos eles olham para mim.

Jogo as mãos para o alto, o retrato de uma mulher culpada.

— Hum — começo, olhando para eles, que estão impacientes aguardando uma resposta. — E aí, Farmers?

SEXTA-FEIRA À TARDE

Sinto que estou no meio de um duelo do Velho Oeste e, não tenho muita certeza, mas talvez eu tenha sem querer sacado minha arma primeiro. Quando Olivia apareceu com Peter e a amiga dela, eu não sabia muito bem o que pensar. Nunca concordei em incluir Peter nesse plano e, principalmente, nunca considerei que isso se tornaria um grande esforço colaborativo. Já sinto um curto-circuito na cabeça só de pensar em misturar essa coisa temporária com Olivia e meu lance permanente com Peter.

— E eu nessa história? Vou ter que ficar andando atrás de uma garota que nem conheço o fim de semana inteiro?

A amiga de Olivia — Imani, eu me lembro — cruza os braços e me fuzila com o olhar.

Ela parece ter detestado a explicação sobre a caça ao tesouro e meu envolvimento nisso tanto quanto eu. Mas por algum motivo — e talvez valha aqui dar o crédito ao recado da sra. Robertson no meu boletim da sétima série que dizia "Tente não se retrair quando se deparar com pessoas e circunstâncias novas" — minha reação não é me levantar e ir embora.

— Claro que não era isso o que tínhamos em mente... — começo.

— Liv, se você quer tanto assim esse carro, podemos fazer isso nós duas — interrompe Imani. — Acho que a gente não precisa fazer esse cosplay de "siga a estrada de tijolos amarelos".

Olivia contorce os lábios, como se estivesse lutando contra um sorriso, mas parece nervosa, mexendo na câmera em seu pescoço.

— Bom, se eu sou a Dorothy, isso quer dizer que você é o Homem de Lá...

— Meu Deus, Olivia, você consegue levar alguma coisa a sério? — Imani joga as mãos para cima e olha para o céu.

Isso já foi longe demais. Se vamos fazer isso, subir no palco para participar do Golden Apple e ganhar a caça ao tesouro para Olivia, precisamos começar logo. Então faço uma coisa que nunca faço em situações tensas. Abro um sorriso.

Peter parece estar em choque, mas Imani não se comove.

Meio que gosto disso nela. Nunca sei o que fazer com lobos em pele de cordeiro. Se vai me morder, gosto de saber logo com o que estou lidando.

Dou um passo à frente e Imani se aproxima ligeiramente de Olivia, como se estivesse pronta para protegê-la com o próprio corpo caso eu faça algo para machucá-la. Deve ser legal ter esse tipo de conexão com alguém disposto a trocar a própria segurança pela sua proteção.

Peter é ótimo, e é uma parte irritante, porém inestimável, da minha vida desde que tenho onze anos, mas ele mora do outro lado do país. Enquanto as meninas com quem eu estudei estavam indo ao cinema com os melhores amigos, fazendo festas do pijama e postando tudo em seus perfis no Confidential, ou então posando todas arrumadinhas para fotos em seus belos jardins antes dos bailes, eu estava em casa testando riffs na minha guitarra. Estava andando atrás do meu pai no *backstage* dos shows. Estava escolhendo o caminho mais seguro — o caminho familiar —, me escondendo atrás da música e da solidão, em vez de sair no mundo e tentar fazer amigos da minha idade.

Antes que eu me desse conta, já tinha virado a rainha de gelo — a garota que se achava boa demais para conviver com os outros. A garota arredia demais para participar das coisas. Claro, era uma solidão que eu tinha escolhido, mas nem por isso me sentia menos sozinha.

Então sempre sinto uma pontadinha diante desse tipo de lealdade. Tudo bem que também vi as mesmas garotas da escola brigando, fazendo drama e deixando de seguir umas às outras nas redes sociais, mas parte de mim ainda ansiava por aquilo. Como deve ser gostar tanto de alguém a ponto de brigar com ela e depois fazer as pazes? Eu não sabia. Eu não sei.

— Acho que a gente precisa escutar o que ela tem pra dizer, sabe? Temos todo um plano. — Olivia aperta gentilmente o braço de Imani. — Confie em mim.

Ela obviamente não confia em mim, mas está disposta a confiar em Olivia, o que é suficiente por enquanto.

— Pensei no seguinte... — começo.

Olho para Olivia e ela está me encarando com uma expressão aberta, os lábios curvados num leve sorriso, como se nem estivesse se dando conta de que está sorrindo. Nesse momento, ela me lembra muito o meu pai, a expressão dele quando estava tocando sua velha Gibson SG no porão. Uma esperança tão plácida que você nem quer se mexer muito, com medo de estragar.

— Primeiro de tudo: ativem as notificações para receber um aviso toda vez que o perfil @EncontradoNoFarmland postar alguma coisa. O sinal aqui fica meio instável, e precisamos ser os primeiros a ver quando eles postarem alguma dica — digo.

Peter concorda com a cabeça, o rosto atento e aguardando as instruções. É um olhar familiar, que já vi milhões de vezes no FaceTime desde que ficamos amigos. Qualquer coisa que puder fazer para ajudar — ou para ser necessário –, ele topa.

Pego meu celular e volto até a primeira foto que eles postaram, uma hora atrás. De acordo com as regras, eles vão postar pistas aleatórias de onde encontrar cinco maças durante todo o fim de semana. Mas elas já podem ter sido recolhidas quando você chegar, e, se perder uma, você praticamente perdeu todas, então é preciso ser rápido.

Meu coração já está batendo acelerado, como se eu estivesse participando de um desses reality shows caóticos tipo *The Amazing Race*. Eu nem me importo com esse maldito carro, mas de repente ganhar isso se tornou algo grandioso e importante. E já estamos atrasados.

A primeira imagem mostra a maçã dourada contra um fundo vermelho. Com certeza foi tirada de manhã cedo, pela luz rosada sobre ela, mas está brilhando demais para ser apenas efeito do flash. A foto tem um tom de algodão-doce.

— E acho que precisamos nos separar. Só consigo imaginar dois lugares onde essa foto pode ter sido tirada.

Já vim tantas vezes ao Farmland que não tem muitos lugares aqui por onde eu não tenha passado na última década da minha vida. Falo para Peter e Imani irem procurar atrás do galpão Goldspur, perto da área de barraquinhas de comida, enquanto eu e Olivia vamos até o outdoor — um muro baixo com uma plataforma que ilumina os pôsteres colados ali, como se fosse um outdoor de beira de estrada. Vamos nos aproximando, e já consigo ver que, como sempre, está cheio de cartazes sobre se registrar como eleitor e redução de desperdício, além da programação do fim de semana.

Fica bem perto do chão, então as pessoas também tomam a liberdade de assinar atrás do mural. Eles pintam por cima todo ano para que o próximo grupo de Farmers possa usar também, mas é uma tradição do festival.

Eu e Olivia nos movemos rapidamente, caso alguém tenha tido a mesma ideia. Faz sentido que tenhamos nos separado em duplas com uma pessoa que já esteve no Farmland e um novato, e Peter estava um pouco ansioso demais para ir com Imani até o outro ponto.

— Chicago tem ótimos shows, mas o estacionamento é sempre horrível, sabe? Imani odeia ir porque... Ei, espere aí! — Olivia para e segura a câmera pendurada em seu pescoço diante dos olhos. É uma dessas pequenininhas e cor-de-rosa que se compra na Urban Outfitters e que imprimem instantaneamente fotos vintage em miniatura. Ela aponta a câmera para a frente e tira uma foto. — Viu aquilo?

Pega a foto impressa e entrega para mim. A imagem ainda está aparecendo, então não sei exatamente o que ela quer que eu veja. Ela aponta com a cabeça na direção do palco à nossa frente.

— Aquela criança no ombro do pai. Está vendo?

Ela não está virada para mim, então sigo seu olhar até a multidão diante do palco Granny Smith. Uma criança de uns quatro ou cinco anos está com os braços para cima e um fone de ouvido antirruído assistindo ao show de uma banda indie que não conheço.

É um momento totalmente comum, mas há certa beleza ali. Especialmente quando o pai olha para cima e sorri para o filho. É simples, mas especial. Memorável.

A foto não captura exatamente o que estamos olhando ao vivo, mas entendo por que ela quis guardar o momento. Eu não teria pensado nisso, provavelmente mal teria guardado nos confins da minha mente, mas Olivia parou para olhar. Para registrar aquilo.

Devolvo a foto para ela sem enunciar nada disso.

— É legal — digo.

— Legal. — Ela abre um sorrisinho. Começa a andar de novo. — Você é uma mulher de poucas palavras, Toni. Não posso dizer o mesmo sobre mim!

Então ela gargalha de sua própria observação, o som tão alto que parece saído de um desenho animado, e eu sorrio, embora não queira. É difícil não sorrir quando ela ri assim. Quando chegamos mais perto do outdoor, fica claro que minha aposta estava certa: a maçã está encaixada entre as ripas da plataforma de madeira, escondida apenas pela luminária gigante que ilumina o outdoor à noite. Foi fácil de adivinhar porque foi a primeira pista, com certeza.

Olivia fica ainda mais animada quando a encontramos.

— Ai, meu Deus, Toni, você estava certa! — Ela dá um empurrãozinho no meu ombro, brincando. — Tenho um faro bom para pessoas boas. É, tudo bem, também tenho um faro para pessoas que parecem boas e acabam se revelando criaturas terríveis, mas nesse caso...

— Hum, Olivia. — Levanto a mão para interromper o discurso e faço um sinal com a cabeça para o lado. Duas meninas com asas de fada e coroas de flores parecem ter tido a mesma ideia que nós. Elas vêm andando casualmente, rindo, do lado oposto de onde estamos, até que uma delas para e se ajeita de repente. Olha para mim e aponta disfarçadamente para nós duas. — Você está com seu inalador?

Olivia segue meu olhar até a dupla de fadas e congela por um segundo. Ela leva a mão até a pochete, sente o objeto em formato de L ali dentro e concorda com a cabeça.

— No três? — pergunto.

Ela concorda de novo. As fadas estão andando devagar na direção da maçã, com certeza tentando nos desconcentrar com seus passos sinuosos. Começo a contar.

— Um, dois...

Mas Olivia sai em disparada como um raio antes que eu tenha a chance de dizer três, correndo entre as pessoas que estão entre nós e o outdoor, berrando pedidos de desculpa pelo caminho. Essa é minha deixa para fazer o mesmo, e, no minuto em que começo, as fadas também saem correndo, descalças. As asas oferecem alguma resistência ao vento e elas ficam mais lentas, então, embora estivessem mais perto, Olivia consegue pegar a maçã primeiro.

Ela levanta a maçã sobre a cabeça, vitoriosa.

— Toni! Conseguimos! — grita para mim.

Paro para respirar, tentando não sorrir. Quero ficar aliviada, mas então percebo que as fadas não pararam de correr. Na verdade, enquanto Olivia coloca uma das mãos no joelho para recobrar o fôlego, a fada que está com asas cor-de-rosa arranca a maçã de sua outra mão. Olivia olha para cima e bufa, em meio à respiração entrecortada.

— O qu... Espera aí! Isso é *super* nada a ver com o espírito do Farmland!

Mas a fada não ouve nem para — ela passa por baixo do outdoor e continua correndo, com a amiga a reboque. Estão agora mais perto de mim do que de Olivia, que se enrola toda para pegar o inalador. E isso, mais do que tudo, é o que me deixa irada e pronta para agir. Já é ruim o suficiente que elas tenham desrespeitado o espírito deste festival e feito algo horrível como roubar de outra Farmer, mas ainda fazer isso enquanto ela está tendo um ataque de asma?

Isso já é maldoso demais.

Quando vou na direção da fada que está com a maçã, esbarro num cara grandão sem camisa que carrega um totem com um ursinho iluminado em cima e perco o equilíbrio. Caio exatamente diante da Asa Cor-de-Rosa e, num ato de misericórdia um tanto deselegante do destino, ela tropeça em mim. Sua amiga, Asa Verde-Limão, tenta resgatar a maçã que caiu em meio ao caos, engatinhando entre as pernas de todas as pessoas que passam por ali a caminho dos primeiros shows do dia.

Perco a maçã e Olivia de vista, até que ouço sua voz em meio a tentativas não tão bem-sucedidas de levar ar aos pulmões.

— Tente — chiado — tirar ela de mim — chiado — agora — chiado —, Sininho.

Eu me levanto aos trancos e barrancos e Olivia guarda a maçã na pochete. A fada que está caída por cima de mim rola para o lado, derrotada, e a outra, aos pés de Olivia, dá um soco no chão. A cena é absurda, estranha e bizarramente cinematográfica. Passo a mão na testa suada e encontro o olhar de Olivia do outro lado da trilha de terra batida. Ela está radiante e satisfeita, e meu peito se enche com uma emoção que se parece muito com orgulho.

Desta vez, não consigo evitar abrir um sorriso para ela.

SEXTA-FEIRA À TARDE

Estou suada, nojenta e mal consigo respirar direito, mas nem um pouco envergonhada de tudo isso. E lá está Toni, sorrindo para mim como se eu não estivesse totalmente desgrenhada. O fato de ter decidido não me apaixonar por ela me dá uma sensação de liberdade. Afasta a pressão e aquela tensão que paira sobre todas as conversas quando você quer que uma pessoa te deseje da mesma maneira que você a deseja — e que muda os comportamentos e faz com que todas as interações sejam um pouco como uma performance.

Meu coração bate um pouco mais rápido, e não é por causa do movimento ousado que consegui fazer para resgatar a maçã. Quando Toni sorri, aquele sorriso sincero, ela parece uma princesa da Disney que chegou por acaso no cenário de um clipe do Kittredge, e isso é demais para mim, beleza? Não está certo. Devia ser ilegal. É simplesmente criminosa a forma como o canto dos seus olhos se enruga e ela mira o chão como se estivesse meio constrangida por se permitir um momento de alegria. Eu devia lhe dar voz de prisão. Alguém precisa me tirar de perto dela antes que eu...

— Olivia!

Imani e Peter de repente estão na minha frente, e nem sei bem de onde eles vieram. Toni está atrás deles, o sorriso um pouco esmaecido depois da minha cena ridícula e sem fôlego de alguns segundos atrás. Quero que ela sorria para mim de novo daquele jeito.

Até que olho para o rosto de Imani e vejo que os olhos dela estão praticamente fechados de tão apertados. Fui descoberta.

— Então, já pegou sua maçã. Podemos ir agora?

Ela estende a mão e balança os dedos, para eu lhe dar a mão e ir embora com ela. E eu iria, eu juro que iria, mas com ou sem o sorriso de Toni, ainda temos quatro maçãs para encontrar hoje, então não podemos deixá-los mesmo se eu quisesse. E eu não quero. Ainda não.

Mas é Peter o primeiro a falar.

— Temos que fazer isso o dia inteiro, não? Pode surgir uma pista a qualquer momento.

Ele olha para nós três rapidamente, mas seus olhos se demoram em Imani por uma fração de segundo a mais. Ele está implorando, e é o tipo de olhar que conheço bem, pois já o lancei muitas vezes ao longo da vida. Neste momento, se eu fosse um personagem de desenho animado, uma lâmpada se acenderia sobre a minha cabeça.

Imani não entende minha razão para ser uma romântica incorrigível porque ela nunca sentiu isso. Ela não conhece aquela revirada que o estômago dá quando a garota de quem você gosta entra num cômodo, ou a onda de ansiedade que invade o corpo depois de enviar uma mensagem perguntando "e então, o que exatamente nós somos?" para o seu quase-namorado. Ela nunca amou ninguém além de Davey Mack, e ele não conta, porque celebridades não contam (está no livro de regras; acredite, eu o escrevi). Nunca percebi o que estava bem na minha frente: ela fica tão incomodada com meus romances porque se sente excluída.

Eu me xingo internamente por não ter percebido antes que isso pode ser mais uma maneira de ajudar alguém neste fim de semana. Pode me chamar de Jane Austen, mas estou prestes a dar uma de Emma com Peter e Imani.

— A gente devia assistir aos shows solo do Golden Apple hoje — sugiro, unindo as mãos como uma animadora de torcida. — Acabei de receber uma notificação do aplicativo do Farmland. Vão começar agora. Podemos ir lá no galpão Cortland dar uma olhada no nível dos competidores. Vai ser útil pra gente — faço um gesto apontando para mim e para Toni — e uma boa maneira de matar o tempo até a próxima pista.

É tudo verdade, mas o mais importante é que show no galpão significa escurinho e todo mundo sentado perto. O cenário perfeito para uma cena romântica entre os dois pombinhos.

Peter se anima imediatamente, e, naquele momento, sua expressão e seu cabelo escuro bagunçado parecem tão esperançosos que tenho uma vontade súbita de lhe dar um abraço. Imani fecha o punho da mão que estava estendida, depois abre a palma novamente antes de enfiar a mão no bolso. Toni dá de ombros como se não se importasse muito, e tento não sentir nada a respeito. Isso não tem a ver com ela. Tem a ver com Imani e Peter. (Até a hora de procurar a próxima maçã, e aí nesse caso vai ter a ver comigo. Mas não importa.)

— Beleza — resmunga Imani.

Peter pula e dá um soquinho no ar. Estou quase convencida de que esse cara nunca teve um episódio de mau humor na vida, de tão feliz.

Ele e Toni saem na frente, em direção ao galpão, e Imani fala em voz baixa apenas para mim:

— E então, por quanto tempo vamos ter que aguentar Coisinha Um e Coisinha Dois? — pergunta. — Já estou irritada com essa imitação de Zoë Kravitz. Sério, quem ela pensa que é com esse chapéu?

Imani costuma mesmo ser rabugenta, então o comentário não me surpreende, mas me incomoda um pouco. Toni pode até não ser a garota mais agradável do Farmland, mas ela foi tranquila comigo até agora. Legal, até. E em nenhum momento ela me mandou ficar quieta, o que já é melhor do que a maioria das pessoas depois que me conhecem há dez minutos. Sinto que preciso defendê-la.

— Eu gosto do chapéu. — Tento mudar de assunto rapidamente. Cutuco Imani com o cotovelo. — Mas o Peter é gatinho, hein?

— Não sei — responde, revirando os olhos de um jeito tão exagerado que só ela seria capaz de fazer. — Não presto atenção nessas coisas. Esse é seu departamento, lembra?

Sei que ela está brincando, mas sinto meu pescoço esquentar de vergonha. Eu não devia me sentir mal por gostar de beijar as pessoas, mas às vezes acontece. Nesses momentos, quando alguém que amo critica minha tendência a me jogar de coração em tudo que faço, percebo que o que eu menos deveria querer era ser uma adolescente que sente demais.

Tem muito tempo que nós duas não brigamos. Tipo, uma briga de verdade. Então, a reação dela me pega desprevenida. Quase tenho vontade de cancelar tudo; simplesmente pedir desculpas a Toni por propor essa ideia, e manter o plano inicial de curtir o fim de semana antes do inevitável. Porque, em poucos dias, haverá uma audiência judicial na qual o destino do mais proeminente futuro jogador de basquete de Indiana está em minhas mãos. E não tenho nenhuma intenção de estar lá.

E quando eu contar a verdade a Imani, que eu não posso fazer isso, não vou ficar surpresa se a decepção dela for tão grande a ponto de nem tentar mais me convencer a fazer a coisa certa. É assim que sabemos quando a Imani desistiu da gente — quando ela não se importa o suficiente para discutir. Mas não tenho escolha. Se eu ficar diante do conselho inteiro da escola e contar a eles o que aconteceu entre Troy e eu do meu ponto de vista, vou destruir a vida dele — e a minha também, consequentemente.

Tento afastar o pensamento, mas não consigo esquecer por completo. Sinto um aperto no peito contra a minha vontade.

— Não quero falar sobre nenhum deles — diz Imani. Ela balança a cabeça e os cabelos longos e ondulados se agitam suavemente, como se ela também não estivesse interessada em entrar nessa briga. — Este é um fim de semana de melhores amigas. Eu e você. — Ela ajeita os óculos de sol tartaruga e levanta as sobrancelhas. — Lembra?

Lembro. É *claro* que lembro.

Imani e eu não ficamos amigas porque gostamos dos mesmos filmes, compramos nas mesmas lojas ou temos crush nas mesmas celebridades. Nossos irmãos mais velhos namoram praticamente desde que começaram a estudar juntos na Park Meade. Nia e Wash. Primeira e segundo da turma, eleitos a mais provável de ser bem-sucedida e o mais provável de ser presidente, Harvard e MIT, respectivamente. Superestrelas e gêmeos em charme, carisma e na boa e velha excelência negra. Não foi nenhuma surpresa que tenham encontrado um ao outro. E nenhuma surpresa que eu e Imani tenhamos nos encontrado também.

Quando você sabe o que é ser o segundo melhor da família, acho que é quase inevitável encontrar a única outra pessoa que realmente entende como você se sente e se tornar o número um dessa pessoa.

Não falamos disso com frequência, ou nunca, na verdade. Mas foi o suficiente para construir uma amizade verdadeiramente icônica. Porque, por mais diferentes que sejamos, somos muito parecidas no que realmente importa. Naquilo que não se pode quantificar. É por isso que dou ouvidos a ela em momentos como este, mesmo que não concorde muito.

Mas seu olhar agora me diz tudo o que preciso saber. Ele diz exatamente por que não posso deixá-la na mão por causa de Toni e por que preciso manter o foco nos objetivos: ganhar a caça ao tesouro, competir no Golden Apple amanhã e ajudar minha melhor amiga a viver um romance de fim de semana épico com um garoto bonitinho — e meio bobão — que ela nunca mais vai ver.

Não digo mais nada enquanto caminhamos até o celeiro onde acontecem as apresentações. Está no intervalo, então há um zunido baixo da conversa do público e um palco vazio com um feixe de luz apontado diretamente para o microfone.

O celeiro é grande, mas não enorme. Tem uns 150 assentos e um mezanino onde só cabem uma mesa e os três jurados. Não consigo ver os rostos deles por causa da luz, mas fico animada assim mesmo. Quem quer que sejam, eles são *famosos*. Não sou blasé e admito que estar no mesmo lugar que alguém que talvez conheça a Beyoncé é bastante impressionante, está bem?

Nós quatro caminhamos pelo corredor até uma fileira no fundo onde há lugares vazios. Estamos entrando na fileira quando percebo que a ordem está toda errada. Peter, eu, Imani e Toni. Isso acaba com todo o meu plano! No último segundo, chamo Peter.

— Peter, me desculpe, se incomoda de trocar de lugar comigo? Eu sou muito baixa, é mais fácil de enxergar se estiver mais perto do meio.

É uma desculpa completamente esfarrapada, uma medida desesperada, mas Peter concorda tão rápido com a cabeça que seu boné quase sai voando.

— É claro! — Ele se entusiasma muito rápido, como se estivesse querendo ser mais útil. — Sabia que o presidente americano mais baixo tinha mais ou menos a sua altura? James Madison chegava a colossais um metro e sessenta e dois centímetros. Sempre achei muito injusto isso de as pessoas não conseguirem alcançar a última prateleira e tal. Isso aqui é praticamente uma reparação histórica de altura.

Eu rio e resmungo ao mesmo tempo em resposta à comparação horrível.

— Você não devia usar o termo reparação histórica com três mulheres negras, Pete — murmura Toni. Ela se senta bufando, tira os óculos escuros e pendura na blusa. Solta um suspiro e leva a mão ao rosto. — Saiba com quem você está falando. Já conversamos sobre isso.

Peter arregala os olhos. Mas faço um gesto deixando claro que as desculpas que ele ia pedir não são necessárias. Aquilo provavelmente o fez perder alguns pontos com Imani, mas acho que vamos conseguir recuperá-los se ele parar de falar besteira.

— Eba! Estou ansiosa pela próxima apresentação — digo, alto demais, tentando evitar o climão que promete se instalar se eu não fizer nada.

Eu me sento rapidamente, e Peter faz o mesmo. E foi bem na hora, porque, assim que nos ajeitamos, as luzes se apagam e o apresentador sobe ao palco para anunciar o próximo artista.

Dou uma olhada em Imani, que está me encarando com uma expressão aterrorizante. Sei que ela está irritada de estarmos com Pete e Toni, mas um dia vai entender que foi para seu próprio bem. Ela não está conseguindo ver o quadro geral da situação. O próximo artista é um cara branco que deve ser pouco mais velho que a gente — talvez nos primeiros anos da faculdade. Ele sobe ao palco apenas com um ukulele e ajeita o microfone de acordo com sua altura. Não ouço direito sua introdução; acho que ele diz que vai fazer um cover de Sonny Blue, mas quando noto um movimento de Toni pelo canto do olho, é impossível não me virar para encará-la. É impressionante como seu olhar está grudado no palco.

Ela se concentra em cada movimento, sua expressão revelando o foco de uma musicista intensa. Fico pensando em como ela vai estar quando subirmos ao palco amanhã, se vai arriscar dar uma olhada para os jurados, se vai se apresentar de frente para o público ou se simplesmente vamos ficar olhando uma para a outra. Tipo uma versão negra de Sonny e Cher.

Estou perdida nos meus pensamentos, imaginando a apresentação de amanhã, quando Toni levanta tão rápido que parece ter surpreendido até a si mesma. É como se ela não visse mais o cara no palco nem ninguém. E sai pela porta sem dizer nada.

TONI

SEXTA-FEIRA À TARDE

Eu me encosto à lateral do celeiro e ponho a mão no peito, como se aquilo fosse afastar o que estou sentindo aqui dentro. Meu coração está batendo praticamente fora do ritmo, numa intensidade que é demais para aguentar.

    O cara no palco estava tocando todas as notas corretas, cantando adequadamente, mas aquilo não estava *certo*. Ele não entendeu a música, não mesmo. Sua voz não tinha a crueza necessária para contar aquela história. Ele acertou nas notas, mas passou longe da história: parecia radiante quando devia estar sombrio, fofinho quando devia estar determinado. Sinto um nó na garganta ao me lembrar da primeira vez em que ouvi essa música.

    Eu me sinto quase dentro do momento em que meu pai colocou a música para tocar em sua antiga caminhonete cinco anos atrás, quando estávamos a caminho do Farmland. Eu tinha acabado de dizer "Acho que não gosto de garotos do jeito que eu deveria gostar". E ele me respondeu: "Não existe *deveria*. Quando Bonnie Harrison escreveu *Vou enfrentar o trovão, a terra não vai me engolir*, certamente não era porque ela achava que amar sua esposa seria fácil. Amar não é algo que você faz porque acha que é a coisa certa. Você faz porque tudo que temos é nosso coração. Ouça isso". E então ele colocou o primeiro CD do Sonny Blue no rádio do carro.

De repente sou invadida por todas as coisas que nunca mais vou poder compartilhar com ele. Todas as músicas, todas as memórias, todos os anos que não teremos.

Respiro devagar, inspirando e expirando. Inspirando e expirando. Tento focar no presente. No calor que aquece minha pele mesmo à sombra do celeiro, no barulho de sandálias caminhando sobre as folhas secas ao meu redor.

— Toni?

Olivia dá a volta no celeiro e sua voz é surpreendentemente suave. Olho para cima e, por um momento, fico meio confusa: é estranho ser abordada por alguém com tanta familiaridade. Naquele momento, esqueço que mal conheço essa menina.

— Peter queria vir ver como você estava, mas disse a ele que eu cuidaria disso. — Ela encosta o ombro na parede e fica de frente para mim. Abre um sorriso. — Acho que ele e Imani são perfeitos um para o outro.

Engulo o nó da garganta na esperança de que ela não perceba que eu estava quase chorando segundos atrás.

— Você acha?

— Pode apostar. — Ela balança os dedos em um gesto entusiasmado de certeza. — Sou meio genial para essas coisas. — Ela para por um instante e depois acrescenta: — Quer dizer, sou boa na parte de juntar as pessoas. No resto, nem tanto.

Parece haver uma história ali, mas não tenho certeza de que ela quer contá-la, e eu certamente não sei se quero ouvi-la. A gente nem se conhece. E isso é bom. Não preciso de mais complicações do que já tenho neste fim de semana. Olha só para mim. Ouvi um cover medíocre de uma música de quinze anos atrás e praticamente desabei.

Estou desmoronando.

— Você saiu muito rápido, nem viu o final da apresentação do cara. Uma das cordas arrebentou no começo do último refrão. — Ela balança a cabeça com pesar. — Fiquei triste por ele. Provavelmente vai ficar se culpando o fim de semana inteiro, sabe?

O pobre do cara provavelmente nem tinha chances mesmo, já que é tudo muito aleatório, mas acho que essa não é a questão. Eu entendo. Ainda que tudo estivesse contra ele, o cara perdeu a única oportunidade por causa de algo que estava fora do seu controle. Você não supera algo assim facilmente, por mais que faça o melhor para encontrar algum sentido na experiência. Queremos acreditar que o nosso melhor é o suficiente, mas nem sempre funciona assim.

Peter tropeça ao fazer a curva do celeiro, os braços longos balançando, e escorrega como se fosse um personagem fugindo do vilão num episódio de *Scooby-Doo*, vindo parar bem na nossa frente. Imani vem pelo mesmo caminho bem mais devagar, os braços cruzados e o olhar fulminante para todos os envolvidos.

— Gente. — Peter destrava o celular e mostra para todas nós.

Na tela, há uma foto do Instagram cheia de filtros onde se vê uma garota branca com dreadlocks (na minha visão, um crime pelo qual alguém deveria pagar) sorrindo e segurando uma maçã dourada. A *nossa* maçã dourada. A legenda diz: "Olha o que eu achei! Ganhei?".

— Acho que temos concorrência.

OLIVIA

SEXTA-FEIRA À TARDE

Não sei como foi que essa garota pôs as mãos na minha maçã, só sei que ela é minha nêmesis e tudo que quero é derrotá-la. Ela é o que me separa do meu carro, e isso não é uma opção.

"Sem contar que se você perder essa caça ao tesouro, Toni não tem mais qualquer motivo para ficar perto de você. O acordo se anula", meu cérebro faz questão de me lembrar. "Se você não serve pra ser divertida, então serve pra quê?".

Travo o maxilar, rangendo os dentes, como fazia quando era mais nova, antes de me dar conta de que podia usar meu corpo para convencer as pessoas a fazerem minhas vontades, a *me verem*, ainda que só vissem o que eu queria mostrar naquele momento. É um tique nervoso que reaparece em momentos de estresse.

— Como, pelo amor de Deus, essa garota conseguiu achar a maçã se ainda nem existe pista? — As mãos de Imani estão no quadris e ela aponta para o telefone na mão de Toni, como se a garota tivesse, de alguma forma, planejado isso. — Não era para você ser a grande sabichona aqui?

Toni olha para mim e para ela, tentando entender alguma coisa, e eu desvio o olhar. Por algum motivo, é ainda mais difícil de processar o olhar dela para mim do que quando ela parece meio distante. Eu realmente não sei lidar com isso.

— Bom, eles nunca disseram que espalhariam as maçãs a medida que fôssemos procurando. Só disseram que iam deixar pistas — diz ela, a voz baixa e pensativa. — Então, tecnicamente, elas estão por aí desde sempre.

— Então, o que fazemos? — pergunto.

Ela me olha por um segundo antes de soltar um suspiro.

— Vamos ter que pegar a maçã dessa garota.

Peter se anima com isso, embora ele provavelmente soubesse que a solução era essa. Pega o telefone e abre o perfil da garota no Instagram. @FestyFrankie tem vinte e cinco mil seguidores e está postando fotos de si mesma pelo festival nas mais diferentes poses a cada duas horas, mais ou menos. Toda alongada e fazendo o sinal da paz com as duas mãos diante da roda-gigante. Mandando um beijinho para a câmera perto da entrada, com uma coroa de flores na cabeça.

É fácil saber onde ela está. Há cinco minutos, ela postou um *story* com a foto de um bolinho e a legenda em fonte de máquina de escrever, toda em caixa alta: "QUE DELÍCIA".

Toni revira os olhos, como se o bolinho a tivesse ofendido pessoalmente. Eu solto uma risada. Quando faço isso, ela vira de repente a cabeça para mim, meio surpresa. Mas seus lábios fazem uma curva de leve para cima num sorriso, e me sinto vitoriosa. Uma vitória merecida contra a frieza dela.

— Tem, tipo, o quê? No máximo umas três barraquinhas que vendem esse tipo de bolinho, segundo esse mapa.

Imani pegou o mapa que nos deram na entrada e já está elaborando um plano alternativo. Ela sempre foi o tipo de pessoa que se coloca no comando, a voz da razão, mas parte de mim queria ser a pessoa que tem as respostas desta vez. Queria ser a pessoa dizendo como todo mundo devia se comportar.

Peter está radiante, e Toni concorda com a cabeça. Eu dou uma sugestão:

— Verdade, você está certa. Vamos nos separar. Peter e... Imani interrompe.

— Peter pode ir olhar a barraquinha perto da entrada. Toni pode ir naquela perto do Pavilhão de Comédia. Eu e Liv vamos na que fica lá atrás.

Normalmente fico agradecida pelas interferências dela, por sua habilidade em perceber antes de mim mesma quando estou prestes a cometer um erro, mas agora estou... frustrada. Talvez eu não tivesse escolhido formar uma dupla com Toni. Mas acho que nunca saberemos. É como se ela estivesse tirando a escolha das minhas mãos, sem me dar nem a chance de provar que posso fazer o que disse que faria. Que não vou me jogar na primeira garota que piscar para mim ou algo assim.

— Beleza. Tá bem, beleza. — Toni olha para nós duas de novo, mas dessa vez sua expressão é um pouco vaga, um pouco dura. — Vamos nos separar e, quando um de nós a encontrar, mandamos mensagem para o grupo. Aí decidimos o que fazer depois.

— Pop Top vai tocar em meia hora — diz Peter, olhando para Toni, suplicante. Ele junta as mãos, como se estivesse rezando. — Ela literalmente reinventou o pop punk. Você sabe que não posso perder minha Pop Top.

Toni dá um tapinha de leve com as costas da mão no braço de Peter e revira os olhos.

— Melhor se apressar então, Menon.

É um momento breve, mas, vendo o jeito como eles se olham, consigo entender por que duas pessoas tão diferentes são amigas. Eles se equilibram e se amam do mesmo jeito.

Imani bufa ao meu lado e começa a andar na direção oposta. Parece que ela está sempre tentando se afastar das pessoas enquanto eu estou tentando me aproximar, mas nós duas estamos sempre nos movimentando. Ao me virar para ir atrás dela, fico pensando por quanto tempo essa dinâmica de movimentos opostos pode se sustentar.

Reconheço Festy Frankie no minuto em que coloco os olhos nela. Principalmente porque, bem, eu reparo nos dreads.

Festy — ou Frankie? FF, talvez? — ainda está sentada na grama entre a barraca do bolinho e o palco Granny Smith quando a vejo. Ela ri de alguma coisa que um dos amigos disse, depois faz um beicinho e encosta a cabeça na pessoa ao lado dela para tirar uma selfie. Não quero parecer velha nem nada, mas isso me irrita um pouco. Você roubou minha maçã e ainda por cima não está nem prestando atenção na banda que está tocando no palco? Como se atreve?

Imani resmunga a meu lado como se estivesse lendo minha mente.

— Você cuida dessa ou eu vou? — pergunta.

Fico pensando em quantas garotas brancas Imani já esculhambou no Confidential ao longo da nossa amizade, pelos mais diversos motivos, de apropriação cultural a feminismo branco, e nego com a cabeça. É melhor eu mesma resolver isso para termos alguma chance de recuperar essa maçã. É mais fácil capturar garotas brancas com mel do que com vinagre, ou seja lá o que diz esse ditado.

— Vou cuidar disso — respondo. — Espere aqui.

Caminho até a garota.

— Com licença. — Tento deixar minha voz num tom um pouquinho mais agudo que o normal para ficar mais parecido com o de Festy. Eu não a conheço, mas estudo com várias meninas desse tipo. A mudança de registro é natural para mim. — Você é a @FestyFrankie?

Frankie olha para cima, radiante, os olhos escondidos atrás dos óculos de sol redondos estilo John Lennon. Depois de vasculhar um pouquinho seu perfil, sei que ela usou os mesmos óculos no Electric Forest, em junho, e no Stagecoach, na última primavera.

Mesmo com eles, ela põe a palma da mão sobre a linha da sobrancelha, para evitar olhar diretamente para o sol ao se virar para mim.

— Isso! Você é uma das minhas queridas Festiloucas?

Festiloucas. Loucas por festivais. O apelido dos seguidores que frequentam festivais com o mesmo entusiasmo que ela. Preciso lhe dar o crédito — ela sabe construir uma marca. Mas não é por isso que estamos aqui!

— Não. Bem, não exatamente. Mas vi seu post sobre a maçã dourada? Aquela do desafio #EncontradoNoFarmland?

— Não é incrível? — Ela se levanta e, num passe de mágica, mostra a maçã. Está em sua mão esquerda e, com a direita, ela faz carinho distraidamente, como se a fruta fosse um cachorrinho. — Foi uma coincidência muito louca! Eu estava tentando tirar uma foto perto da fonte e lá estava ela, esperando por mim!

Reviro os olhos por dentro. *Dá um tempo, Festy*! Não tenho tempo para falar sobre isso. Tenho um festival para curtir e uma caça ao tesouro para concluir, e nem comecei ainda a pensar em como vou ajudar Toni a vencer o Golden Apple amanhã. Diplomacia é essencial aqui.

— Você está procurando as outras? — pergunto.

— Não!

Ela está radiante, como se não tivesse nenhuma preocupação na vida. E, bom, talvez eu esteja julgando, mas, pela aparência dela, não deve ter mesmo. Vai a vários festivais o ano inteiro e ganha dinheiro sendo influenciadora no Instagram, vendendo sabe Deus o quê. Vi pelo menos um anúncio de chá para perder barriga no perfil dela. Seja lá qual for sua história, tudo que sei é que com certeza preciso mais dessa maçã do que ela.

— Será que você me emprestaria essa? — Eu me apresso a explicar a situação: — Preciso muito dela para ganhar a caça ao tesouro que está rolando. Tenho grandes chances de encontrar as outras, mas preciso dessa que você tem para completar as cinco. Posso até te devolver quando acabar o fim de semana, se...

— Desculpa, amor. Eu coleciono Memórias. — Ela diz memórias com um M maiúsculo, como se fosse um nome próprio e tudo.

— Espera, quê? Você não pode me emprestar, ainda que não precise dela, porque vai guardar numa caixinha de lembranças quando chegar em casa?

Ela concorda com a cabeça, séria, feliz por eu ser tão compreensiva.

— Isso, exatamente.

— Mas eu vou te devolver. Se é importante pra você, levo a maçã quando acabar a gincana.

— Desculpe, amiga. Mas não consigo me separar dela.

Ela toca meu ombro com gentileza. Se eu não estivesse tão irritada, acho que ficaria tudo bem. Provavelmente ia sorrir, morder a língua e passar o resto do fim de semana me recuperando — essa parte da aventura teria terminado. Mas isso também significaria desistir do Golden Apple e de Toni. Significaria me despedir dela e nunca a ver novamente, e eu acabei de conhecê-la.

Uma parte de mim que não consigo explicar ainda não está pronta para isso.

Então faço o que qualquer pessoa racional faria: roubo a maçã. Mas não como aquelas Sininhos que tentaram roubar de mim mais cedo, é claro. Eu pelo menos tentei fazer um acordo antes. Fui praticamente uma diplomata!

Pego a maçã da mão da garota tão rápido que se não fosse eu mesma roubando, nem teria percebido. Em um piscar de olhos, a maçã foi da mão dela para minha pochete. Jogo a câmera para as costas e ela bate nas minhas escápulas enquanto corro. Embora duas fugas dramáticas num mesmo dia nem chegue perto do meu recorde — o verão depois do primeiro ano foi meio louco, nem pergunte —, isso está acabando com meus pulmões!

Depois preciso agradecer a Justin pelas três semanas que passei ajudando-o a treinar para as eliminatórias do time de cross-country da escola (durante as quais, depois dos treinos, antes de Justin me levar para casa, a gente se pegava no Ford Fusion do irmão dele).

— Imani, vamos! — grito quando passo por ela, que sai correndo comigo.

Vou desviando dos corpos reunidos no Core, tentando fazer minha fuga parecer o mais inocente possível, apesar de @FestyFrankie estar gritando atrás de mim, sua voz mais fraca à medida que avanço para o outro lado do núcleo do festival. Mas, se pensarmos na quantidade de drogas que essas pessoas certamente vão usar neste fim de semana, meu comportamento com certeza não é nem de longe o mais estranho que alguém vai ver.

Meus pulmões estão queimando quando dobro a esquina perto do palco Red Delicious, bem longe de onde encontramos a Festy. É só quando paro que me dou conta do quão ridículo é o que acabei de fazer — a completa loucura que é roubar uma *maçã dourada* de alguém. Meu coração bate um pouco mais rápido ao perceber que realmente perdi a cabeça. Estou completamente louca.

Uso o inalador e minha mente começa a rodar de repente, e é tão rápido que parece que meu corpo está vibrando. Espere aí.

Eu estou *literalmente* vibrando.

Pego o celular no bolso de trás e faço o melhor para me recompor antes de atender.

— Nada por aqui. O que está rolando por aí, O-Town?

A voz de Peter na linha é sua habitual mistura entre rouca e animada.

Olho para Imani, curvada ao meu lado, olhando para mim, depois para o chão, depois para mim de novo, como se estivesse tentando decidir com quem ficar irritada. Passo a mão na pochete, estufada com meu pertences conquistados. Eu fiz isso. Eu fiz isso mesmo. Não foi Imani, não foi Toni — eu consegui essa, e fiz tudo sozinha.

Não consigo lembrar quando foi a última vez que isso aconteceu. Eu não ter precisado depender de alguém para conseguir algo. A vitória é minha e só minha. É uma coisa pequena, mas parece enorme nesse momento.

Um sorriso surge no meu rosto.

— Peguei a maçã.

SEXTA-FEIRA À TARDE

Quando Olivia volta, sacudindo a maçã de forma triunfante em nossa direção, Peter a cumprimenta com um *high five* e eu fico só olhando. Ela nos conta a história, um feito ousado que envolve uma tentativa de negociação, sua posterior fuga e a derrota de Festy Frankie, e parece orgulhosa. Com razão. O que ela já conseguiu fazer hoje para tentar ganhar esse carro é impressionante. *Ela é* impressionante, e não sei muito bem o que pensar a respeito.

Não é que outras pessoas não me impressionem. Acontece o tempo inteiro: Teela Conrad ostentando seu alcance vocal de cinco oitavas, quando ouço o *lick* de Chuck Berry na introdução de "Johnny B. Goode", ao ver Rihanna fazendo qualquer coisa, mesmo que só respirando. A questão é que normalmente consigo transformar minhas reações em algo indecifrável para os outros. Mas tem algo em Olivia que não me deixa ficar impassível. Não sei por que ou como essa garota está conseguindo se infiltrar pela cerca de arame farpado que dá acesso à terra das pessoas com as quais eu tenho vontade de me abrir, mas não gosto disso. Não gosto nada disso.

Fico em silêncio enquanto ela e Peter fazem uma espécie de dancinha da vitória e tento me concentrar na missão do momento.

Peter se volta para o grupo depois que eles terminam a dancinha e levanta as mãos.

— Hora de assistir ao show do ícone Pop Top.

Paramos para encher nossas garrafinhas de água pela oitava vez em menos de oito horas. Minha garrafa de edição limitada do Farmland não é tão usada assim desde o festival do ano passado. O sol está baixando no céu, quase se pondo, mas não é essa a sensação. Parece que estamos respirando por um canudinho a caminho do show da Pop Top em meio à multidão.

Apesar da umidade, essa é minha parte favorita do Farmland: ver o festival ganhando vida. O primeiro dia é cheio de artistas mais novos e independentes, e sempre demora um pouquinho até o público lotar os palcos. Mas no fim da tarde começa o burburinho de animação. As barracas de comida e merchandising no Core já estão com filas mais longas, os Farmers ainda estão cheios daquela energia que a gente tem antes de passar três dias sob o calor abafado e voltar para casa, para a realidade. A certeza de que, pelos próximos dias, você pertence a um lugar.

Provavelmente estou sendo otimista, ou talvez seja o fato de que fui criada acreditando na magia da música ao vivo, mas até o fato de ser negra e estar rodeada por uma maioria branca me incomoda menos do que o normal. Passamos por multidões de pessoas que nos cumprimentam com o tradicional aceno de "Ei, Farmer!", e é como entrar no mar pela primeira vez: algo grandioso que fica ainda maior quando você se joga e vira parte daquilo.

Parte meu coração não poder mais compartilhar isso com meu pai. Eu o amo ainda mais por ter me apresentado a este lugar.

Apesar de me sentir muito bem aqui, não consigo deixar de lado os avisos da minha mãe antes de sair hoje de manhã: "Se cuida. Nunca se sabe do que as pessoas são capazes". Só tem cinco anos daquele tiroteio na boate em Orlando, quatro desde que aquelas pessoas foram mortas no festival em Vegas. Dois anos que aquele racista matou todas aquelas pessoas no Walmart, no Texas. E a lista continua.

Ela estava certa em se preocupar que eu viesse para um lugar como esse, eu sei. Hoje em dia, o perigo de simplesmente estar vivo e ao ar livre é quase tão americano quanto fogos de artifício no quatro de julho, ou torta de maçã, ou desencorajar eleitores a votar. Mas isso. *Isso* é o que importa.

Você se arrisca indo ao cinema, saindo para comer ou para ir a um show porque é isso que nos faz sentir vivos. Sentir o ar sufocante do fim do verão no corpo, as pessoas de quem você gosta a seu redor, músicas que você ama tocando ali do lado e te fazendo lembrar do motivo desse amor.

Vamos caminhando em meio à multidão diante do palco Honeycrisp, corpos se espremendo por todos os lados. Como sempre, estou empolgada e cheia de expectativa enquanto esperamos o show começar — meu primeiro show do festival. A garota ao nosso lado está usando uma camiseta com o logo da Pop Top, e o cara atrás segura um cartaz escrito "POP TOP, CASA COMIGO?". Ela ainda não é uma superestrela, mas está se encaminhando para isso. Grupos de pop punk liderados por mulheres negras de black power verde-limão não são muito comuns. É impossível ignorá-la.

Quando Pop Top sobe ao palco com a banda atrás, a galera imediatamente vai ao delírio. E, sem muita enrolação, o guitarrista já manda a introdução de uma nota só do primeiro sucesso dela, "Flowergirl".

— Isso é incrível! — grita Olivia para mim, enquanto as pessoas na nossa frente formam uma rodinha punk. Peter surta quando Pop Top começa a cantar o primeiro verso, e seu entusiasmo se iguala ao do restante da plateia. — Isso tudo é tão...

Ela gesticula para o nosso entorno e nem precisa explicar. Sei exatamente o que ela quer dizer.

O público vai à loucura quando Pop Top chega ao refrão — uma volta ao emo dos anos 2000 que faz todo mundo se empurrar, pulando sem controle como uma garrafa que foi sacudida e alguém tirou a tampa. Nunca deixa de ser incrível ver centenas de pessoas se movendo juntas desse jeito.

Olho para a esquerda e Olivia está no clima, mexendo a cabeça no ritmo da música e cantando a letra como se nada disso fosse novidade para ela, mas é Imani que me surpreende. Pela primeira vez desde que a conheci, ela se joga por completo na música, na multidão, com uma energia igual à de Peter.

Eu e Olivia aguentamos os quinze primeiros minutos do show antes de precisarmos de uma pausa. Estou suando como nunca, e ela está respirando com alguma dificuldade, então pego a canga na mochila de Peter e levo até a grama lá no fundo, onde estão os últimos fãs da Pop Top. Estendo a canga e Olivia imediatamente tira os sapatos. Estica os dedos e se deita para olhar o céu.

— Amei esse lugar — diz ela, sorrindo na direção do sol.

— É — digo. Percebo que estou encarando antes que ela abra os olhos e desvio o olhar rapidamente. — Essa sensação, hum, nunca muda.

— Essa é uma das minhas partes favoritas de ir a um show, sabe? — Ela vira de lado e apoia a cabeça num dos braços. — É como fazer parte de, sei lá, um organismo? Uma coisa viva. Somos todos parte de um corpo que precisa da participação de cada uma das células pra funcionar. Entende o que estou dizendo?

Eu era apenas mediana em ciências na escola, mas sei do que ela está falando.

— Sim, exatamente. As bandas são os pulmões, mas nós somos a respiração.

Ela abre a boca para responder, mas, em vez disso, pega o telefone e começa a digitar furiosamente.

— *Nós somos a respiração que dá sentido aos seus pulmões. Esse movimento é o maior presente do seu corpo* — diz ela, ao terminar. Dá um sorriso tímido, meio envergonhado, pela primeira vez desde que nos conhecemos. — É que... eu faço esse negócio on-line. Pequenas frases com fotos que tirei. Como se fosse meu diário de shows, só que compartilhado com o mundo? Não sei, parece idiota quando explico, mas...

Talvez seja a forma como ela parece resignada ao dizer isso, ou a velocidade com que perdeu o entusiasmo, como se alguém tivesse lhe dito para ser menos ela mesma, mas sinto uma vontade incontrolável de contradizê-la.

— Posso ver? — pergunto. Não parece ser nada idiota e, quando ela me entrega, tenho certeza absoluta de que não é. — Você é uma escritora. Isso é impressionante.

— Não, meu Deus, não! Não sou. Não sou mesmo. Só gosto de catalogar tudo, sabe? Não quero perder esses sentimentos e esses momentos e, sei lá, me parece que cadernos ficaram na era dos dinossauros, e manter um diário é algo que só vejo no Tumblr e...

— Isso parece uma letra de música — interrompo. Não quero que ela duvide de si mesma. Devolvo o celular para ela e passo a mão na nuca. — É difícil fazer isso. Você é boa.

As palavras parecem estranhas ao saírem da minha boca, mas não consigo evitá-las. Tento não ir ainda mais longe neste terreno perigoso — esse espaço onde ganhar o Golden Apple e descobrir a minha Verdade deixa de ser a coisa mais urgente da minha vida —, mas sinto que estou falhando.

— Bem, obrigada? Acho. É que... isso não vai ser uma *carreira* nem nada disso, é só uma coisa que faço para passar o tempo. Tento não apostar muito nisso, sabe? É divertido e tudo mais, mas...

— Olivia.

— Hã?

— Você já aceitou um elogio sem tentar ficar explicando por que você não o merece?

Ela dá uma risada e fica olhando para um ponto aleatório da canga.

— Você... pode. De mim — digo. Espero ela me olhar antes de concluir: — Aceitar um elogio vindo de mim, quero dizer. Eu não mentiria para você.

Sei que disse isso de maneira meio séria, mas quero que ela saiba disso a meu respeito. Acredito que tudo o que temos é a nossa palavra, que quando dizemos alguma coisa deve ser com sinceridade, e de coração. Eu sei por experiência própria o quanto declarações vazias e promessas que não se cumprem podem destruir alguém aos poucos. Não faria isso com ela.

— Eu... — começa ela, e depois se cala. — Não ganho muitos elogios por ser assim. — Ela ri um pouco. — Sou bem melhor interpretando a versão que as pessoas esperam de mim.

Meu estômago dá uma cambalhota. Parte de mim quer chegar perto dela. A parte que sempre esteve meio que por aqui, pulsando, implorando para abraçar e ser abraçada. Mas não faço isso. Não consigo ser esse tipo de pessoa.

Então pego a câmera que está ao nosso lado em cima da canga e tiro uma foto dela de perfil, olhando para a multidão diante de nós. O sol dá uma luminosidade a seu rosto, como se ele se levantasse todos os dias para vê-la, não o contrário. A foto é o suficiente para que ela olhe para mim novamente, mas desta vez a expressão é diferente de todas que já a vi fazer. É contemplativa, um pouco reservada. Ela pega a foto que sai da câmera e sacode.

— Pra você — diz, depois que a foto se revela. — Para se lembrar de mim quando tudo isso acabar. — Ela sorri de leve e põe a foto na minha pochete aberta. — Mande para uma galeria com o título *Efeito do elogio de uma garota linda*. Vai ficar rica com certeza.

Não tenho resposta para isso — nem sei como começar a explicar o momento que acabamos de ter. Então finjo que estou escutando a Pop Top. Tento ignorar a sensação de que estou afundando em algo contra o qual não tenho ferramentas para lutar.

E o fato de que talvez eu não queira lutar.

OLIVIA

SEXTA-FEIRA À TARDE

— Quero ir na roda-gigante.

Odd Ones, a banda que veio depois da Pop Top, terminou o show, e agora Imani está na minha frente com os braços cruzados e uma expressão que diz que aquilo não é um pedido, mas uma ordem. Eu deveria saber que ficar sentada durante dois shows não ia cair bem com ela. Olho para Toni — não para pedir permissão, apenas para, tipo, me despedir.

— Vou dar uma olhada no Peter — diz ela. — Ele é tipo uma suculenta, pode sobreviver sozinho por um tempo, mas fica melhor quando tem alguém cuidando.

Eu me ajeito e vou atrás de Imani.

Ela anda meio rápido por um tempo, até estarmos fora do alcance de Toni, Peter e do último show que vimos. Ela está surpreendentemente em forma para alguém que passou a maior parte do ano escolar almoçando na biblioteca para poder estudar por mais tempo. Tenho que desviar de pessoas deitadas na grama e pular as pontas dos cobertores para acompanhar o passo dela. A roda-gigante está iluminada ao longe, enorme, brilhante e colorida, e na hora penso em tirar uma foto. Mas decido esperar o sol se pôr.

Dou um aceno de "Ei, Farmer" para um casal que passa por mim e eles acenam de volta, e isso é tão *legal*. Tão tranquilo.

Eu me dou conta de que embora esteja coberta por uma fina camada de suor, já sinta algumas marcas de sol horrendas aparecendo e tenha bebido mais água nas últimas horas do que em toda a minha vida, estou feliz.

Pela primeira vez em meses, passei quase uma hora sem pensar na audiência. Não estou pensando na minha próxima conquista — para falar a verdade, nem estou pensando em encontrar a próxima maçã. Estou confortável comigo mesma. Isso é tão estranho para mim que quase não reconheço a sensação. Mas eu sou eu, então é claro que não dura muito tempo.

— Você precisa tomar cuidado — diz Imani, pulando as pernas de um cara com uma camiseta do Kittredge. Ele acena quando passamos, mas acho que ela não percebe.

— Já disse que estou usando fator 30 — digo, tentando fazer uma piada para fugir do tom que ela está usando. — Eu li em algum lugar que se usar um número muito mais alto nem funciona.

— Você sabe que não estou falando disso. — Paramos na frente da roda-gigante e ela olha para meus ombros vermelhos. — Você precisa mesmo passar o protetor solar de novo, mas estou falando disso. — Ela mexe a mão, indicando tudo ao nosso redor.

Digo para mim mesma que Imani só quer o melhor para mim, quer um futuro em que as pessoas que partiram meu coração sejam punidas de alguma forma para compensar. Mas isso é porque ela não me vê do jeito que eu sou, por *quem* eu sou. A parte de mim que provavelmente merece o coração partido. Sou um time inteiro de destruição de uma mulher só, e às vezes destruo as pessoas mais próximas de mim, principalmente as que decido amar.

Em determinado momento, eu fiquei muito boa na conquista. Fiquei tão boa que na maioria dos dias, ou das noites, eu mal precisava tentar. Aquilo se tornou instintivo, colocar uma fantasia e me transformar em quem eu precisava ser para ganhar a atenção de alguém mais inteligente, mais engraçado e mais talentoso que eu. E eu conseguia prender a atenção deles por um tempo. Mas pedaços de mim inevitavelmente começavam a escapar. Eu falava muito sobre as coisas erradas, exagerava nas demonstrações de afeto, ou coisa pior.

Cal, o capitão do time de debate, disse que o distraí de sua chance no campeonato estadual quando apareci com um macacão laranja que tinha comprado numa venda de garagem. Moira, a estrela em ascensão do time de futebol feminino, torceu o tornozelo na noite anterior ao campeonato porque insisti em ir à pista de skate no nosso aniversário de dois meses de namoro. Usei um belo par de sandálias plataforma de veludo Saint Laurent comprado no brechó no dia da apresentação de Kai na Batalha das Bandas, mas acabei tropeçando e caí em cima da bateria, destruindo seu prato da sorte cinco minutos antes de as cortinas se abrirem. E aí teve o Troy.

Todos terminaram do mesmo jeito. Em chamas.

O único relacionamento que não destruí foi esse aqui, a nossa amizade.

— Sei que veio aqui para se afastar um pouco de tudo, mas você teve meses para pensar no que vai dizer na audiência e ainda não me contou o que vai ser — diz ela. Sua voz fica um pouco mais baixa. — Desde quando temos segredos uma com a outra?

Eu meio que quero bater o pé no chão como uma criança fazendo pirraça, porque *meu Deus do céu*. Não quero fazer isso hoje. Não quero fazer isso nunca.

É incrível o quão rápido aquele acolhimento que acabei de sentir, há dez minutos, deitada na grama com Toni, desapareceu. Esse pequeno lembrete do meu último e mais retumbante fracasso, o último relacionamento que se autodestruiu por causa das minhas péssimas escolhas, parece um balde de água fria na cara. E só fica pior, porque estou me afogando na minha própria vergonha.

— Imani, por favor. — Posso ouvir o tom choroso da minha voz e preciso apelar para meu último recurso. Lanço meu olhar mais inocente. E, porque não sei o que mais posso fazer, eu minto. — Não estou escondendo nada de você. A gente pode focar no fim de semana?

Não sei quando foi que as coisas mudaram, quando foi que nossa relação se tornou esse peso no qual eu sinto que sou um fardo para ela também. É a mesma forma como me sinto com minha mãe ou Nia — como se eu fosse algo defeituoso e sem conserto —, mas não gosto disso. Não entendo. Se tem alguém que eu sempre soube que iria me amar apesar de todos os meus defeitos, é ela.

— Você não está... — Ela para de andar e se vira para mim assim que chegamos à bilheteria. — Não está tentando ficar com a Toni, certo? — Ela mexe no anel de prata no dedo mindinho. Compramos no Navy Pier durante um fim de semana do ano passado, quando viajamos para Chicago para superar meu término com Brianna, maestrina da banda marcial. Tínhamos dois iguais até eu perder o meu enquanto nadava à noite na piscina do Theodore, da aula de teatro. — Porque você prometeu que seríamos só nós duas.

Sinto uma pontada forte e repentina no peito.

— E é verdade. — Balanço a cabeça, grata por ela não me odiar. Por ela não estar sendo tão inflexível nos últimos dias, porque já está prestes a me jogar na sarjeta. — Fizemos uma promessa de dedinho — completo.

Passo os braços ao redor dela e a abraço forte. Enfio o rosto no espaço entre seu pescoço e seu ombro, e ela levanta os braços para me envolver também. Ela parece muito firme, como sempre. Minha melhor amiga, o farol nas piores tempestades.

— Amo você, Mani. — Minha voz é abafada pela camiseta dela. — Você sempre cuida de mim.

— Amo você também — diz ela, em voz baixa.

Quando nos separamos, ela solta um suspiro e parece exausta, sem dúvida por causa do sol absurdo e da umidade da Geórgia.

Seus olhos passeiam pelo meu rosto rapidamente e ela balança a cabeça. Espera alguns segundos antes de dizer:

— Wash odiava altura quando éramos crianças. Íamos para a feira estadual todo ano e meus pais nunca me deixavam ir na roda-gigante porque ele não podia ir. Não queriam que ele "se sentisse mal". — Ela faz aspas com os dedos no ar e me lança um meio sorriso (porque talvez ela distendesse um músculo se abrisse um sorriso completo). Sorrio de volta, um sorriso bem mais largo. — Estou esperando por isso a vida inteira. Você devia escrever para a posteridade.

Olho para cima, para a roda-gigante, com luzes cor-de-rosa e roxas serpenteando no céu de fim de tarde. Enorme, imponente, sua presença incontornável. Levanto o dedinho para Imani.

— Considere isso uma promessa solene. — Ela enrosca o mindinho no meu e beijamos os dedões. — Nunca vou deixar minha leve acrofobia atrapalhar seu caminho para a grandeza.

Ela solta uma risada e ficamos de mãos dadas balançando. Imani está um pouco mais radiante depois disso e, enquanto estamos na fila, ela fala mais do que durante todo o tempo desde que chegamos ao Farmland. E, porque sou uma cientista do amor, é sobre o Peter!

— Eu só acho que ele é engraçado. Os caras normalmente pensam que você tem a obrigação de rir de tudo que eles dizem, porque o patriarcado opera até nesses microníveis. — Um canto de sua boca se curva para cima, e ali vejo que consegui. Minha obra-prima foi achar um gatinho para Imani no Farmland. Meu Deus, eu mereço um Pulitzer. Ou um Nobel. Não lembro direito a diferença, mas qualquer um deles serve. — Mas ele se esforça para isso, sabe? Ele tenta realmente ganhar cada sorriso. É... legal.

Nós somos as próximas na fila dos ingressos e já estou planejando o casamento e decidindo como os filhos deles vão me chamar: Tia Liv? Titi Livi?

Ela revira os olhos com seu próprio discurso.

— Mas quem se importa com tudo isso quando estamos prestes a finalmente andar nesse negócio? Você não foi a única a ler as mensagens dos fóruns, sabe? Esse é, tipo, um gigante dos festivais.

— O que é maior que gigante? Colossal? Porque, se for, é isso mesmo — digo.

Ela ri, sua risada baixa e encorpada que só me traz as melhores lembranças.

A funcionária da bilheteria está com a mão estendida para pegar o dinheiro quando nossos celulares vibram. A próxima pista da caça ao tesouro está ali — as únicas coisas visíveis na imagem são um fundo quadriculado e a maçã diante dele — e como não posso me arriscar a perder a próxima maçã para outra pessoa, começo a correr na direção de onde deixamos Toni e Peter.

— Olivia, espera! — Imani grita atrás de mim. Não sei por que ela ainda está na fila depois de receber a mesma notificação que eu, mas seus pés estão plantados quando me viro para olhar. Sei que ela está animada para andar nesse negócio, mas ainda temos mais dois dias e precisamos pegar essa maçã *agora*. Ela mexe distraidamente no anel. — Não podemos só fazer isso aqui rapidinho?

— Vamos andar depois, eu juro! Mas estamos perdendo um tempo precioso, Mani. Isso é uma emergência.

Sinto meu corpo inteiro começar a vibrar. É isso. É para isso que vim aqui: uma aventura. Um grande fim de semana. Tudo pode ser bom se a gente se permitir.

Dou um sorriso largo e começo a caminhar rapidamente. Leva alguns segundos, mas finalmente ouço os passos de Imani atrás de mim e me entrego à emoção deste novo tipo de conquista.

SEXTA-FEIRA À TARDE

Olivia e Imani voltam assim que recebemos uma nova pista da maçã, e Olivia aparece como um raio, os olhos brilhando, empolgados. Meu coração acelera um pouquinho ao vê-la, e fico sem saber se é expectativa ou medo. O fato de não saber torna tudo ainda mais intenso.

— Você sabe onde é isso, não é? — pergunta Olivia, apontando para a tela do celular.

Ela está ofegante por causa da caminhada, mas parece motivada, não exausta. Imani, por outro lado, parece apenas estar de saco cheio.

Olivia joga o longo cabelo para trás do ombro e fica olhando para o horizonte. É quase como se o resto de nós não estivesse aqui, reunidos em círculo olhando a pista em nossos respectivos telefones. Seu semblante me lembra muito de mim mesma — ou da minha versão de quando não estou fazendo seja lá o que for com essa menina que acabei de conhecer —, o que me deixa desconfortável.

— Está vendo essa parede quadriculada preta e branca desfocada no fundo? — Mal dá para ver se você não estiver olhando com atenção, mas conheço esse espaço como a palma da minha mão. Só pode ser um lugar.

Vamos andando pelo Core, e Peter dá uma piscadinha para mim por cima de Imani e levanta a sobrancelha como quem diz: "Cara, olha só! Estamos num encontro duplo!". Dá para ver nos olhos dele que está caidinho por essa garota que mal conhece, apesar de anos ouvindo meus conselhos para não fazer isso. Ele não disse com todas as letras enquanto Imani e Olivia estavam na roda gigante e nós ficamos assistindo ao show que rolava, mas é como se tivesse dito. Peter é assim mesmo — quase obsessivo com suas paixões.

Paramos diante de uma estrutura com telhado de metal e paredes de vidro no fundo do Core. Levanto a mão para fazer o gesto de "Ta-nan!" mais desanimado que consigo, embora no fundo esteja realmente orgulhosa por ter decifrado mais um mistério. Olivia dá um sorrisinho, como se soubesse mais do que aparenta sobre meus sentimentos, mas não diz nada.

— Discoteca Silenciosa? — pergunta, as sobrancelhas arqueadas. — Acha mesmo que está aqui?

Olho em volta e analiso a cena. O pavilhão da Discoteca Silenciosa está cheio de gente usando fones de ouvido enormes e dançando seja lá o que esteja tocando neles. Parece um filme de terror para mim, mas Olivia parece animada com essa descoberta.

Concordo com a cabeça.

— Atrás da antiga cabine de DJ.

Tento não me apegar à memória do dia em que vi os fundos da cabine de DJ pela primeira vez — era muito pequena para olhar por cima da mesa de som enquanto meu pai conversava com seu velho amigo. Antes de ser reformada e virar a Discoteca Silenciosa, era apenas a Discoteca: uma festa com decoração retrô para todas as idades e que durava o dia inteiro, e também uma das atividades a que meu pai mais gostava de me trazer quando eu era criança. Naquela época, parecia que ele conhecia tudo e todo mundo.

— Precisa engatinhar atrás da cabine para ver. Mas o painel ali embaixo é coberto com papel de parede quadriculado — digo, e passo a mão no pescoço. — Esse lugar era uma grande mistura de décadas. Estampas quadriculadas para os anos cinquenta. Globo espelhado para os setenta. Cores néon para os oitenta.

— Adoro quando você nos mergulha em seu poço interminável de conhecimento, Toni Baloney. Vamos lá!

Peter esfrega as mãos e se voluntaria para entrar. Ele olha para Imani, esperando que ela entre no pavilhão, com uma expressão esperançosa no rosto. Em nome do meu melhor amigo, sinto uma onda quente de irritação e indignação subir pelas minhas costas quando ela cruza os braços e responde, com desprezo:

— Prefiro não ir.

Sem nunca perder o ânimo, Peter entra saltitante assim mesmo. Ele e Olivia entram na fila e logo estão lá dentro, enquanto eu e Imani ficamos esperando lado a lado. Há o som ambiente de risadas e música tocando à nossa volta, mas claramente fica um silêncio entre nós duas enquanto esperamos.

— Você tem medo de altura? — pergunta ela, depois de alguns minutos. Ela nem olha para mim.

— Não — respondo, devagar. Não sei se isso é um teste, mas, se for, com certeza não estou indo bem. — Você tem?

Ela aperta os lábios um contra o outro e se vira sem responder. Fico pensando o que será que fiz de errado para essa garota me odiar tanto e tão rápido, mas Peter e Olivia saem do pavilhão e me distraem. Peter está segurando a maçã dourada com as duas mãos, como se estivesse com medo de derrubá-la, e Olivia está de braços abertos, como se fosse a dona do mundo.

— A gente devia voltar lá pra dentro juntos! — diz Peter, quando chega perto. — Imani, acho que você ia gostar. Tenho quase certeza de que em pelo menos um dos fones está tocando Pop Top.

Imani não parece entusiasmada com a ideia, mas o rosto de Olivia se ilumina. Ela estala os dedos como se tivesse acabado de resolver um grande mistério.

— Vocês dois deviam ir! — sugere, apontando para eles. — Eu e Toni precisamos ensaiar para amanhã, e acho que não teremos pistas por um tempinho.

Ela olha para mim procurando um apoio, levantando as sobrancelhas para que eu concorde. Mas Peter fala primeiro.

— Isso, podemos dançar enquanto elas ensaiam! Eu, por exemplo, não consigo distinguir as notas, então acho que atrapalharia mais do que ajudaria. O que você acha, Imani?

Peter olha para Imani com expectativa, mas ela encara Olivia. Elas parecem se comunicar apenas por uma sequência de complicadas piscadas de olho.

Enfim, ela solta um suspiro.

— Está bem, vamos lá.

Peter praticamente se joga de volta no pavilhão da Discoteca Silenciosa, enquanto Imani, relutante, se arrasta atrás dele. Olho para Olivia, que caminha à minha frente, a barra do vestido balançando com seu andar, como se cada passo fosse parte de uma dança. Olho de volta para Peter, sorrindo para Imani na fila. Eu me pergunto como foi que acabamos nessa situação. E me pergunto se isso importa.

SEXTA-FEIRA À NOITE

Temos que voltar para o acampamento, já que o violão de Toni está lá, e estou me sentindo como Ginger Rogers, ou Fred Astaire, ou algo assim. Como se estivesse andando nas nuvens. Tudo está saindo perfeitamente bem. Imani e Peter estão a caminho de se acertar e só precisam de mais alguns empurrõezinhos, seguimos encontrando as maçãs e o semblante de Toni parece um pouco menos assassino do que hoje de manhã. Só precisamos ensaiar e, a não ser que eu estrague tudo de alguma forma, podemos até fazer uma apresentação decente no concurso amanhã.

E, já que estou me sentindo tão bem, é neste momento que resolvo dar uma olhada no celular.

Algumas notificações apareceram desde que paramos para pegar a última maçã. Tem o de sempre: algumas mensagens da minha mãe perguntando como está o retiro. Respondo com uma frase das escrituras que encontrei no Google e tento ignorar a pontada de culpa.

"Não é como se ela estivesse sentindo a minha falta", lembro a mim mesma com uma risada de deboche. Ela deve estar se perguntando por que sua pressão arterial voltou aos níveis normais pela primeira vez desde que comecei a falar.

Ao fechar as mensagens e abrir meu perfil no Confidential, me preparo para o pior. Há algumas mensagens privadas de um perfil anônimo sem foto, e meu estômago se revira imediatamente. Tenho recebido essas mensagens todo dia desde o último semestre, apesar de ter trancado meu perfil há meses, e elas ainda me deixam abalada, todas as vezes.

De **@justicaprotroy000** para **@OliviaTwist**:

> se n quer ser tratada como uma piranha, não aja como uma.

> se troy não puder jogar essa temporada vc nem devia voltar pra escola

> melhor nem voltar mesmo. ninguém te quer aqui

Apago as mensagens rapidamente e nem me dou ao trabalho de denunciar a conta. Não importa mesmo, eu sei, porque vai aparecer uma nova no lugar amanhã. Pelo visto, essas pessoas da minha escola que adoram me assediar on-line têm uma lista inesgotável de e-mails para usar. E o Confidential... — um site criado pelos alunos do ensino médio como uma rede social estilo *Big Brother* com o intuito quase único de compartilhar fofoca —, bem, obviamente bloquear trolls não está entre as suas prioridades. Desabilito as notificações, assim pelo menos isso não vai ser a primeira coisa que vou ver amanhã.

De repente me sinto cansada. Estou muito cansada de tudo isso. Não quero voltar para a escola na semana que vem. Não quero nada disso. Só quero voltar no tempo para o primeiro semestre, antes de Troy Murphy prestar atenção em mim. Não era assim que eu tinha imaginado meu último ano. Mas ainda tenho alguma esperança de que as coisas possam voltar ao normal. Só vai custar o meu silêncio.

Enquanto andamos, minha mente entra numa espiral, como sempre acontece quando sem querer começo a pensar no que vai acontecer semana que vem. Quando se é como eu, depois do término de todos os términos, talvez você nunca se recupere. Talvez sua vida nunca mais seja a mesma.

Não porque você amava aquela pessoa demais, ou achava que aquela era "a" certa, mas porque pensou que você — vulnerável e exposta em sua essência — talvez pudesse ser boa o suficiente para segurá-la. Que alguém como Troy Murphy pudesse mesmo amar uma garota como eu.

O tipo de garota que sente demais, fala demais e faz todas as coisas erradas nas horas erradas.

— Olivia. Tudo bem? — pergunta Toni.

Tiro os olhos do celular e percebo que estou parada no meio do caminho, e as pessoas estão desviando para não me derrubar. Já saímos do Core e estamos nas ruazinhas improvisadas de cascalho que levam de volta ao acampamento.

Meu estômago embrulha. Meus olhos começam a arder e estou prestes a chorar. Então, recorro ao que sei fazer melhor. Resolvo mudar o rumo das coisas. Preciso de algo diferente, algo que não sejam metas, objetivos e aquele olhar de Toni que se parece perigosamente com pena. Não quero que sintam pena de mim. Não quero sentir absolutamente nada do que estou sentindo agora.

Estou ávida pela sensação de me perder no meio da multidão, ser tragada pelo som, os corpos, o movimento. Fazer parte daquela massa de suor e gente estranha, algo que sempre conseguiu apaziguar o ruído na minha cabeça, constantemente martelando o refrão que diz *exagerada exagerada exagerada*.

Uma parte de mim, uma parte maior do que eu gostaria de admitir, espera que Toni entenda isso. Pego a mão dela e a puxo de volta para o Core, parando apenas por um segundo para rezar para que ela não se solte. Não sei o que vou fazer agora se ela soltar.

Olho para ela, as sobrancelhas arqueadas, a pele brilhando com a mesma fina camada de suor que sinto no meu próprio rosto. Espero que minha intuição esteja certa sobre ela.

Espero que ela esteja pronta para se libertar.

TONI

SEXTA-FEIRA À NOITE

— **Não tenho certeza se quero** fazer isso.

Ela está de costas para o galpão gigantesco adiante, mas tudo em sua postura corporal mostra que ela só quer se virar e correr para dentro. Em todos os meus anos vindo ao Farmland, nunca entrei nesses celeiros com música para dançar — são estruturas de madeira enormes, usadas para abrigar cavalos e montes de feno quando isso aqui era realmente uma fazenda, mas que foram transformadas em belas cópias de boates —, no entanto, aqui está um deles, imponente à nossa frente, sob o céu quase escuro do início da noite.

— Qual o problema? Você não curte música eletrônica? Acho que provavelmente deve ter um galpão que toque pop, talvez? Quem sabe folk? — pergunta.

Ela está perto de mim, mas ainda preciso me inclinar para ouvir por causa do som grave que sai do celeiro.

Tiro o chapéu a passo a mão pelos dreads antes de colocá-lo de volta. Não quero entrar nesse celeiro gigante. Essa é a única área do Farmland onde nunca me atrevi a ir porque eu simplesmente não danço. Sob nenhuma circunstância. Tenho muitas regras que norteiam a minha vida neste mundo, mas essa está no topo da minha lista de NÃO, com letras garrafais em cores neon.

Racionalmente, meu cérebro sabe que temos que voltar para o acampamento, sabe que precisamos ensaiar juntas antes de amanhã, sabe que não tenho outra escolha se quiser uma chance de ganhar o Golden Apple e ter aquele momento de iluminação no palco do qual meu pai sempre lembrava. Mas a parte mais fraca de mim ainda não chegou lá.

É constrangedor admitir, até para mim mesma, mas estou com medo.

Mas também só de pensar em tocar meu violão na frente de alguém, e de Olivia especificamente, meu coração bate mais forte do que o recomendado pelas organizações de saúde. Tenho medo de pegar o violão e não ser mais tão boa quanto era antes, tenho medo de que a habilidade até volte, mas o resto não. Fico apavorada de pensar que talvez a paixão, a alegria, a conexão que eu tinha com a música tenham desaparecido para sempre. E isso é razão suficiente para me levar a considerar que, embora Olivia não tenha me dito por que ela está querendo matar o ensaio agora, talvez entrar nesse galpão enorme e assustador possa servir de fuga para não admitir que eu não sei se estou pronta para isso.

— Não, não é... Não é o gênero musical. É só que. Eu não. Sabe. *Danço* — digo, tentando parecer menos envergonhada do que estou, mas sei que não consegui ao ver os olhos de Olivia brilhando e ela virando a cabeça para o lado.

— Como assim não dança?

Eu me sinto uma idiota por estar com vergonha disso, algo que nunca me envergonhou antes, mas estou. Mas é que Olivia está me olhando com esses grandes olhos castanhos, e ela é destemida, o tipo de pessoa que se joga nas coisas e acredita que vai dar certo. E aqui estou eu, medrosa demais para ser sincera e contar por que não quero tocar violão na frente dela, e ao mesmo tempo medrosa demais para ganhar um tempinho dançando na frente de pessoas que nunca mais vou ver na vida.

A expressão de Olivia se suaviza, e ela põe uma das mãos no meu ombro. É quase preocupante o quão rápido minhas defesas caem aos pedaços. Algo na ternura desse gesto me faz querer ser sincera.

— Só não danço. E por um bom motivo. — Ponho a mão na testa e resmungo. Aqui está ele, o momento da verdade. Hora de romper a ilusão de que sou autossuficiente e impassível. — Isso é tão humilhante. Esquece o que falei. Vamos dançar.

Tento passar pelo lado dela para entrar, mas Olivia é mais rápida. Ela se coloca na minha frente com a mão nos quadris.

— Na-na-não. Nós temos um combinado aqui, Toni. Uma parceria, por assim dizer. E já me disseram que parcerias não funcionam sem honestidade.

Sua expressão é tão séria e severa, apontando o dedo para mim, que acabo soltando uma risada.

— E quem disse isso?

— A *Teen Vogue*, obviamente. Logo depois de me ensinar como destruir o patriarcado. — Ela dá um sorrisinho. — Mas, por favor, continue.

— Você não pode me sacanear.

— De jeito nenhum!

— Está escrito na sua cara que isso é mentira.

Ela faz um gesto como se estivesse passando um zíper nos lábios, e eu reviro os olhos. Tenho a mesma sensação do momento em que estávamos sentadas na grama, durante o show da Pop Top. Sinto uma serenidade quando falo com ela, minha habilidade de me fechar e não compartilhar nada se dissolvendo sem a minha permissão.

— Ok, então, na única vez em que fui a uma festa... Bom, você precisa entender que é difícil para alguém com braços como os meus realmente *se mexer*, sabe, sem cometer um homicídio induzido por dança. Enfim, eu estava meio que sozinha nessa pista de dança improvisada no porão da casa de alguém, até que uma menina cutucou meu ombro e me chamou para dançar.

— Ah, não — diz Olivia, porque já deve ter entendido onde vou chegar.

— Ah, sim — respondo. — Fiquei em choque, e já estava um pouco chapada com a marola do pessoal do canto, então eu me virei sem saber a que distância o rosto dela estava do meu cotovelo e...

— Você quebrou o nariz dela, não é? — Ela arregala os olhos e completa, a voz quase sussurrando: — Ah, Toni, sua gazelinha fofa.

Nem preciso responder, porque todo o autocontrole de Olivia explode de repente e ela começa a rir de forma descontrolada. E não sei explicar muito bem, mas alguma coisa no jeito como acontece — o rosto dela cheio de empatia, embora achando graça — me dá vontade de rir também. Uma daquelas risadas profundas e verdadeiras que você não consegue evitar e vem lá de dentro. Nem lembro quando foi a última vez que ri assim, e nem que acho alguma coisa tão engraçada.

Mas tem algo nela, parada ali na minha frente, tão feliz e leve, que torna sua energia contagiante. Eu nem sei por que ela quer dançar comigo, por que não vai fazer outra coisa entre as notificações das pistas. Não é como se eu fosse uma companhia muito divertida. Quer dizer, Peter até acha que sou engraçada, mas é porque ele é o único cara hétero na face da terra que eu não jogaria na lata do lixo, tirando Paul Rudd e LeVar Burton. Mas pessoas como Olivia não costumam se aproximar de pessoas como eu.

Finalmente chega a nossa vez na fila, e o voluntário que está na porta pega a mão de Olivia para carimbar seu punho. Quando ele a deixa entrar, ela fala:

— Juro que vou proteger meu nariz. Não precisa se preocupar comigo. — Ela levanta o braço fazendo um sinal de escoteiro errado, com um risinho debochado. — E prometo guardar seu segredo comigo enquanto estivermos vivas.

Respiro fundo e estendo o braço para ganhar o carimbo.

— É melhor proteger mesmo seu rosto. Não é mentira quando digo que sou uma ameaça para a sociedade.

Acho que ela até responde alguma coisa, mas no momento em que as portas se abrem e entramos, não consigo ouvir mais nada além do pulsar do grave.

O celeiro surpreendentemente se parece mesmo com uma boate, apesar do chão de terra e das baias onde ainda há montes de feno, como se um animal pudesse entrar aqui a qualquer momento para pastar. Tem umas cem pessoas no galpão dançando o que quer que seja isso que o DJ está tocando. Elas se movem juntas, algumas com mais ritmo que outras, mas todo mundo parece completamente despreocupado com a opinião alheia. Não quero me mexer, mas isso não parece ser uma opção, porque Olivia me puxa pelo punho até o meio da pista de dança.

Ela olha para cima, e o globo espelhado sobre nós lança prismas de luz em seu rosto. Estamos perto uma da outra, mas não o suficiente para nos tocar. O fundo do meu cérebro está gritando *recuar!*, mas não consigo ouvir. Só quero ficar olhando para Olivia enquanto ela se move, deixando a música invadi-la. É *incrível*.

Quando ela abre os olhos e vê que estou encarando, não desvio o olhar, embora eu queira. Quero ser honesta, como ela disse. E, com toda honestidade, saiba eu dançar ou não, só quero ficar vendo enquanto ela se perde no momento.

Mas Olivia não me deixa escapar assim tão fácil.

Ela estende as mãos para mim e passa os dedos suavemente ao redor dos meus punhos, me puxando para perto. É tão lento e suave, o completo oposto da maneira com que as pessoas se movem a nosso redor, a massa de corpos pulsando e se batendo como se fossem átomos. Mas no meio de todo o caos estamos apenas eu e Olivia, minhas mãos roçando seus quadris enquanto ela dança. Ela sorri e sinto meu coração subir à boca. Não sei bem o que fazer ou como catalogar essa sensação.

Só me decepcionei com alguém uma vez, porque desde então não me importo o suficiente com as pessoas que entram na minha vida a ponto de lhes dar esse poder. Eu me isolei, fiquei olhando as pessoas em volta formarem grupos e casais e, até conhecer Olivia, nunca tinha me dado conta do quão solitária era a minha vida. Eu já tinha refletido por alto sobre como seria ter um relacionamento, óbvio, mas isso nunca foi o bastante para efetivamente ir atrás de um — para arriscar sentir o que viria quando ele acabasse.

Eu sou do tipo que corre. Meu pai também era. Ele nunca aprendeu a manter uma emoção por tempo suficiente para analisá-la. Mas toda essa corrida do meu pai só serviu para afastá-lo cada vez mais das pessoas que mais o amavam. Tudo que ele ganhou foi um coração inquieto e uma filha que só o conhecia por meio de momentos fugazes entre turnês, histórias da vida na estrada e riffs de guitarra.

Talvez aquilo fosse o suficiente para ele. E talvez, por muito tempo, eu tenha me convencido de que era o suficiente para mim. Mas não mais. Não agora.

Aqui, neste momento, estou ancorada. Estou decidida, olhando para esta garota e para a grandiosidade de tudo isso.

— Confie em mim — pede ela.

As palmas das minhas mãos estão suando. Só confiei em três pessoas na vida — e nunca cheguei perto de confiar em mais ninguém. Seguro sua cintura um pouco mais forte.

E respondo com meu corpo: *eu confio*.

OLIVIA

SEXTA-FEIRA À NOITE

Mesmo que Toni não se sinta confortável aqui, se tem uma coisa que eu sei é dançar. A pista de dança é meu território, o único lugar onde me sinto eu mesma e totalmente no controle do meu corpo. Imani sempre diz que é como se apertassem um botão e eu fosse da Olivia que age como as outras pessoas querem para a Olivia dona de si mesma, que se movimenta com graça, cheia de energia e em sincronia com a música.

Começo a dançar. Espero que Toni acompanhe minha deixa. Fecho os olhos e respiro fundo. O lugar tem cheiro de suor e do barro que as pessoas trazem de fora em seus sapatos, mas nem consigo odiar isso. Há corpos me espremendo por todos os lados, mas não é sufocante, é libertador. Neste momento, estamos todos nos movendo juntos, uma massa suada que encontra refúgio em uma mesma coisa. Levanto os braços sobre a cabeça e deixo o ritmo me levar.

Uma música emenda na outra, depois em outra, e mais outra, e ainda estou com os olhos fechados. Um corpo encosta na lateral do meu, e de repente sou transportada para outra festa. Não estou mais no galpão, estou na casa de alguém. A música não é eletrônica, mas um trap que nunca ouvi antes, e o corpo encostado no meu não é de um estranho. É da mesma pessoa que disse que responderia que também me ama se eu parasse "de agir como uma freira o tempo todo".

"Se gostasse mesmo de mim, você faria isso", ele sussurrou no meu ouvido, a respiração quente. Ele podia estar falando de qualquer coisa, na verdade. Das fotos que ele queria, mas eu tinha medo de enviar, do fato de estarmos namorando há três semanas e ainda não termos feito nada além de dar uns beijos no banco de trás do seu precioso Charger, embora ele quisesse. De repente, sinto um gosto de serragem na boca.

Pisco os olhos rapidamente e diante de mim não está Troy Murphy, com um copo vermelho na mão e a jaqueta de couro idiota do time de basquete da Park Meade, que eu achava tão especial. Que me fazia sentir tão valorizada quando ele a colocava sobre meus ombros no corredor. Quem está aqui é Toni, e meu coração se tranquiliza ao vê-la. Toni é segurança. Eu e Toni temos um combinado, um acordo justo. Um sorriso é apenas um sorriso e uma jaqueta é apenas uma jaqueta.

Os olhos dela estão fechados também, e ela se move com os braços ainda firmes na minha cintura, mas pelo menos se mexendo. Está dançando no ritmo da batida, permitindo a si mesma se perder na música.

Quando ela abre os olhos, não finjo que não estava olhando. E não estava esperando aquele semblante em seu rosto, tão esperançoso e acolhedor. É diferente da carranca que ela vem exibindo praticamente desde o momento em que nos conhecemos, mas combina perfeitamente com seu rosto. Faz com que ela pareça mais nova, o tipo de pessoa que toma sorvete mesmo quando está frio e que usa a roupa que quer, não importa a ocasião, porque que regras são essas?

Se eu tivesse conhecido Toni numa outra vida, ou nascido como uma pessoa diferente, com uma personalidade diferente e sem a minha bagagem de um milhão de histórias mais ou menos de amor, eu acharia que ela é o tipo de garota sobre a qual você escreve uma carta para apresentar aos seus pais. Quer dizer, não exatamente uma *carta*, porque ninguém é mais Jo March hoje em dia, mas sabe como é. O tipo de garota que você diz aos seus pais que vai levar para passar o Natal com vocês.

Ela é linda. Tento ignorar como estou me sentindo por causa de sua beleza, mas a parte do meu cérebro que nunca desliga me convence que só pensar é seguro. Sob essas luzes, a pele escura luminosa e brilhante, não tem problema admirá-la. Mas ela também estava linda mais cedo, claramente pirando ao lado do celeiro onde foram as apresentações, ou caída no chão depois de fazer aquela garota com asas de fada tropeçar, ou quando me explicou o alcance das notas para um vocalista enquanto estávamos andando mais cedo.

E... aí está. Não sei como consegui ignorar isso antes. Mas é claro que estou a fim dela. Já consigo ver a cara de decepção da Imani. Consigo ver minha mãe com a cabeça apoiada nas mãos, a aparência cansada, sentada na mesa da cozinha depois de descobrir o que aconteceu entre mim e Troy, dizendo: "Por que você não pode ser mais como a sua irmã, Olivia? Por que não consegue ir mais devagar?".

A música muda, e Toni não está mais sorrindo. Está apenas olhando para mim, mas não como as outras pessoas da dupla *Olivia ama [insira nome aqui]* normalmente olham para mim. Ela está olhando como se realmente me enxergasse. E então ela começa a chegar perto, os olhos ainda abertos, e eu poderia fazer isso. Meu corpo e meu cérebro estão num duelo até a morte para deixar isso acontecer, me entregar a esse bom momento, essa ótima sensação e a Toni. E talvez não fosse tão ruim me entregar, acho. É tão natural para mim quanto andar de bicicleta, aquele momento sem fôlego logo antes de um beijo importante. As mãos dela se movem ligeiramente na minha cintura, eu me aproximo, abro meus olhos antes de fechá-los de novo e...

Paro de repente. Algo chama minha atenção logo atrás dela, algo dourado e brilhante em cima de um dos montes de feno. A próxima maçã. É o suficiente para me tirar daquele clima, e eu praticamente pulo para trás quando me dou conta.

Quase estraguei tudo. Quase deixei meus instintos idiotas me levarem a mais um romance com péssimo timing, que com certeza terminaria em ruínas. Tudo isso antes de eu conseguir ajudar Toni no concurso, aperfeiçoar meus dotes de cupido para juntar Imani e Peter e, claro, vencer a caça ao tesouro. A maçã dourada é um sinal. Minha mãe chamaria de intervenção divina. Mas vou dizer apenas que é o destino jogando uma boia para me salvar do meu próprio mar de imprudência.

Dou um passo para trás e aponto para o lugar atrás dela. Eu me recomponho um pouco e respiro fundo. Acabei com o clima do momento e provavelmente estraguei toda a evolução que fizemos desde a manhã, quando ela mal falava comigo. Mas ela apenas pisca, como se estivesse voltando a si, e sinto um aperto no estômago. Porque *este* é o semblante que eu estava esperando ver. *Foi tudo só um breve momento de insanidade*, penso.

Ela olha na direção que apontei, para a maçã encostada na parede. Não recebemos a pista ainda, mas nem precisamos. Tento dar um sorriso, que sai mais parecido com um cachorro mostrando os dentes do que com uma garota tentando fingir que está tudo normal. Passo por ela para ir pegar a maçã.

Tento dizer a mim mesma que não doeu nem um pouquinho. Queria esquecer tudo, e por um momento consegui. Por um segundo, enquanto ela me segurava e nos movíamos conforme a música, eu só estava pensando nela. Neste momento. Neste lugar.

Era tudo o que eu queria para o fim de semana, de qualquer forma.

Não era?

TONI

SEXTA-FEIRA À NOITE

"**Uma mão lava a outra**. Uma via de mão dupla."

    Foi o que ela disse. Nós concordamos. Quer dizer, não é como se ela não tivesse meio que deixado claro que aquele clima era totalmente coisa da minha cabeça. Não sei o que deu em mim. Não sei por que achei que dançar juntas significava mais do que só dançar juntas. Engulo a vergonha amarga e tento sorrir quando Olivia volta com a quarta maçã.

    Ela tinha espaço na pochete depois de entregar as outras maçãs para Peter, então guarda e indica a porta com a cabeça. Quando saímos, já está escuro lá fora, uma escuridão que só se vê no Farmland. As luzes dos palcos e dos brinquedos do Core formam uma ilusão de estrelas, deixando o céu indistinto, meio escuro e meio brilhante.

    Olivia boceja ao meu lado e tento ignorar que seu ombro toca o meu a cada poucos passos, como se ela estivesse muito cansada para se segurar.

    — Nada mal para sua primeira vez na pista — diz, apontando com o polegar para o celeiro. Ela sorri com cara de sono.

Acho que ainda é meio cedo para bocejar, mas então me lembro do estrago que um festival pode fazer com seu corpo da primeira vez. Ficar doze horas debaixo do sol quente, andar quilômetros e quilômetros e no meio-tempo ainda se manter em pé ou dançando pode ser exaustivo. — Você não empalou ninguém, nem chegou perto. Sabia que conseguiria.

Sorrio, mas não digo nada. Não porque esteja com medo de dizer algo que a faça se aproximar de mim, já passamos dessa fase. Mas porque tem algo especial nesse momento que não quero estragar com palavras.

A verdade é que gosto de estar com a Olivia. Gosto quando ela me dá bronca, quando me empurra para dançar em celeiros sujos e quando fala um pouco mais do que deveria. Nós fizemos um acordo, e amanhã depois da competição e de encontrarmos a última maçã, provavelmente nunca mais vamos nos ver. Vou cumprir com a minha parte do combinado, ela vai cumprir com a dela e é assim que vamos levar.

— Você acredita muito em mim para alguém que me conheceu hoje — respondo.

Ela se alonga e boceja de novo, mas não responde. Estou começando a me acalmar depois da confusão da festa e da dança, e também sinto minha adrenalina baixar. Mas tenho mais experiência do que ela em ficar acordada até tarde e lutar contra a exaustão do festival, então continuo mais ligada.

— Bem, Toni — diz ela, em meio a outro bocejo. — Eu sou boa em saber essas coisas.

Quando voltamos para a área das barracas, Olivia segue na direção do meu acampamento sem hesitar. Quase digo que ela está indo para o lado errado, mas então eu me lembro. É claro, ainda precisamos ensaiar. Uma onda de nervoso corre pelo meu corpo. Enfio a mão no bolso e passo o dedo na palheta barata de plástico que sempre carrego comigo para me distrair desse sentimento.

Passamos por um casal que tem a idade da minha mãe e deve ter montado o acampamento depois que saímos para o Core hoje de manhã, bem de frente para o nosso. Eles levantam suas latinhas de White Claw para nos cumprimentar e sorriem quando passamos. Dá para perceber que já fizeram isso antes: barraca, bandeirinha do Farmland com o símbolo das três maçãs no meio, um toldo, um gazebo e cangas penduradas em volta do toldo para proteger do sol. Preciso me segurar para não prestar continência. Tenho uma certa reverência por veteranos do Farmland.

Olivia se joga na cadeira dobrável velha que está do lado da minha barraca e deixa a cabeça cair para trás para olhar o céu.

— Acredita que a gente está aqui? Isso é uma intervenção cósmica de outro nível.

Sento em cima do pequeno cooler com gelo já derretido, algumas garrafas de água e bananas. Estico as pernas e olho para cima também.

— Você acredita em sinais? — sussurra Olivia.

— Como assim?

— Tipo — diz ela, e faz um gesto com a mão mostrando tudo ao redor —, acredita que tudo acontece por um motivo? Que é um sinal o fato de você ter parado para me ajudar no meio do ataque de asma, e o seu concurso, e minha caça ao tesouro, tudo ter praticamente nos forçado a nos juntar?

— Acho que depende — digo, puxando um pedaço de grama e torcendo nos dedos. — Um sinal de quê?

Posso ver a resposta se formando, sem dúvida alguma coisa meio maluquinha demais para mim, mas os olhos dela param na janela da caminhonete. Na mesma hora, sei o que ela viu, antes mesmo que diga qualquer coisa.

— Seu violão! — Ela se ajeita na cadeira, e de repente está bem acordada. Quando aponta para mim, já estremeço, porque sei qual vai ser a próxima pergunta: "Se está tão empenhada nisso, não devíamos estar ensaiando?". — Sabia que a vocalista do Sonny Blue nunca tinha tocado violão até os trinta anos? "The Argonauts" foi a primeira música que ela escreveu.

Fico paralisada.

— O quê?

Não é possível que eu tenha ouvido direito.

— Pois é, é muito incrível! Eu já ouvi, tipo, umas oitocentas entrevistas dela. Ela fala sobre isso às vezes, como não tinha dinheiro para comprar um violão ou pagar aulas na infância, então só conseguiu comprar quando estava mais velha. Não é muito legal isso? Encontrar sua paixão aos trinta anos e não aos dezoito? — Ela solta um suspiro. — Parece que todo mundo tem que saber tudo antes mesmo de sair da escola, sabe? Bonnie é a prova de que acelerar as coisas é superestimado.

— Eu... É. Isso é incrível.

Tem algo muito revigorante em ouvi-la falar exatamente tudo o que tenho pensado desde antes do verão — que não tenho mais muita certeza de nada.

— Eles têm uma música demo que nunca entrou em nenhum disco que eu gosto muito. O nome é "Too Much, Too Soon" — digo. Pigarreio, sem saber muito bem por que estou contando isso, mas não paro. — Meu pai amava essa música. Ele me ensinou a tocar.

Vou até a caminhonete e pego a case. Tiro o violão, toco as notas iniciais e, pela primeira vez, pensar no meu pai não me causa um nó na garganta nem vontade de chorar. Nesta lembrança, tenho treze anos e estou sentada no porão com meu primeiro violão no colo. Ele tinha acabado de trabalhar na primeira turnê de verão do Sonny Blue, quando abriram os shows do Mumford & Sons.

— Tenta fazer assim. — Ele estende a mão e muda a posição dos meus dedos nas cordas. Sorri quando acerto e consigo mudar facilmente de um acorde para outro. — Isso aí, TJ. Você vai ser *grande* um dia, sabia?

Reviro os olhos, porque tenho treze anos e revirar os olhos é a regra e porque meu pai sabe que nunca vai acontecer. Nunca vou tocar em lugar nenhum além desse porão, e nunca vou dizer a ninguém que toco. Esse negócio de música só acontece aqui e morre aqui.

— Não vou ser famosa, pai.

— Eu não disse *famosa*, filha, eu disse que vai ser grande! Tem uma diferença. — Ele dedilha o violão e sigo a deixa. Meu pai fecha os olhos e faz que sim com a cabeça no ritmo da música. — Você não precisa de público para ser grande. Não se esqueça disso.

Ele abre os olhos e marca o ritmo com a mão na coxa enquanto continuo dedilhando.

— *Por que está indo tão rápido, garota? Quem disse que você não pode conquistar o mundo inteiro?* — canta, baixinho. A voz dele é linda como sempre.

Nesses momentos, sei que minha voz provavelmente nunca vai conseguir fazer o que a do meu pai faz — preencher todo o espaço até ser a única coisa que as pessoas sentem —, mas posso compensar com minha habilidade no violão.

O tempo que passo tocando com ele é em intervalos entre turnês, mas sempre levo a sério. Trabalho duro. Aprendo muito rápido. Tento deixá-lo orgulhoso de mim.

— Caramba! — digo, quando ele termina. — O que é isso?

— Uma música da banda que acompanhei nesse verão. Sonny Blue?

Ele olha para cima de repente e sei que também ouviu o barulho das chaves da minha mãe. Meu coração se despedaça. Quando ela chega, a gente para, ele sobe para cumprimentá-la e ou vão ser muito gentis pelo resto da noite ou tenho que me conformar em ir para o meu quarto com fones de ouvido para não escutar a briga.

É sempre uma dessas duas opções, e algo me diz que hoje vai ser a segunda.

Ele olha para mim com um sorriso tão largo quanto falso. Coloca o violão de volta no lugar e pega o meu para pendurar na parede. É incrível como tudo naquele cômodo volta ao normal. Volta a ser vazio.

— Quando eu digo grande, sabe essa sensação que você teve com a música? É disso que estou falando. — Ele aponta para a escada com a cabeça. — Vamos ajudar sua mãe com as compras.

Por que está indo tão rápido, garota? Quem disse que você não pode conquistar o mundo inteiro?

Engulo em seco enquanto Olivia olha para mim sem expectativa, mas visivelmente animada. Estou um pouco enferrujada, eu sei. Não toco há mais ou menos um ano, mas, ao terminar o último verso, com a voz rouca pela falta de prática, não me sinto exatamente bem, mas aliviada. Tocar essa música é como chegar à superfície de uma piscina depois de ficar tempo demais debaixo d'água. É como voltar para casa.

— Olha, que bom que Sonny Blue nunca lançou essa música — diz ela quando devolvo o violão à case do meu pai.

Meu coração para por um segundo. Não parece um insulto, não pelo jeito como ela está sorrindo para mim, mas não consigo ver de outra forma.

— Por quê?

— Porque — ela toca minha bota com sua sandália — ia ser vergonhoso para Bonnie Harrison ser tão completamente superada por uma de suas fãs, no canto e no violão. — Ela sorri e meu corpo todo relaxa. — Sério mesmo. Um cover que é melhor do que o original? O poder que isso tem? Surreal.

Sinto meu rosto esquentar e agradeço à escuridão e ao tom da minha pele por esconder algo que certamente apareceria como uma vermelhidão para alguém de pele mais clara.

— Você nunca nem ouviu a original.

Ela põe a mão sobre o peito e faz um gesto indignado.

— Estou ofendida com sua falta de confiança na minha avaliação! — Ela faz uma cara de desgosto e acrescenta: — Que, está bem, eu admito ser questionável às vezes, mas neste caso é absolutamente confiável.

— Confiável, é? — pergunto.

—Absolutamente incontestável.

Ela me encara por um tempinho além do que posso aguentar, e minha pele parece estar vibrando. Eu me levanto e me alongo, embora nem precise. Só tenho que achar algo para fazer com as mãos.

— É isso que você quer fazer agora que está livre neste mundo cruel? — Ela me analisa e cruza as pernas na altura dos tornozelos. — Virar uma mega rockstar?

— Teoricamente, eu começo a faculdade na semana que vem. — Dou de ombros. — Talvez vá estudar direito, como a minha mãe. Não sei.

Soa como uma mentira quando falo. De alguma forma, a sensação de tocar aquela música para Olivia há alguns instantes ainda ecoa dentro de mim. Pareceu tão perfeito, tão diferente de qualquer outro momento desses últimos oito meses. Repreendo a mim mesma só de pensar. Só porque parece bom não significa que é um bom plano. Vou tocar nesse festival para encontrar um plano, para ter alguma grande revelação sobre a minha vida, descobrir minha Verdade, como meu pai sempre me prometeu que aconteceria.

Além do mais, ainda que isso fosse mais do que um capricho, se eu quisesse investir na música, partiria o coração da minha mãe. Não tem chance de isso acontecer.

Olivia não responde de cara, apenas concorda com a cabeça e bate com os dedos nos lábios enquanto pensa. Há um silêncio entre nós, mas o refrão noturno de sons do festival segue a toda: a música abafada das bandas tocando ao longe, as risadas vindas de acampamentos próximos, um carro passando sobre o cascalho. É uma das minhas músicas favoritas.

— Você sabe o que tem que fazer — diz ela, depois de um tempo. Quase esqueci que estávamos no meio de uma conversa. — Mesmo que você ache que não, está aí dentro em algum lugar.

— Você acha? — pergunto.

Eu me recosto na cadeira, tentando ficar tranquila. Faço o que sempre fiz ao longo de todo o ensino médio: me escondo por trás de uma expressão facial que parece ambígua, mas, principalmente, insatisfeita. Mas quando Olivia me encara por um segundo sequer, sei que minha tática habitual não está funcionando. Ela me enxerga, enxerga a Toni que eu normalmente guardava para quando meu pai estava em mais uma turnê e minha mãe, enfurnada no quarto, fingindo não estar com o coração partido: jovem, vulnerável e mais solitária do que gostaria de admitir.

— Acho. — Olivia concorda com a cabeça. — Acho mesmo.

A voz dela é confiante. Não há um pingo de dúvida ali. Ela me conhece há menos de doze horas, mas, na sua perspectiva, é o suficiente para saber disso. Assim como meu pai, estou começando a perceber que Olivia também tem suas Verdades.

Ela é uma confusão de contradições. Ao mesmo tempo confiante e desajeitada, em igual escala. Consegue transparecer ansiedade nos trejeitos inquietos com as mãos e as roupas e também se jogar completamente numa música que nunca ouviu antes.

— Então é essa a música que quer tocar amanhã? — pergunta, quando demoro para falar mais alguma coisa. Faço que sim com a cabeça, e ela une as mãos. — Beleza. Vamos ensaiar.

Olho em volta, como se alguém fosse aparecer para dizer que essa é uma má ideia. Mas, claro, sou só eu mesmo, surtando, os nervos à flor da pele. Mas Olivia está determinada a me ajudar, e eu estou determinar a resolver minha vida. Pego minha braçadeira para tocar num tom provavelmente mais adequado à voz de Olivia. Ela puxa a cadeira para ficarmos ainda mais próximas, se oferece para cantar as partes mais agudas e simplesmente... cantamos.

É um clichê dizer que nossas vozes combinam perfeitamente, ou que o soprano melodioso dela é o complemento ideal para o meu contralto, mas, o que quer que estejamos fazendo, dá certo. Estamos mandando bem. Ela dá algumas sugestões — "Sei do que estou falando! Participei do coral por dois anos antes de ser expulsa por causa de um incidente envolvendo tinta de cabelo e metade dos tenores no campeonato estadual. Nem pergunte" — e aceita minhas críticas quando tenho alguma.

Duas horas depois, os olhos de Olivia estão tão pesados que ela poderia cair no sono no meio do refrão. Quando terminamos a música, ela se levanta, boceja e estica os braços sobre a cabeça.

Eu me dou conta de que quero que isso dê certo. Está me parecendo algo mais do que apenas um último esforço para resolver minha vida. Quero cantar essa canção com ela e quero vencer e quero acreditar que a música ainda guarda algumas respostas para mim. Que o modo como me sinto agora significa alguma coisa.

— Então vamos mesmo fazer isso — digo.

Até começarmos de fato a cantar juntas, acho que parte de mim ainda pensava que aquilo não tinha a menor chance de acontecer. Olivia não ia saber cantar, eu ficaria paralisada na hora de finalmente tocar, ou, mesmo que tudo desse certo, nós duas não íamos combinar em nada. Mas nada disso aconteceu.

Olivia apenas concorda com a cabeça, como se entendesse tudo que não estou dizendo. É legal essa sensação de que estamos nos comunicando sem trocar nenhuma palavra. Olho para o céu na tentativa de ver o que ela está vendo e tento ignorar o calorzinho que se espalha pelo meu peito.

Talvez eu devesse contar a ela a verdade sobre o que aconteceu com meu pai. Se ela vai fazer isso comigo, se estamos nessa juntas, então talvez precise saber. Mas quando a vejo observando as estrelas, sei que isso não é uma opção. Ela está feliz e eu... eu me sinto o mais próxima que estive da felicidade em meses. E não posso fazer isso. Sei muito bem que alguns recantos sombrios dentro de nós devem ser deixados na escuridão, e Olivia é pura luz.

— Ai, meu Deus. Ai, meu *Deus* — grita ela, a voz esganiçada.

Imagino que ela deve ter pisado em alguma coisa e se machucado de novo, então já me aproximo, pronta para cuidar de mais um ferimento de festival. Mas quando me agacho perto dela, Olivia está rindo e, ao mesmo tempo, balançando a cabeça sem acreditar.

— Minha melhor amiga está apaixonada! — exclama.

Ela levanta o celular e me mostra uma foto de Peter babando sobre um saco de dormir na barraca delas, cheio de cartas de UNO no rosto, com uma mensagem embaixo:

> Fui ao banheiro cinco minutos e, quando voltei, ele estava assim 😒

Dou risada da cara de Peter, largado, babando, dormindo o sono dos inocentes.

— Imani vai ter que comprar outro saco de dormir para mim — reclama ela. — Nem tive a chance de dormir nesse!

— Não sei como, mas Peter consegue dormir em qualquer lugar, sob qualquer circunstância. E ele não acorda, não importa o quanto você tente. — Eu me lembro de tentar acordá-lo para conseguir pegar o voo da última vez que ele esteve aqui e mal consigo conter o calafrio. Aquela imagem de Peter desesperado, apenas meio vestido e com a cara amassada de sono correndo para passar pela segurança do Aeroporto Internacional de Indianápolis não é algo que eu queira ver de novo. — Acho que você devia considerar seu saco de dormir apenas um dano colateral em meio à experiência de conviver com Peter Menon.

Ela não responde logo de cara, então continuo:

— Você pode, hum, ficar aqui. Se quiser. Tenho um colchão de ar enorme. Você e Imani, quero dizer. Podemos, hum, trocar de barraca hoje?

Odeio que isso tenha saído como uma pergunta, mas estou meio sem opções aqui. Não consigo carregar Peter de volta para nosso acampamento, então talvez a melhor saída seja trocar. Não consigo ler seu rosto quando ela olha para mim. Ela pende a cabeça para o lado, como se estivesse tentando entender alguma coisa, e, depois de alguns segundos que parecem durar uma eternidade, assente como se tudo tivesse se resolvido na cabeça dela.

Ela digita algo rapidamente no celular antes de me responder:

— Vou ficar aqui. Mas vou logo avisando: se dançar com você é perigoso, dividir a cama comigo pode ser mortal.

Estou basicamente no piloto automático quando pego minha mala e tiro de lá uma camiseta extra e um short velho de softball. Estou prestes a dividir meus aposentos com um ser humano vivo que por acaso é a mesma pessoa que pensei que talvez pudesse beijar algumas horas atrás. Entrego tudo para ela, respiro fundo e penso: "Vai dar tudo certo. Claro, vamos dormir a poucos centímetros de distância uma da outra, ela vestindo minhas roupas, mas está tudo *bem*".

Eu sou a versão humana daquele meme do cachorro em meio às chamas.

Olivia segura as roupas contra o peito. Olha para mim, para a barraca, depois para mim de novo e diz, estranhamente tímida:

— Você vai ficar aqui fora enquanto eu me troco, certo?

Parece uma pergunta tão estranha, tão óbvia — afinal, por que eu invadiria a privacidade dela desse jeito? —, que minha resposta com a cabeça demora um pouco. Mas parece ser o suficiente, porque ela abre um sorriso de novo. Tira as sandálias e abre o zíper da barraca. Depois que entra, coloca a cabeça para fora da abertura.

— Você é uma boa moça, Toni — diz.

Ela fecha o zíper e eu me sento no cooler novamente.

O que estou sentindo agora não é a mesma coisa de quando toquei na frente dela agora há pouco — esse medo estaciona bem no meu estômago, não no meu peito. É estranho e assustador e acolhedor. Posso ouvir Olivia se mexendo lá dentro, os cotovelos esbarrando no tecido da barraca e ela cantarolando baixinho o refrão do novo hit do Kittredge. Ela está tão desarmada que é quase um momento íntimo.

Ao pensar nisso, sinto minhas bochechas quentes. E é aí que percebo que isso não é medo. Não mesmo. É aquele frio na barriga sobre o qual Taylor Swift tanto fala em todas essas músicas que adoro ouvir escondida.

E de jeito nenhum vou conseguir me livrar dele.

Festival de Música FARMLAND

SÁBADO

"Levantem as mãos para o céu. [risos] É, sei que está chovendo. Agora respirem. Quero que vocês pensem nas pessoas que estão à sua esquerda e à sua direita. Estão sentindo? Esse bum-bum-bum-bum? [pausa] Somos todos nós. Os corações batendo. Juntos. Essa próxima música é sobre essa sensação. Continuem com as mãos para cima. Cantem junto se souberem a letra."

— Bonnie Harrison durante o primeiro show do Sonny Blue como atração principal no Festival de Música Farmland, em agosto de 2015.

SÁBADO DE MANHÃ

A primeira coisa que percebo quando acordo é o quentinho que sinto no rosto, onde o sol está batendo, e bocejo sem abrir os olhos. Estou muito confortável e aninhada sob meu cobertor, sozinha, espalhada sobre o colchão enorme. Mas... eu não trouxe um cobertor para o Farmland. Trouxe um saco de dormir. Ai, meu Deus. Abro os olhos instantaneamente e me sento, apertando o cobertor contra o peito, o coração na boca. Eu dividi a barraca com Toni esta noite!

Tomo consciência desse fato tão rápida e intensamente que nem sei direito como estou me sentindo. Cara... Eu dividi a barraca com Toni esta noite. Continuo pensando, mas não parece real, então sussurro em voz alta para mim mesma algumas vezes, só para ter certeza.

— Eu dividi a barraca com Toni esta noite. Eu e Toni dormimos no mesmo colchão. Eu e Toni estávamos na mesma barraca e no mesmo colchão e... — solto um grunhido e esfrego o rosto com as duas mãos até ficar parecendo uma pintura do Munch. — Nem usei meu lenço de seda para dormir.

Mal dá tempo de me acalmar e pensar num plano para sair dessa barraca bem mais apresentável do que estou me sentindo agora e já sou convocada pela minha amada irmã mais velha. Toco no celular para abrir a mensagem mais recente.

> Estou voltando para Boston hoje.
> Mamãe vai me levar no aeroporto agora.

Foi um longo verão com Nia em casa. Ela e Wash vieram de Boston para fazer um estágio de verão na mesma startup de tecnologia no centro de Indianápolis, ela no departamento jurídico, ele, no de TI. Não sei como, mas eles conseguiram passar pelos dois primeiros anos de faculdade e não apenas continuam aquele mesmo casal instagramável, como, de alguma forma, estão ainda mais... poderosos.

Nia trocou suas famosas perucas longuíssimas pelo cabelo natural, um cacheado perfeito, que nunca fica ressecado e quebradiço como o meu ("Você está usando os produtos errados, Olivia, é por isso. Não pesquisou sobre cuidados com o cabelo natural?"). Trocou também os casacos do uniforme da escola por camisetas com frases de ordem, como ABAIXO O FEMINISMO BRANCO e NINGUÉM É ILEGAL EM TERRA ROUBADA.

Ela parecia mais estável e ainda mais segura de suas convicções ("Está comprando material de acampamento na Amazon? Por que não dá logo um soco na cara de um operário da próxima vez? Provavelmente seria melhor."). O que significa, é claro, que a minha mãe está ainda mais segura de sua escolha de filha favorita.

Imani estava em seu curso de verão, ninguém da escola falava comigo e eu não tinha um carro para dirigir sem rumo pela cidade como qualquer outra adolescente entediada faria, então sobrou muito tempo para minha mãe e Nia me lembrarem da decepção que eu sou. Conversas a respeito das minhas escolhas de cursos na faculdade cheias de insultos sobre como eu na verdade só me importaria em arranjar um casamento, não um diploma. Discussões na hora do jantar sobre refazer o vestibular ou me inscrever em mais um grupo de estudos. Ou, pior de tudo, os olhares de Nia que sempre diziam mais do que qualquer comentário arrogante: "Você envergonhou essa família de novo, e dessa vez não há nenhum feito meu que seja grande o suficiente para distrair todo mundo".

Eu odiava admitir — porque ninguém devia se sentir assim a respeito da irmã —, mas, em uma semana, eu já estava querendo que ela fosse embora.

> Beleza! Boa viagem!
> Tenha um ótimo semestre!

A resposta vem quase instantaneamente.

> Como é possível que eu consiga ouvir você gritando até por mensagem? Jesus. Não precisa responder isso.

> Tome decisões melhores este ano.

Não respondo. Resolvo apagar logo de uma vez a conversa inteira. Não posso lidar com isso agora.

Gostaria de dizer que minha relação com Nia não foi sempre assim, mas eu fui a coadjuvante e ela a atriz principal por muito tempo. Desde que minha mãe arranjou o emprego como orientadora educacional na Park Meade e Nia ganhou o desconto de mensalidade por causa disso no começo do primeiro ano, ela se tornou uma pessoa intocável. E eu me tornei a irmã mais nova constrangedora da qual ela queria fugir. Ela tinha uma vida nova e perfeita de aluna de escola particular na Park Meade. Circulava entre os garotos ricos e falava sobre o futuro em universidades de ponta, e eu não me encaixava nisso.

Eu era um lembrete da vida como era antes — imperfeita, quase impossível de consertar —, e ela nunca me deixou esquecer disso.

Das notas até a nossa aparência — ela, com as pernas longas de modelo e cintura fina como a minha mãe, eu com todas as minhas curvas e uma altura que regulo com uma coleção de sandálias plataforma —, nós nunca estivemos do mesmo lado, seja qual for a linha que separa as pessoas que estão com a vida resolvida das que não estão.

Bloqueio o telefone e tento ao máximo controlar aquela insegurança assustadora que sempre aparece depois de qualquer interação com a minha irmã. Sacudo as mãos e giro os ombros algumas vezes, tentando recuperar aquela sensação de quando acordei, em vez desta dor que se apossou do meu corpo. Hoje vai ser um dia bom. Vou ajudar Toni com esse concurso. Vou mexer meus pauzinhos e fazer com que finalmente Imani e Peter parem de enrolar um ao outro.

Mesmo que só por esse fim de semana, e nessas pequenas ações, posso trazer algo de bom para as vidas das pessoas de quem eu gosto. Esfrego os olhos para tirar os últimos resquícios de sono e me arrasto para fora da barraca, toda desgrenhada e certamente com uma cara horrenda.

Toni está sentada em uma das cadeiras dobráveis com o violão no colo, e a noite passada volta à minha mente em um estalo. O som da voz dela, baixo, rouco e perfeito, completando perfeitamente o som de suas dedilhadas gentis no violão. O jeito como ela cantou aquela música que, embora eu nunca tivesse ouvido, me deu a sensação de reencontro com uma velha amiga depois de muito tempo longe. Eu meio que queria mergulhar na música. Eu meio que com certeza queria dar um abraço nela.

— Bom dia — diz Toni, olhando rapidamente em meio aos cílios grossos.

Não quero nem começar a imaginar como devem estar meus cílios neste momento, totalmente grudados, já que não tirei a maquiagem direito antes de dormir. É o básico do básico da rotina de *skincare*.

— O que está fazendo acordada? Está muito cedo. — Ela me oferece uma banana e nego com a cabeça. — A gente basicamente acabou de ir dormir.

Os acampamentos ao redor ainda estão silenciosos e quietos, mas o som abafado das passagens de som no Core chega até nós.

— O que posso fazer? Como dizem por aí, Deus ajuda a quem cedo madruga.

Ela dá uma risada de leve e volta sua atenção para o violão. Parece muito confortável com o instrumento nas mãos e ainda um pouco sonolenta. Os dreads caem para a frente, emoldurando seu rosto enquanto ela afina o violão em silêncio, e eu fico lá parada olhando como uma idiota.

Sinto um aperto momentâneo no peito. Definitivamente, eu deveria ir embora. Deveria voltar para minha barraca antes que eu diga ou faça alguma coisa que vai estragar tudo. Está tudo indo tão bem entre nós que quero que continue assim. E, de acordo com meu histórico, a melhor maneira de fazer isso é me afastar um pouco. Mas não quero me afastar dela. Não quero ir embora, mesmo que seja só até a hora da apresentação mais tarde.

Engulo o nó que se formou na minha garganta e coloco um sorriso no rosto.

— Vamos ficar famosas hoje à noite!

Uno as mãos e tento manter o pensamento positivo. Mas estamos perto do momento da verdade: é apenas uma questão de tempo até eu fazer o que sempre faço. Talvez eu pise sem querer no braço do violão de Toni e o quebre antes mesmo de chegarmos ao palco. Talvez eu compre um burrito para ela na barraquinha que acabe lhe dando uma intoxicação alimentar — ai, meu Deus, e se *eu* tiver uma intoxicação alimentar e ela ficar sem dupla? Sabe de uma coisa? Tomei uma decisão: não vou comer nada até depois da apresentação. E vou voltar para o acampamento e calçar meus chinelos, só para garantir. Não custa nada usar um calçado leve.

Ficamos com um dos primeiros horários depois do intervalo para o almoço, então temos poucas horas para ensaiar, ver alguns shows e talvez encontrar mais uma maçã se aparecer uma pista a qualquer momento. Mas, antes de qualquer coisa, eu preciso me recompor. Estou me sentindo ansiosa e insegura, e colocar um vestido bonito e passar um tempinho me maquiando sempre ajuda. É como vestir uma armadura. E, com as mensagens de Nia ainda povoando meus pensamentos e o nervosismo para a apresentação, preciso de toda ajuda possível.

— Sei que uma pessoa tão criativa e genial como você provavelmente precisa de um tempinho sozinha para se concentrar, então vou pegar minhas coisas e deixar você em paz. — Volto para dentro da barraca para pegar minhas roupas do dia anterior e digo alto o suficiente para que ela ouça lá de fora: — Só um minutinho e já vou embora!

Quando encontro minha sandália esquerda, saio da barraca e a levanto, num sinal de vitória.

— Achei! Beleza, vou indo... — Olho por cima do ombro e aponto com a cabeça na direção da minha barraca.

— Você se movimenta tão rápido — diz Toni.

Sua voz é tão baixa que quase não dá para ouvir, mas eu paro.

— Hã?

— Você parece um audiolivro em velocidade acelerada. — Ela olha para o meu rosto e esfrega os olhos, ainda sonolenta. — Na maior parte do tempo, acompanho o que você está dizendo, mas às vezes acho que devo estar perdendo algumas das nuances.

Meu coração para. É isso. Nem acabou o fim de semana e já estraguei tudo. Ela está irritada comigo; fui eu mesma demais.

— Desculpa — começo. Fecho o punho em volta das tiras prateadas da minha Birkenstock. Minhas pernas começam a balançar sem motivo. — Tudo bem, eu entendo. Isso acontece às vezes. Eu e minha boca enorme, sabe? Sempre fazendo...

— Desculpa? Pelo quê? As pessoas precisam se esforçar para acompanhar você, sabe?

Ela põe o violão gentilmente dentro da case e esfrega as mãos nas coxas antes de colocá-las nos bolsos do casaco vermelho do time de basquete masculino de Indiana. *Ai, meu Deus, como eu não tinha percebido que o short de dormir dela era tão curto?*

Ela passa a mão na parte de trás do pescoço e se levanta.

— Estou dizendo que, hum, você é o tipo de pessoa que dá trabalho para entender. — Ela olha para mim e quase tenho vontade de chorar com a sinceridade em sua expressão. — Estou dizendo que você vale o trabalho, Olivia. Enfim, é... — Ela desvia o olhar e depois ajeita a postura e sorri de leve. — Quer tomar banho e café da manhã antes de irmos?

Estou dizendo que você vale o trabalho, Olivia. Não sei o que responder a isso, mas essas oito palavras invadiram o meu cérebro e fixaram residência onde há apenas alguns segundos morava a insegurança. Se ela quer ter esse trabalho por mim, posso fazer o mesmo por ela.

Faço que não com a cabeça. Não quero voltar e trocar de roupa, nem comer, nem ir embora e ponto-final. Quero ensaiar. Quero que a gente seja tão boa a ponto de não haver chance de estragar nada. Quero provar a Toni que ela está certa a meu respeito. Quero ter entrado na vida dela e feito algo para deixá-la melhor e sair sem destruir tudo. Isso tem que ser possível, senão não sei o que estou fazendo. Não sei que esperanças restarão para alguém como eu se fizer o meu melhor e ainda assim acabar arruinando tudo.

Quando minha mãe conseguiu fazer o mestrado com aulas à noite e arranjou o emprego como orientadora na Park Meade, a ideia era que aquilo mudasse nossas vidas. Aquilo deu a mim e a Nia a chance de estudar numa das melhores escolas do estado com desconto na mensalidade, nos deu a chance de mudar do apartamento ruim de dois quartos na zona leste para uma casinha fofa perto de um bairro legal. Deu a Nia uma vaga em Harvard e à minha mãe o trabalho administrativo respeitável que ela sempre quis. Eu até podia vestir a saia plissada e o cardigã cinza e vermelho do uniforme da Park Meade, mas roupa nenhuma conseguiria esconder quem eu era de verdade.

A peça defeituosa sempre seria eu. As notas medíocres, o interesse muito maior nos shows de punk rock do que nos grupos de voluntariado, o número excessivo de encontros e namoros e términos. De novo e de novo. E então as fotos que nunca deviam ter vazado, o escândalo e a estrela do basquete cujo futuro depende de eu testemunhar ou não contra ele daqui a alguns dias. A vergonha de uma família e a carreira arruinada de um garoto com mais potencial no dedo mindinho do que muita gente tem no corpo inteiro, tudo por minha culpa.

Então, se eu tiver só uma chance, a vida dessa garota vai ser melhor por minha causa. É só isso que eu quero.

— A gente devia ensaiar. — Aponto para a case do violão, encostada na caminhonete. — Podemos começar a partir da ponte? Acho que meu tom está errado na parte mais rápida.

Toni olha para mim por um segundo antes de se sentar novamente. Ela hesita, mas por fim concorda com a cabeça.

— Beleza — diz. — Vamos ensaiar.

SÁBADO DE MANHÃ

Ensaiamos por tanto tempo que, quando resolvemos fazer um intervalo, minha voz parece até um pouco trêmula. Graças aos céus pela curta, mas espetacular, experiência de Olivia no coral, porque acho que estamos nos saindo bem juntas. Bem mesmo. A voz dela é um pouco mais suave que a minha, um tanto delicada, mas conseguimos nos entrosar como as duas metades de um todo.

Ensaiamos por quase duas horas, e eu nem percebi. Peter vem em nossa direção, o cabelo preso num coque frouxo que, ele insiste, o deixa parecendo um "Brad Pitt de pele marrom", enquanto Imani vem atrás, os braços cruzados como sempre. Nunca vi alguém tão determinada a manter os braços firmes naquela posição. É realmente impressionante.

Ambos parecem prontos para seguir o dia, diferentemente de Olivia e eu. Peter olha para mim e depois para ela várias vezes, as duas com a aparência ainda pior depois de passar a manhã inteira ensaiando em vez de nos arrumar.

— Vocês duas são um colírio para os olhos! — diz ele, os braços abertos. — Amiguinha e futura amiguinha. Ah, eu decidi que nós vamos ser melhores amigos, aliás, só pra constar. Vocês precisam se arrumar. O DJ Louddoc começa em meia hora!

Ainda não é nem meio-dia, já que eu e Olivia começamos o dia mais cedo do que todo mundo à nossa volta. Peter parece um raio de sol resplandecente, só sorrisos ao contar para Imani, com sua expressão indiferente, sobre os mergulhos sem roupa de John Quincy Adams no rio Potomac — um de seus factoides favoritos.

Eu provavelmente também estaria sorrindo se tivesse dormido alguma coisa esta noite. Fiquei elétrica com Olivia ao meu lado. Não conseguia relaxar sabendo o quão perto seu corpo estava do meu, que, se ela virasse de lado, eu poderia sentir sua respiração no meu pescoço. Era como se eu não conseguisse desligar. O calor do corpo dela, o som baixo de seus roncos suaves — foi impossível dormir diante de tudo isso. Então eu me levantei assim que amanheceu e decidi pegar o violão. Não me senti tão viva quanto na noite anterior, em que toquei com e para Olivia, mas me senti bem. Melhor do que nos últimos oito meses.

— Vocês precisam se vestir!

Peter aponta para Olivia e para mim. Nem comento sobre o fato de ele ainda estar usando as roupas do dia anterior, o que não lhe dá muita moral para dizer qualquer coisa.

Imani revira os olhos.

— Eu me recuso a perder esse DJ depois que o Peter passou a manhã inteira falando dele — diz ela. — Preciso poder jogar na cara dele se no fim das contas for uma bosta.

— Nada disso, não vai colocar isso nas minhas costas — responde Peter, com um olhar totalmente apaixonado. — Você super quer assistir também.

— Liv? — Imani ignora Peter e se vira para Olivia, e me dou conta de que ela não falou nada desde que os dois chegaram.

Ela morde o lábio e vira a tela do celular para baixo, de um jeito quase nervoso. Penso em perguntar o que está errado, mas ela muda de expressão. Olha para nossos amigos como se os estivesse vendo pela primeira vez e abre um sorriso.

E se ninguém mais percebeu o quão falso é aquele sorriso, quem sou eu para falar alguma coisa?

Chegamos ao Core em cima da hora do começo do show.

— Só vamos ter tempo de ensaiar a música mais algumas vezes depois disso — diz Olivia, um pouco mais alto para superar a reverberação das caixas de som atrás de nós. Ela aperta meu ombro como se precisasse me acalmar. — Vai ser ótimo.

Sua voz é abafada pela onda de pessoas que nos empurra cada vez mais para o meio da confusão — um claro sinal de que o show está prestes a começar. Já aconteceu comigo centenas de vezes na vida nas minhas dezenas de vindas ao Farmland, mas com Olivia ao meu lado é surpreendentemente diferente.

Ela está praticamente na ponta dos pés enquanto esperamos.

Nós quatro recebemos uma notificação no celular com a pista para a próxima maçã, mas é aquela que Olivia encontrou no celeiro ontem. Saber que estamos à frente da competição me deixa mais relaxada, mais livre.

Do meu lado esquerdo, Peter não para de falar sobre sua obsessão por presidentes mortos de um jeito que acho fofinho hoje em dia — "Você sabia que James K. Polk proibiu que as pessoas dançassem na Casa Branca? Aquilo lá era tipo *Footloose!*" —, enquanto Imani concorda com a cabeça distraidamente. É uma sensação boa estar parada entre meu melhor amigo e Olivia, embora eu ainda não saiba exatamente o que ela é para mim. Só sei que, seja lá o que formos uma para a outra, está funcionando. E que enfim me sinto animada em relação a alguma coisa — a alguém.

— Gente, isso é bom demais — diz Olivia, por cima do som da multidão. Ela sorri para nós três e levanta a câmera.

— Fiquem mais juntinhos aí.

Ela leva a câmera ao rosto e aponta para Peter e eu. Ele posa rapidamente, jogando o peso para cima de mim, a língua para fora e fazendo um sinal de *hang loose* com a mão. Isso é tão *ele* que solto uma risada antes mesmo de pensar em segurá-la. Até Imani arrisca um sorriso hesitante, na ponta dos pés para aparecer atrás do ombro de Peter.

O flash vem tão rápido que ainda estou rindo mesmo depois de Olivia tirar o papel da câmera e ficar segurando, esperando a foto aparecer. Quando aparece, sinto algo borbulhando dentro de mim, algo perigosamente parecido com *feliz pra caramba*.

Eu me sinto quase como se estivesse fora do meu corpo — não exatamente como se os últimos oitos meses tivessem desaparecido, mas como se as pontas afiadas desse período tivessem ficado mais arredondadas, me permitindo respirar. Estou de volta ao meu lugar favorito no mundo, e a sensação de estar rodeada de pessoas que amam música tanto quanto eu é quase avassaladora. Há uma energia fluindo pelas minhas mãos e pés que parece quase infinita de tão subitamente intensa. Quero tocar violão, dançar, abraçar Olivia e gritar o mais alto possível, tudo ao mesmo tempo. Há pessoas me espremendo de todos os lados e, em vez de claustrofobia, o que sinto é um abraço acolhedor.

Peter põe o braço ao redor do meu ombro e eu não reviro os olhos nem me desvencilho. E nem quero fazer isso. Em vez disso, eu o abraço pela cintura e aperto um pouquinho. O braço de Olivia toca no meu, e aquela sensação se espalha pelo meu corpo.

Sempre ouvi as pessoas dizerem que algumas coisas podem ser *eletrizantes*, mas nunca tinha entendido até agora.

Imagino o que meus antigos colegas da escola diriam se vissem minhas fotos deste fim de semana. Consigo ter uma ideia. Eu sorrindo para uma garota linda e animada. Peter me abraçando e fazendo uma careta ridícula para a câmera. Nós quatro bebendo água das nossas garrafinhas e depois rindo ao perceber como estávamos sincronizados. Quem me visse nesse momento veria uma versão de mim que ninguém na Ardsley Academy jamais viu.

Eu me sinto muito longe daquela Toni agora.

— Ficou perfeita — diz Olivia, entregando a foto para mim.

Olho para ela e penso sobre que jogada estranha e maravilhosa do destino resultou daquela folha de inscrições lotada e da caça ao tesouro.

— Nada é perfeito — digo, ainda deixando escapar um pouco da Toni rainha de gelo. Nem eu acredito nisso.

Devolvo a foto, embora quisesse ficar com ela — ficar nesse momento — para sempre.

— Eu discordo. — Como se estivesse lendo a minha mente, Olivia abre a pochete na minha cintura e coloca a foto lá dentro. — Isso aqui. — Ela fecha a pochete e olha para mim. Seu sorriso é tão doce e suave que invoco toda minha força para me segurar e não estragar as coisas como quase fiz ontem à noite. — É perfeito.

Peter solta meu ombro e junta as mãos ao redor da boca para gritar. Todo mundo começa a assobiar e berrar, o que significa que o DJ Louddoc deve estar entrando no palco, mas mal consigo enxergar com a multidão na minha frente.

Quando penso em liberdade, vejo um palco, os primeiros momentos de um show, o acender das luzes e a explosão do público para saudar a chegada de seu artista favorito. Neste momento, eu sou o público. No ano passado, nesta hora, eu me imaginava no palco, olhando para os rostos diante de mim que queriam a mesma coisa que eu: estar ao mesmo tempo fincados no chão e flutuando.

Mas aí meu pai morreu — foi *tirado* de mim —, e eu não peguei no violão de novo até ontem à noite. Até o momento em que toquei para Olivia e depois passei o resto da noite e a manhã de hoje tocando *com* ela. E tudo pareceu se encaixar, como se meu corpo fosse meu mais uma vez, totalmente à vontade. A ansiedade que revirava minhas entranhas há meses — há anos, provavelmente, se eu for honesta — sumiu.

— Está pronta? — Olivia se vira para mim e grita sobre o barulho da música.

Ela levanta os óculos em formato de coração para o cabelo e sorri. Estou pronta, acho. Talvez tenha estado pronta para isso desde sempre e nem soubesse. A multidão começa a se mover para a frente, nos arrastando, e os gritos vão ficando mais e mais altos enquanto o DJ Louddoc se prepara. Estou olhando para Olivia, ela olhando de volta para mim, e meu coração parece uma banda marcial, enorme e impetuoso e impossível de ignorar, e naquele momento...

Quase não ouço o estrondo.

Meu pai morreu com um tiro num assalto que deu errado a um posto de gasolina.

Estávamos a caminho da Indy Classics, uma loja de música que fica perto de casa. Ele tinha chegado de turnê fazia só uma hora, mas mesmo assim bocejou, calçou as botas, pegou o casaco e lutou comigo pelas chaves da caminhonete antes de subirmos no carro. A caminhonete é velha e não tem entrada de som, então ele ficou batendo as mãos no volante enquanto dirigia, tentando me fazer acertar a harmonia de uma música antiga da Loretta Lynn que estava cantando.

Eu precisava de papéis de pauta musical. Na verdade, eu queria mais do que precisava. Ou, no fundo, nem isso, só queria mesmo passar um tempo com meu pai e sabia que, se dissesse a ele que precisava daquilo, ele me levaria até a loja e deixaria para depois a soneca que estava planejando tirar antes da chegada da minha mãe. Queria passar um tempo com ele, mas não tinha como saber que faríamos uma parada e que aquela seria a última parada que ele faria e... porra.

Vamos começar de novo.

Meu pai estava no lugar errado na hora errada — num país em que qualquer lugar e qualquer hora podem ser errados.

A Classics fica a exatamente quatro quilômetros e meio da minha casa. Sei disso agora, embora não soubesse naquela época. A exatamente dois quilômetros e meio da minha casa há um posto de gasolina Shell que fica meio afastado da rua principal. É um pouco sombrio. A iluminação é ruim — o estacionamento é apenas parcialmente iluminado por um único poste de luz piscando e uma lâmpada em cima das duas bombas de gasolina. Não é o tipo de lugar aonde se deve ir sozinho à noite.

Sei disso agora também, embora não soubesse naquela época.

— Ah, cara, deixa eu parar aqui rapidinho! Estou com desejo de comer uns Hot Chips. Sabe como é difícil achar esse negócio na estrada? — Ele entrou no estacionamento com um sorriso enorme no rosto. Deu uma puxadinha em um dos meus dreads antes de desligar o aquecimento. — Não morra de frio até eu voltar, está bem?

Sorri e passei a mão na careca dele — era assim que sempre fazíamos. Ele tinha dreads como os meus antigamente. Eu era muito pequena para me lembrar, mas posso vê-los numa foto dele no Farmland, o cabelo longo preso num rabo de cavalo baixo, e ele sorrindo ao lado de Anthony Kiedis. Seu rosto não tinha nenhuma linha de expressão na foto, apenas uma leve ruga ao redor dos olhos quando sorria. Seu sorriso nunca mudou, mas o rosto, sim, em algum momento.

Quando olhei para ele sob a luz baixa daquele estacionamento, parecia cansado. Como se a vida na estrada estivesse cobrando seu preço para ele também, do mesmo jeito que fazia comigo e com minha mãe.

— Eu podia ter mandado Hot Chips pra você, pai — disse, enquanto ele abria a porta.

Uma corrente de ar gelado entrou na cabine e senti um calafrio. Ele olhou para mim e deu uma piscadinha.

— Não, filha. Encontrar as coisas das quais sinto falta enquanto estou fora faz a volta para casa ficar ainda melhor. Vai ser rapidinho, prometo! — respondeu ele, dando uma corridinha até a loja de conveniências.

Não pensei em impedi-lo quando ele saiu da caminhonete e bateu a porta. Não pensei que o desejo dele por seu salgadinho favorito e o meu desejo de passar mais tempo com ele podiam dar errado. Não pensei em nada a não ser no quanto estava feliz por ter meu pai em casa e no que poderia fazer para mantê-lo ali.

Não prestei atenção quando o cara encapuzado entrou.

Não vi quando ele puxou a arma, apontou para o funcionário e exigiu o dinheiro da caixa registradora.

Não olhei quando meu pai tentou intervir.

Mas ouvi o tiro.

Pela vitrine encardida, vi meu pai cair no chão de linóleo, e então o cara encapuzado fugindo, certamente com o dinheiro roubado nos bolsos.

Eu não me lembro de entrar cambaleando pela porta, nem de cair de joelhos ao lado do corpo do meu pai, o sangue ensopando minha calça jeans desbotada, nem de gritar enquanto o funcionário se enrolava com o telefone e finalmente conseguia chamar a polícia. Não me lembro de correr para o estacionamento depois que a ambulância levou o corpo. Eu só sei dessas coisas porque me contaram. O resto da noite me vem à memória em flashes.

Mas vejo tudo com nitidez agora — as imagens passam na minha frente como um resumo de melhores momentos da pior noite da minha vida. Meus ouvidos estão zumbindo, não consigo respirar, e as pontas dos meus dedos estão formigando, como se até meu sangue tivesse se esquecido de como circular normalmente. Sinto gosto de cobre. Alguém põe a mão no meu rosto e sussurra no meu ouvido: "Volte pra mim. Você está bem. Está tudo bem. Volte pra mim. Você está segura. Eu prometo".

OLIVIA

SÁBADO À TARDE

Não sei o que está acontecendo ou por que Toni de repente ficou completamente paralisada do meu lado, mas estou assustada para caramba. Nem consigo ouvir o que o DJ Louddoc está tocando, porque só consigo pensar em ajudar Toni. A respiração dela vem em pequenos soluços abafados que se parecem tanto com um ataque de asma que instintivamente levo a mão à pochete para pegar o inalador. Mas então percebo que não é isso, porque nunca tive um ataque de asma que me deixasse com os olhos perdidos e desfocados como ela está agora.

    Consigo empurrá-la junto comigo para fora da multidão, segurando sua mão e acotovelando as pessoas de maneira não tão educada, até que consigo colocá-la sentada no chão, encostada numa árvore. Não sei o que aconteceu, não sei muito bem o que fazer, e os olhos de Toni estão fechados agora, como se ela tivesse abandonado o próprio corpo por completo. Então faço a única coisa que sei fazer. Eu falo.

Seguro os braços dela e repito um mantra que, mais do que qualquer coisa, eu gostaria que fosse verdade.

— Volte pra mim. Você está bem. Está tudo bem. Volte pra mim. Você está segura. Eu prometo. Você está no Farmland. Está aqui comigo, lembra? Coisas ruins não acontecem no Farmland. Você vai ficar bem. Eu juro — digo tudo isso da forma mais enfática possível, como se apenas minha crença no que estou falando fosse o suficiente para tornar aquilo verdade.

A respiração dela começa a desacelerar, o peito subindo e descendo de maneira mais controlada, mas ela ainda não voltou ao normal.

Deslizo minhas mãos pelos seus braços e seguro suas mãos. Entrelaço nossos dedos. Aperto só um pouquinho, o suficiente para trazê-la de volta para este momento, para mim.

Quando os olhos de Toni finalmente encontram os meus, é como se ela não me reconhecesse. Bem, não exatamente. Mais como se ela estivesse me vendo pela primeira vez. Não sei bem o que pensar a respeito, só sei que estou aliviada por tê-la de volta.

— Toni! — Peter corre na nossa direção, Imani logo atrás dele. O coque frouxo se desfaz e seus cabelos caem no rosto enquanto ele se ajoelha diante da amiga. — Não sabia aonde vocês tinham ido. Desculpa, cara. Eu me esqueci dos efeitos de som. Eu devia ter pensado nisso. Devia ter te avisado. Nem pensei nisso.

Ele a abraça de forma instintiva e Toni praticamente cai sobre ele. Ela apoia o rosto no ombro de Peter, e ele murmura algo que não ouço. Toni concorda com a cabeça, só uma vez, e ele se afasta, mas continua segurando os ombros dela.

— Devia ter pensado em quê? — Olho para os dois, mas Toni se recusa a olhar para mim. — Peter, o que aconteceu?

Meus instintos gritam: "O que foi que eu fiz?".

— Nada. — É a primeira coisa que ouço Toni dizer desde que o show começou, e sua voz sai baixa e mal-humorada. — Isso não é... — Ela para e esfrega o rosto com uma das mãos. — Não posso fazer isso.

— Não pode fazer o quê? — Tem alguma coisa que não estou entendendo e não sei o que é.

Peter e Toni parecem estar se comunicando sem palavras mais uma vez, e é Peter quem responde. Ele aperta meu ombro e, pela primeira vez desde que nos conhecemos, parece realmente triste. Ele ajuda Toni a se levantar e olha para mim com o rosto fechado.

— Desculpa, Olivia. Acho que talvez esse seja o fim da linha.

Os dois começam a se afastar e Toni parece completamente destruída. Cada centímetro do seu corpo está tenso, e está tudo errado. Não sei o que aconteceu ou o que está acontecendo agora, e só quero voltar para hoje de manhã, quando parecia que as coisas estavam dando certo e Toni e eu estávamos na mesma sintonia — a perfeição de nossas vozes combinadas ainda deixando um quentinho no meu peito.

Preciso ir atrás dela.

— Olivia, espera aí. O que está fazendo? Não ouviu o que ela disse? — Imani corre para me alcançar e se coloca no meu caminho. — Ela quer ficar sozinha. Ela praticamente disse que não quer você por perto.

— É claro que ouvi. — Mas tudo o que construímos estes dias, todas as coisas *boas* que pareciam estar se encaixando, agora estão desmoronando diante dos meus olhos e eu nem sei por quê. — É exatamente por isso que preciso ir atrás dela. Se ela for embora, tudo isso, todo esse fim de semana, foi por nada.

Não sei por que Imani está irritada, mas, para ser sincera, acho que ultimamente eu nunca sei. Parece que não consigo fazer nada certo aos olhos dela. Tudo bem que ela talvez não quisesse nem vir ao festival para começo de conversa — mas olha até onde ela chegou! Não ignorou Peter em nenhum momento hoje de manhã, até sorriu para ele algumas vezes, o que para Imani é quase um pedido de casamento. *Eu fiz isso. E ela nem liga.*

Mas não preciso entender isso agora. Cada segundo que fico parada aqui discutindo com Imani é um segundo perdido em que Toni está assustada ou magoada ou... nem sei o quê. Eu devia estar lá ao lado dela. Sinto que agora é mais do que uma obrigação pelo nosso acordo. Em algum momento entre ela fazer um curativo no meu pé e abrir um sorriso tão lindo para aquela foto a ponto de eu saber que podia deixar com ela — porque nunca tiraria aquela cena da minha cabeça —, Toni se tornou alguém que tenho medo de perder.

E não de um jeito temporário, como estou acostumada. Não é a mesma coisa que eu senti por June ou Katie ou Jared ou Moira ou Nick, pessoas a quem eu me apeguei pela maneira como me faziam sentir enquanto estavam prestando atenção em mim — porque eu estava com medo de ser uma pessoa que eles não queriam. Não quero perder Toni porque, quando ela olha para mim, não vejo uma pessoa que pode me consertar; vejo alguém que acredita que não preciso de conserto.

Vejo as silhuetas de Peter e Toni menores e menores à medida que eles se afastam, e dou um passo para o lado para tentar contornar Imani. Mas ela fica no caminho de novo.

— Você me prometeu. — Ela levanta a cabeça, desafiadora, e aponta para o meu peito. — Você fez uma promessa de dedinho, Olivia. Desde quando quebramos essas promessas?

Ela precisa entender. Preciso que ela compreenda que não estou fazendo a mesma coisa que sempre faço. Isso não tem a ver com meu desejo de beijar, namorar ou passar o resto da vida com Toni. Isso não é uma fantasia. Isso é maior do que meus sonhos de romances de cinema. Só desta vez eu preciso que *ela* confie em *mim*.

— Você andou atrás dela todo esse tempo, Olivia. E eu tentei não estragar as coisas pra você porque parecia importante, mas... — Seu rosto se contorce e vejo que ela está magoada. Porque passei cada vez mais tempo com Toni, mesmo quando não precisava. Porque nem tentei tirar Peter do meu saco de dormir ontem à noite. — Isso não tem mais nada a ver com o concurso ou com aquela caça ao tesouro idiota. — Ela fecha os olhos e fala tão baixo que mal consigo ouvir. — Você *prometeu* para mim.

A decepção dela é como um soco no meu peito. Não há nada mais sagrado entre nós do que nossas promessas.

— E você diz que não está escondendo nada sobre a audiência, mas você está. — Ela passa o dedo sobre o anel no mindinho e sua voz falha um pouco. — Eu sei que você está.

Não respondo, porque sei que dizer a verdade a ela vai arruinar tudo. Não posso consertar o que aconteceu com Troy. Mas, se eu ficar quieta, posso impedir que as coisas fiquem ainda piores.

Quero muito que ela entenda isso, então seguro suas mãos e as aperto com força. Esta não é como todas as outras vezes. Não é que nem foi com o Troy. Desta vez, sou só eu aqui, sem truques nem disfarces para fazer Toni prestar atenção em mim, e ela parece gostar do que vê assim mesmo. Não posso estragar isso, porque acho que pode ser de verdade.

— Eu fiz uma promessa *para ela* também, Mani. Preciso consertar isso. Posso consertar isso.

Tento ignorar a expressão de traição no rosto da minha melhor amiga enquanto me afasto.

TONI

SÁBADO À TARDE

— **T, você precisa contar para ela** — diz Peter. Ele me entrega um *frozen* de limonada de uma barraquinha ali perto e me obriga a beber. — Você não pode fugir disso. E, para falar a verdade, acho que você nem quer.

Andamos até o outro lado do Core, até eu me sentir melhor para finalmente me sentar, como se tivesse um fio invisível me prendendo ao pior ataque de pânico que tive em meses e eu precisasse andar para bem longe para me soltar. Dobro os joelhos e coloco o queixo sobre eles. Preciso voltar ao normal. Preciso me recompor. Estou totalmente perdida.

Peter está certo. Preciso enfrentar o que quer que seja isso de que estou fugindo: o fato de que meu futuro está completamente indefinido, o fato de que sinto tanta falta do meu pai que parece que vou ser esmagada por esse sentimento, o fato de que quero Olivia mais do que já quis qualquer outra pessoa na vida e não tenho a menor ideia do que fazer com isso. Mas não sei nem por onde começar.

— E se eu quiser? — pergunto. Peter está sentado na minha frente, com as pernas cruzadas, esperando. Para alguém que fala tanto, ele é bom em ouvir quando é necessário. — E se eu não servir mesmo para isso? E se tudo que eu souber fazer na vida for fugir?

Nem preciso dizer "igual ao meu pai".

Quero confiar na Olivia, o que me assusta. Nunca quis fazer isso com ninguém antes. E contar sobre o meu pai é a maior intimidade que poderia compartilhar com ela. Depois de perdê-lo continuamente durante toda a minha vida a cada vez que ele saía para alguma turnê ou ia tocar com alguém, essa última perda deixou uma ferida aberta. Vai ser sempre uma ferida aberta.

Quando você se abre para alguém, quando essa pessoa conhece suas partes mais vulneráveis, o que a impede de te machucar? Quando finalmente digo isso em voz alta, percebo que é a primeira vez na vida que confesso para outra pessoa por que sou desse jeito. Por que afasto todo mundo em vez de aproximar, por que recuo em vez de seguir em frente.

— Acho que você precisa começar a se perguntar quem você está realmente protegendo quando mente para si mesma, sabe? — diz Peter. Ele arranca algumas folhinhas de grama e joga sobre as minhas botas. — Porque, pelo que estou vendo, fugir machuca mais do que ficar. E, além disso... — ele abre um sorrisinho — você se abriu para mim. E olha como deu certo.

E como se ele a tivesse evocado ao dizer seu nome, ouço a voz de Olivia antes mesmo de ver seu rosto, e só pelo som já dá para saber que ela correu para nos alcançar. Eu me sinto culpada, especialmente levando em conta quão ruim sua asma está nesse clima úmido, mas não consigo olhar para ela. Estou muito envergonhada.

Ninguém nunca tinha me visto daquela maneira, tentando voltar de um ataque de pânico, a não ser Peter e a minha mãe. Eu não tinha isso antes. Eles começaram depois da morte do meu pai, e têm acontecido mais frequente e intensamente nos últimos meses. Qualquer coisa pode ser um gatilho: de algo extremo, como o estouro do escapamento de gás de um carro que parece um tiro, até algo mais simples, como uma música que me lembre ele.

É como se eu estivesse tentando segurar minha vida com as duas mãos, mas elas estão tremendo demais para se manterem firmes. Quando tenho um ataque de pânico, é o momento em que me sinto mais fraca, mais frágil. Jurei que nunca deixaria ninguém me ver sem meus mecanismos de defesas a toda potência, nunca. Foi a única maneira que encontrei para me proteger durante todo esse tempo. Mas não consegui desta vez. E não apenas isso: Olivia conseguiu me trazer de volta mais rápido do que eu mesma consigo normalmente sozinha.

Já preciso demais dela. Isso não vai funcionar.

— Eu vou... hum, pegar um negócio... lá. — Peter sai acelerado que nem um mosquito e anoto mentalmente que preciso esmagá-lo como um quando voltar. Grande melhor amigo esse.

Olivia estende a mão para mim.

— A gente tinha um acordo, lembra?

Não digo nada sobre o fato de já ter violado minha parte do acordo, incluindo a parte implícita. Era para eu ajudá-la a encontrar essas maçãs, manter a maior distância possível e, quando terminasse o fim de semana, seguiríamos cada uma o próprio caminho, ilesas. Mas estraguei tudo. Ela me disse que aquilo era apenas um acordo de negócios e eu concordei, mas menti.

— É, bem, vou dispensar você da sua parte do acordo.

— Olho para cima e a encaro. Ela tira os enormes óculos de sol em formato de coração que agora nunca mais vou conseguir ver sem pensar nela. Sua expressão é gentil e curiosa. — Considere cancelado. Anulado e sem valor. Tranquilo?

O rosto dela vai de suave e empático para algo mais fechado instantaneamente.

— Não, não está *tranquilo*, Toni. É o oposto de tranquilo. É a exata definição de intranquilo, na verdade. — Ela se senta ao meu lado e põe as pernas embaixo do corpo. Solta um suspiro. — Não estou falando do concurso. Estou falando de ontem à noite, no celeiro. Você concordou em confiar em mim.

"Porque, pelo que estou vendo, fugir machuca mais do que ficar".

Ela está certa. Tudo que tenho é a minha palavra, então conto para ela. E continuo contando para ela. E não paro de falar até despejar tudo, toda a confusão que é a minha história. A noite em que meu pai morreu. O primeiro ano da faculdade, que devo começar daqui a dois dias. O fato de não ter a menor ideia do que quero para a minha vida e morrer de medo de que a música não seja mais o suficiente para me fazer descobrir. Por que o Golden Apple parece tão importante.

— Acho que devíamos começar do zero — diz ela, quando termino de falar. — Oi, meu nome é Olivia Brooks. Tenho dezesseis anos. Sou de Indianápolis, Indiana. Estou prestes a começar o último ano na pior escola na história das escolas. Sou muito asmática. E tenho alergia a frutos do mar.

Ela estende a mão e, mesmo não entendendo ao certo o que está acontecendo, a aperto ainda assim.

— Pior escola na história das escolas. Isso é um belo título.

Ela sorri.

— E é verdade. O inferno está vazio e todos os demônios estão na Escola Park Meade.

Concordo com a cabeça. Ela está me oferecendo uma bandeira branca. Uma tela em branco para recomeçar.

— Antonia Jackson Foster. Toni para a maioria das pessoas, TJ às vezes. Tenho dezessete anos, mas faço dezoito daqui a uma semana. Também sou de Indy e não tenho alergia a nada, mas às vezes digo que tenho alergia a cebola para não colocarem na minha comida. E me formei na Ardsley Academy há dois meses. — Ela arregala os olhos e dou um sorrisinho. — Então, tecnicamente, somos rivais. Para cima deles, Blue Devils.

— Prazer em conhecer você, Toni. — Ela enfim solta minha mão e aperta os lábios, pensando. — Olha, não quero forçar você a nada e, honestamente, sabendo o que sei agora, não acredito que você tenha sequer cogitado fazer isso, mas ainda gostaria de competir com você, se quiser.

Penso em dizer não, em ir embora, em nunca mais me sentir como ontem à noite, tocando a música do meu pai sob as estrelas com Olivia — mesmo que não tenha o mesmo significado para ela que tem para mim. E sei que não é uma opção.

— Tirando o drama — faço um esforço para me levantar e estendo a mão —, eu também gostaria.

Quando ela segura minha mão e se levanta também, o que sinto é que finalmente tenho algo sólido diante de mim, não mais em movimento constante. Parece que tudo está no lugar.

— Bem, Toni Foster da Ardsley Academy, é melhor a gente se apressar. — Ela me empurra na direção da saída, a caminho dos acampamentos, onde está meu violão. — Acho que tem um palco com nosso nome por aí.

Se eu achei que estava em pânico antes, agora o que sinto é um balde de água fria ao me dar conta de que temos menos de vinte minutos para trocar de roupa, pegar o violão e voltar a tempo para o celeiro. Mas Olivia parece estar lidando bem com a situação. E o que quero dizer com isso é que ela está tão enlouquecida com nossa preparação como sempre está com qualquer outra coisa, então não quer dizer muito.

Saímos correndo do Core para o acampamento. Quando chegamos lá, pego a case do meu pai na caminhonete e começo a correr de volta na direção do galpão, até que ela diz:

— Espera aí. Você está pensando em vestir isso mesmo?

Olho para minha roupa, confusa. Estou usando uma regata preta levemente manchada na gola por causa do suor, um short jeans cortado e desbotado com as bainhas desiguais porque fiquei com preguiça de consertar e botas de caubói. Alguns poderiam dizer que meu visual é festival-chique, mas Olivia balança a cabeça, incrédula. Ela entra na minha barraca e vasculha o lugar, como se fosse a dona de tudo.

— O que tem de errado com a minha roupa? — pergunto, e se minha voz saiu um pouco indignada, quem se importa? — Eles avaliam a música, não a aparência.

— As meninas bonitas sempre dizem isso! — Olivia grita lá de dentro.

Fico feliz por ela não poder ver o quanto essas palavras me afetam. "Mantenha o foco, Foster."

— Aqui! — Ela joga um punhado de roupas em cima de mim e me empurra para entrar na barraca para trocar de roupa. — Anda, anda!

E, como Olivia é o tipo de pessoa que a gente não consegue ignorar nem consegue deixar de obedecer, trocamos de lugar e eu me visto. É a troca de roupa mais rápida da história.

Tão rápida que nem percebo que estou usando uma camiseta de Peter. É uma autêntica camiseta manchada do Nirvana da turnê de 1993 — aquela do "In Utero", com um anjo na capa —, que Peter encontrou no eBay e transformou num cropped no início do verão. Também estou usando um short que é meu mesmo, mas de cintura alta, um jeans preto com franjas na bainha que fazem minhas pernas parecerem ainda mais longas do que são.

Quando saio, Olivia tira a bandana que estava amarrada na minha testa o dia inteiro e amarra no meu pescoço. Deixo que ela faça tudo e tento ignorar a onda de calor que me invade quando ela solta o cabelo que estava preso num coque e coloca meu chapéu de abas largas sobre os dreads.

— Pronto. — Ela dá um passo para trás e sorri. Nem preciso olhar no espelho para ver o que ela conseguiu fazer ou para saber que gostei. Estou confortável e parece natural, mas tem uma bossa. — Só porque você tem conteúdo não significa que não possa se enfeitar um pouquinho. Agora eles não têm nenhum motivo para duvidar de você.

Tudo que estou tentando esconder desde ontem ameaça jorrar nesse momento, mas não temos tempo. Ela pega a case, enfia na minha mão e começamos a correr de volta para o Core.

Por sorte, ainda estamos no início da tarde, então a situação está mais calma e a fila anda mais rápido do que nas outras horas. Agradeço aos deuses dos festivais pela sorte ao passarmos pela segurança — com uma parada para checar se tem algo mais dentro da case do meu pai além do violão — e corrermos pelo Core até o galpão de apresentação. Nossos celulares vibram com uma mensagem do Peter dizendo que ele e Imani estão na plateia e desejam sorte, e logo entramos correndo nos bastidores.

— Toni Jackson e Olivia Brooks? — pergunta um funcionário com um fone de ouvido enorme.

Ouvimos a plateia aplaudir outra dupla que está entrando no palco. São duas mulheres brancas que parecem ter acabado de sair de uma loja de roupas moderninhas, e fico ainda mais agradecida a Olivia por ter sugerido que eu me trocasse. Esse pessoal veio pronto para as câmeras.

Concordamos com a cabeça.

— Ótimo, vocês são as próximas. — E, sem qualquer outro aviso, ele vai embora.

— Está pronta? — pergunto a Olivia.

O sorriso dela é um pouco vacilante, mas ela faz que sim, sem dizer mais nada.

Antes que eu possa perguntar qualquer outra coisa, uma voz vinda de trás de nós interrompe:

— Toni?

Quando olho na sua direção, vejo um cabelo ruivo familiar e a garota me puxa na hora para um abraço. Ela continua praticamente a mesma desde a última vez que a encontrei, mas o cabelo está um pouco mais longo e há uma nova tatuagem no braço que diz "Eu não tenho medo de nada".

— Mack? — Abro um sorriso. E sei que ela está surpresa em ver isso, porque levanta as sobrancelhas e abre outro para mim. — O que está fazendo aqui?

Dou um passo para trás para dar uma olhada melhor nela, feliz em vê-la e surpresa com a minha própria surpresa. Mack é a prima mais nova de Davey Mack — ou David McCarthy, como diria a Wikipédia —, mas os dois sempre foram mais como irmãos. Tanto que em todos os verões desde que eu tinha trezes anos e ela catorze, Mack acompanha o Kittredge em alguns dos shows da turnê pelo Meio-Oeste.

Nos conhecemos alguns anos atrás, quando eles tocaram no Lollapalooza. Nós éramos as únicas menores de idade nos bastidores, então nos aproximamos por conta do nosso amor por Sheila E. e ficamos assistindo a vídeos no YouTube no camarim enquanto esperávamos o show terminar. Eu não a chamaria exatamente de amiga, mas poucas outras pessoas entenderiam o que era fazer parte de todo aquele esquema do Kittredge a não ser outra adolescente.

— Voltei a viajar com a banda para alguns shows neste verão. Legal, né? Não acredito que Davey não cansou de mim ainda, mas aqui estou!

Ela levanta os braços e vejo a camiseta com os dizeres KITTREDGE "BACK WHERE WE BELONG" - TURNÊ NORTE-AMERICANA 2021. Um voluntário pede que ela fale mais baixo e Mack tenta abaixar o volume (sem muito sucesso) para não atrapalhar a apresentação no palco.

— Você vai competir?

Dou de ombros, um pouco constrangida. Não sei por quê. Não tenho nada do que me envergonhar, a não ser do fato de que não sei como vai ser. Ainda não tenho certeza se vou conseguir fazer isso na frente de mais alguém que não seja Olivia.

E aí lembro que Olivia está parada ali do lado, olhando para mim e para Mack com uma expressão vagamente confusa.

— Ah, ei, Olivia. — Estendo o braço e a chamo para mais perto. — Essa é Mack McCarthy. Ela é prima do Davey Mack. A gente sempre andava juntas quando éramos mais novas, quando meu pai trabalhava para o Kittredge.

Olivia estende a mão e Mack a aperta com sua habitual animação.

— Prazer em conhecer você, Olivia! — Mack sussurra e grita ao mesmo tempo. Ela faz uma saudação rápida e se inclina para dizer: — Vou lá para a plateia, mas me manda uma mensagem depois, Toni!

Ela estende a mão com a palma para cima e entrego meu celular. Ela digita o número e manda uma mensagem para ela mesma, assim fica com meu número também. Assim que vai embora, um voluntário com uma prancheta chega para dizer que somos as próximas.

— Sua amiga era... legal.

Olivia parece meio verde quando ficamos sozinhas. Nem posso pensar em Mack agora. Tudo o que vejo são as pernas de Olivia, que não param quietas, enquanto ela olha alternadamente para mim e para o palco. Nem considerei o fato de que talvez ela tenha medo de palco, já que tem uma personalidade tão solar, mas não me importo de confortá-la. Na verdade, quero fazer isso.

Quero dizer a ela que vai dar tudo certo e que, não importa o que aconteça lá em cima, estou feliz por termos feito isso. Estou feliz por ela ter se enrolado com aquela barraca e ter precisado de ajuda com uma caça ao tesouro furada, e estou feliz por ela não ter fugido quanto tentei afastá-la. Estou feliz por ela ter ficado. Mas não sei como dizer tudo isso ainda. Não há palavras para descrever o quanto a presença dela significa para mim.

Então confio nos meus instintos. Seguro a mão dela e aperto. Não sei onde Olivia deixou a câmera, mas tiro uma foto mental desse momento, com as luzes do palco formando um halo sobre a sua cabeça.

Meu pai estava certo em relação a várias coisas, mas, quando olho para Olivia, quando penso em como me senti ontem à noite tocando para ela, sei que não preciso subir ao palco para descobrir o que tenho que fazer a seguir. Eu me inclino, fecho os olhos e sigo minha Verdade.

OLIVIA

SÁBADO À TARDE

Minha mente está em parafuso e tento fazer o melhor possível para não perder a calma que consegui fingir até agora, mas estou pirando por dentro. Talvez eu tenha omitido um pouco o meu desconforto com apresentações em público? Talvez. Mas eu estava controlando isso até aquela Mack — que, admito, era bonitinha, ainda que meio esquisita — aparecer e Toni abrir um sorriso que eu só tinha visto uma vez.

Isso significa alguma coisa? Elas são apenas ex-namoradas muito educadas? Toni disse que elas andavam juntas, mas talvez isso seja um código de pessoas descoladas do universo musical para dizer "Sim, a gente com certeza se pegava". Bem, sei que não é como se ela tivesse dito explicitamente que algo está rolando entre a gente, a não ser por alguns breves momentos que talvez tenham significado alguma coisa, mas que podem ser negados sob pressão.

Sei que isso não devia importar, que não é da minha conta, que fui eu quem tomou a decisão de não a beijar ontem, mas de repente estou louca de ciúmes. Sinto uma onda invadindo todo o meu corpo.

Meu joelho começa a tremer e aquele formigamento familiar percorre minha pele. Tento ser racional, lembrar que isso não tem importância, que está *tudo bem* entre mim e Toni, que nos divertimos muito juntas nestes últimos dois dias. Mas não consigo parar de pensar no que posso estar perdendo. Estou sendo eu, não mostrei nada a ela além da versão descontrolada que sou eu mesma. E se não for suficiente? E se tudo que ela precisava para pular fora era de um lembrete do passado?

— Olivia? — Ouço e viro a cabeça.

Minha mente estava em disparada para um lugar muito ruim. Já estive lá muitas vezes, mas Toni aperta minha mão com gentileza, nosso único ponto de contato, e me traz de volta à Terra. Sua expressão é suave e seu sorriso é diferente de todos os que já compartilhamos até agora. É o tipo de sorriso que me diz que já estou envolvida demais. Que, apesar dos meus esforços — e eu realmente fiz o melhor possível —, não tem a menor chance desse fim de semana terminar sem que eu me perca um pouquinho nisso que está acontecendo entre nós.

É o suficiente para fazer minhas dúvidas desaparecerem.

— Oi?

— Posso...

É como se estivéssemos de volta ao celeiro de música eletrônica, mas desta vez é ainda melhor. Não estou questionando se essa é a decisão certa, não estou duvidando de mim mesma. Nós chegamos até aqui. Nós fizemos isso.

Nem fecho os olhos ao me inclinar para tocar seus lábios. Não quero perder nada. Parece que é a primeira vez — como todo primeiro beijo com alguém deve ser. As palmas das mãos suando e tudo muito, muito suave. Os narizes se esbarram de modo quase desajeitado. É demais e não é o suficiente e termina muito rápido.

Ela se afasta e sorri.

— Eu precisava fazer isso antes de começarmos — diz ela. Eu apenas movo a cabeça para cima e para baixo porque tenho certeza de que se tentasse falar alguma coisa nesse momento, não ia sair nada. Ela está com as sobrancelhas levemente arqueadas, mordendo o lábio e, *meu Deus, é justo que alguém seja tão linda?* — Obrigada. Por tudo.

Só vamos saber se ganhamos amanhã de manhã, então quero dizer para ela guardar o agradecimento até lá. A dupla anterior termina e recebe um aplauso modesto da plateia. Nem ouvi nada da apresentação delas. É agora. Meu coração parece estar alojado no esôfago, e eu estendo a mão por instinto para pegar o inalador, embora esteja respirando normalmente.

Mas nem dá tempo de usá-lo para acalmar o pânico. O apresentador chama nossos nomes — ele diz "Toni Jackson", o sobrenome do meio em vez do último, e penso que até o nome dela é o de uma estrela em ascensão —, a multidão começa a aplaudir e subimos ao palco.

O som das palmas é ensurdecedor, embora eu consiga ver em meio às luzes apontadas para nós que não há mais de duzentas pessoas no galpão. As palmas das mãos começam a suar, e levanto um dos braços para tentar proteger meus olhos das luzes. Era para estar tão quente assim aqui? Não dá para diminuir um pouquinho essas luzes bizarras?

Diferente de mim, Toni acena com desenvoltura, o sorriso de volta ao rosto, totalmente à vontade. Aqui, ela não parece ter qualquer problema em se aproximar das pessoas.

Parece estar em casa, como se fosse exatamente onde ela deveria estar, cercada de música.

E, de repente, fico absoluta e ridiculamente nervosa. Bem no estilo Olivia Brooks, não pensei muito em tudo que essa situação envolveria quando me joguei nela. Só vi uma oportunidade e decidi aproveitar. Agora, estou olhando para a multidão e os vocalistas do Sonny Blue e do Kittredge. Duas das bandas principais do festival e uns dos maiores artistas do mundo estão aqui para me ver passar vergonha. Mas a pior parte é que vou passar vergonha e arrastar Toni comigo. Meu coração está batendo meio rápido demais e sinto que estou respirando que nem faço depois de correr da polícia numa festa — o nervosismo e a sensação de perigo subindo juntos pela minha espinha.

Vou estragar o sonho dela. Vou arruinar a vida dela como fiz com todas as outras pessoas que já se aproximaram de mim.

Meus olhos praticamente saltam do rosto quando olho para Toni.

— Aquela... aquela é Bonnie Harrison. E Davey Mack — sussurro e cubro o microfone para não ele captar o som. Meus batimentos cardíacos estão fora de controle e pego o inalador. Solto um jato, porque minha respiração está ruim, mas também porque me faz ganhar tempo. Isso é uma *loucura*. — Não consigo fazer isso, Toni. Desculpa, eu sinto muito, mas de verdade não posso...

Toni joga o violão para trás do corpo e vira de costas para o público. Ela fica de frente para mim, e seu chapéu até bloqueia a luz que vem na minha direção. Olha bem para o meu rosto, pensa, então coloca as mãos nas minhas bochechas.

Paro de respirar de novo, mas desta vez por uma razão completamente diferente. O sorriso dela não é como os que estou acostumada. Não é daquele tipo que Troy costumava usar, ou Casey, Lisa, ou Andy, que parecia dizer que eu era algo a ser devorado, um prêmio a ser conquistado. Um que dizia: "Estou de olho em você. E nos seus defeitos".

O sorriso dela é tão gentil e tão concreto e, de certa forma, é tão *ela* que me faz relaxar.

— Sabe quando você me disse que é boa em ser o que as pessoas querem que você seja?

Abro a boca imediatamente para tentar discordar. Achei que tinha explicado aquilo. Não quero que ela pense que isso — o que quer que esteja acontecendo entre nós — é algo assim. Ela é especial. *Isso* é especial.

— Toni, eu não quis...

— Escute, está bem? — Ela balança a cabeça rapidamente. Consigo ouvir o murmúrio da plateia atrás dela, mas tento bloquear todos os ruídos. Tento direcionar toda a minha atenção à garota na minha frente. — Só olhe para mim o tempo inteiro. Esqueça eles. Apenas olhe diretamente para mim. Seja a pessoa que você é quando estamos só nós duas, está bem? Eles vão acabar se sentindo como eu me sinto quando estou com você.

SÁBADO À TARDE

Não toquei na frente de ninguém além de Olivia nos últimos oito meses. Há três dias, eu ainda estava mais ou menos convencida de que nunca mais ia tocar de novo. Mas ao me sentar no banquinho e começar a dedilhar o violão, sigo o conselho que dei para Olivia e olho diretamente para ela.

Neste momento, não existe plateia, não existe Davey Mack ou Bonnie Harrison avaliando cada passo nosso. Não existem grandes decisões de vida a serem tomadas, nem concurso para ganhar ou uma caça ao tesouro para terminar. Só existe Olivia. Apenas a garota que fez eu me sentir mais viva nas últimas vinte e quatro horas do que já me senti em toda a minha vida, me fez querer correr mais riscos do que nunca, cantando comigo.

Eu já sabia que a voz dela era boa por causa dos nossos ensaios, mas neste momento ela soa perfeita — tão limpa e cristalina. Isso é mais do que uma canção. A forma como eu me sinto? Isso é música. Isso é tudo.

Tudo parece tão natural e, com Olivia ali na minha frente, voltar à minha música é como andar de bicicleta. Estou no porão com meu pai me ensinando a tocar "Seven Nation Army" em sua Gibson SG. Estou no carro com ele ouvindo as demos do Sonny Blue nas velhas caixas de som da caminhonete. Estou em seus ombros no meu primeiro Farmland. E, pela primeira vez em muito tempo, pensar no meu pai não me afunda, mas me eleva. Talvez não tenhamos tido todo o tempo que queríamos juntos, mas sempre vamos ter isso, esses acordes que nos ligam um ao outro.

Antes que eu me dê conta, toco as últimas notas da música, Olivia se levanta do banquinho, me viro para acenar para o público, vejo o painel de jurados — Davey Mack, Pop Top e Bonnie Harrison — sorrindo na minha direção e vou atrás de Olivia para os bastidores.

A magnitude do que acabou de acontecer me invade assim que chegamos ao *backstage*. Nós conseguimos. Isso é verdade.

Mal paro para colocar o violão de volta na case, na pressa de encontrar Olivia. Quando finalmente a vejo, seguro sua mão e ficamos frente a frente, porque a essa altura do campeonato seria necessário um esforço hercúleo para me afastar dela, e acho que já não tenho mais essa capacidade.

— Conseguimos. Você... Você é mesmo de verdade?

Não sei quem beijou quem, mas de repente meus lábios estão colados nos dela sem qualquer cerimônia, e não quero parar. Esse beijo é diferente daquele de antes de subirmos ao palco, suave e delicado. Desta vez, sinto que eu poderia explodir.

Beijar Olivia é como uma revelação. Não sei como vivi a minha vida antes de beijá-la. Não sei como vou viver minha vida sem beijá-la, quando tudo isso acabar. Quero fazer isso de novo, e de novo, e de novo. E então, me dou conta: eu posso fazer isso.

Estou zonza só de pensar. Eu posso *beijá-la*. Posso abraçá-la tão forte que praticamente respiramos juntas, e isso não é apenas tolerado, é bem-vindo.

Então faço de novo. E de novo. Fico um pouco aérea, porque, para falar a verdade, isso é algo que nunca pensei que aconteceria. Não é como aprender uma música nova, quando é possível dizer que notas vão em cada parte e por que estão naquela ordem e o que isso significa. Beijar pode ser uma ciência, pode ter alguns elementos de estratégia, é claro, mas isso está tão fora da minha área de atuação que não consigo definir. Talvez eu esteja fazendo tudo errado.

— Pare de pensar tanto — diz Olivia, batendo com os dedos na minha têmpora e sorrindo, como se me conhecesse. Percebo que é porque ela conhece. Ela me conhece mesmo. — Isso é bom. Estamos bem. — Ela para por um momento e noto uma expressão de medo em seu rosto. — Não é? Estamos bem, certo?

Concordo tão efusivamente com a cabeça que parece que vou separá-la do meu corpo.

— Estamos bem.

Quando o sorriso volta a seu rosto, aquilo é facilmente a melhor coisa que eu já vi. Estou tão entregue a essa garota que seria vergonhoso, não fosse a forma como o corpo dela se encosta ao meu como se não quisesse se soltar, me dizendo que ela está no mesmo estágio que eu neste momento.

— Beleza — diz ela. — Bom.

Pego o violão e a case aberta no chão e saímos correndo, rindo e pedindo desculpas em meio aos competidores que ainda estão lá. Do lado de fora, me encosto à lateral do celeiro, puxo Olivia pela cintura e ela me dá outro beijo. Meu chapéu cai um pouco para o lado e suspiro como se fosse uma heroína de romances quando Olivia o ajeita para mim. Em quem eu me transformei?

— Vamos para algum lugar — diz ela, os olhos brilhando e focados nos meus.

— Para onde? — pergunto.

Mas não importa. Não faz diferença para onde vamos.

Penso nos quilômetros e quilômetros de área deste festival, em como o terreno se estende diante de nós, parecendo infinito. Já fizemos tanta coisa nesse fim de semana, andamos por tantos lugares. Fico pensando o que mais falta fazermos. Que aventura ainda nos sobrou. Mas confio que Olivia vai encontrar. Ela sempre encontra.

Foi como me encontrou.

Olivia põe as mãos no meu rosto. Olha para a entrada do palco na lateral do galpão, procurando algo que não sei o que é. Fico observando enquanto olha, o movimento de sua garganta enquanto engole a saliva, os olhos fechados por um segundo. Ela respira fundo e meu coração bate completamente fora de controle.

Quando olha de volta para mim, quero beijá-la de novo. Não me inclino imediatamente, mas Olivia se aproxima e para pouco antes de chegar aos meus lábios.

— Não decidi ainda. — Eu sinto mais do que ouço suas palavras, e ela completa: — Mas temos o resto do fim de semana para descobrir.

SÁBADO À TARDE

Toni beija bem. Não, espera aí. Vou ser um pouco mais específica.

Toni beija *incrivelmente* bem. O tipo de beijo que garante uma vaga nas Olimpíadas, que poderia ganhar uma bolsa de estudos em qualquer faculdade, uma indicação ao Oscar, um beijo digno de filme. Quando ela me beijou e se afastou nos bastidores, foi tão rápido que achei que talvez tivesse sido um acidente, e tive certeza de que ela não faria de novo. Tinha sido tão depressa, e ela pareceu tão chocada logo depois, que eu sabia que nunca mais teria a oportunidade de fazer aquilo de novo. Mas eu tive. *Estou tendo*.

Estamos do lado de fora do galpão, imprensadas contra a parede e sem fazer qualquer menção a ir lá dentro para procurar Imani e Peter. Tínhamos combinado de encontrá-los depois da nossa apresentação, quinze minutos atrás, mas... Bem. Aqui estamos.

Não conseguimos parar. Não consigo parar. Eu me sinto febril, animada e fora de controle no melhor sentido possível.

As mãos dela passeiam pela lateral do meu corpo, e não consigo pensar em nada. Nada mais importa para mim nesse momento. É mais do que o simples alívio temporário para as inquietações que eu costumava sentir em outras relações. Isso aqui é mais profundo.

É como correr uma maratona e, enfim, cruzar a linha de chegada. É como pular de um precipício e alguém te segurar antes de atingir o chão.

Não sei qual é o meu propósito na vida nem nada disso, mas sei que quero me sentir desse jeito pelo maior número possível de dias até não poder mais. Esse calor que começa na boca do estômago e irradia para fora, que me diz que fiz algo de bom para alguém, que consegui deixar alguém de quem gosto feliz, ou realizado, ou seja lá qual for o nome que se queira dar — não quero largar esse sentimento nunca mais.

Isso não pode ser um erro, penso comigo mesma. Nada que me faça sentir assim pode estar errado.

Toni encosta a testa na minha, o peito arfando. Suas mãos estão nas laterais do meu pescoço, tão gentis que sinto um arrepio. Parece que este nem é meu corpo. Ninguém nunca fez com que eu me sentisse prestes a sair da minha pele a não ser que continuasse em seu abraço, como é o caso com ela agora. É assustador e emocionante e me faz jogar no lixo tudo que eu achava que sabia sobre desejo.

Tudo que senti com cada um dos meus ex não é nada comparado a isso aqui. Aquilo era brincadeira de criança. Isso aqui é para valer. Isso aqui é o Super Bowl do amo...

— Eu me sinto meio louca — diz Toni, parando para respirar. Ela ri de um jeito meio histérico, mas com o qual me identifico totalmente. — Você está se sentindo meio louca? É normal sentir isso? Eu nunca...

— Eu também.

Balanço a cabeça. É uma frase completa, ainda que seja um pensamento indefinido, mas tudo em mim parece meio indefinido no momento. Toni Foster me desestruturou.

— Mas, mas... Eu *nunca* mesmo. — A voz dela é baixa, quase uma confissão.

— Você nunca...

— Nunca tinha beijado ninguém até hoje — diz ela, olhando para baixo. — Aquele, nos bastidores, foi meu primeiro beijo.

Se fosse fisicamente possível, eu poderia jurar que ela tinha acabado de roubar o ar diretamente dos meus pulmões. Sério. Sinto um nó na garganta, e não é o prenúncio de um ataque de asma, mas algo totalmente diferente. Algo maior e mais assustador.

Não sei como contar a ela que já beijei centenas de vezes, dezenas de pessoas, na primeira fila de shows, no armário do zelador da escola ao lado de uma vassoura velha e no banco de trás de carros minúsculos. Mas nenhum deles se comparou a isso.

E que não importa o quanto ela saiba ou não, ou quanta experiência tenha com quantas namoradas, porque é isso aqui que importa. É assim que a gente deve se sentir.

E que passei muito tempo procurando, mas aqui, com ela, foi a primeira vez que senti ter encontrado algo.

— Tudo bem. — É só o que digo. As palavras ficam presas na minha garganta.

Envolvo a cintura dela com meus braços e encosto a bochecha em seu peito. Mexo a cabeça e espero que ela entenda o que estou dizendo.

Está tudo contido nessas duas palavras, e confio que ela vai conseguir ouvir.

Tudo bem como uma confissão: *Quero você como nunca quis ninguém na vida.*

Tudo bem como uma promessa: *Não vou te magoar. Vou te proteger.*

Tudo bem como um apelo: *Não quero te soltar. Por favor, não me solte.*

E quando ela me puxa para mais perto e pressiona o nariz contra minha cabeça, sei que entendeu. Esse tempo inteiro, achei que Toni não era uma pessoa falante, que tinha dificuldades para se comunicar. Mas talvez ela *estivesse* falando comigo. Talvez eu só não soubesse como ouvir até agora.

— Isso — sussurro. — Isso, tudo bem.

Ficamos ali juntas, meio que só respirando o mesmo ar por um minuto. Até que uma voz familiar demais aparece para quebrar o momento.

— Ei! Ei, você!

Os olhos de Toni se arregalam como se fosse um desenho animado ao ouvir Festy Frankie atrás de nós. Ela me puxa pela mão e saímos correndo.

— Para aí! Tipo, Raposo, não pegue!

Corremos desembestadas pelo Core como se tivéssemos roubado alguma coisa, o que, tudo bem, tecnicamente nós fizemos. Mas as pessoas mal notam as expressões idênticas em nossos rostos, ou que Frankie está bem no nosso encalço. Imagino que toda essa situação pareça uma brincadeira divertida, que por isso todo mundo simplesmente sorri para nós enquanto serpenteamos pelas barraquinhas tentando despistá-la no meio da multidão que se reúne para assistir ao show da Kacey Musgraves, prestes a começar.

Para alguém que em teoria passa a maior parte dos verões pulando de festival em festival, pegando sol e tirando selfies estrategicamente perfeitas, até que Festy Frankie é bem rápida. Sua calça boca de sino, de crochê, é o que parece a estar atrasando, as barras prendendo toda hora em volta do tornozelo, e é só por isso que eu e Toni temos uma chance de escapar.

Toni tira o chapéu para tentar chamar menos atenção enquanto nos misturamos à plateia. Agradeço aos céus por ser baixa o suficiente para poder pedir a refeição infantil no Applebee's.

Pego meu inalador e solto um jato. Mas quando olho para baixo e percebo que Toni ainda está de mãos dadas comigo, sinto meu rosto corar. Eu juro que sinto um *rubor* por causa de algo tão simples quanto andar de mãos dadas com uma garota.

Dá para contar nos dedos quantas vezes fiz isso com alguém. No meu caso, a maioria das pessoas com quem eu saio sempre quer pular essas partes mais inocentes — as mãos dadas, as noites de jogos de tabuleiro, ficar até três da manhã rindo com o outro no telefone e se recusando a ser o primeiro a desligar.

— Acha que nos livramos dela? — Toni olha por cima do ombro e depois ao meu redor, como se Festy Frankie pudesse se esconder atrás da minha imponente silhueta de um metro e sessenta e dois. Eu rio e Toni olha para mim com um sorriso ao perceber o quão ridículo foi o movimento. — Caramba, ela corre. Eu imaginei que ir a tantos festivais significaria um alto consumo de maconha e, consequentemente, uma inabilidade em correr longas distâncias.

— Subestimar as pessoas pode ser fatal, senhorita Foster.

Ela bate de leve seu ombro no meu e olha para baixo, para nossas mãos ainda juntas, então solta a dela para ajeitar o chapéu. Mas não parecia que ela queria soltar, o que me dá um quentinho de satisfação.

Somos empurradas e imprensadas pela multidão, e ela solta um suspiro.

— Às vezes eu romantizo tanto a experiência de estar aqui que esqueço como é insuportável em alguns momentos. — Ela desvia de alguém com o braço levantado que quase enfia o sovaco peludo na cara dela. — Quer sair daqui e organizar as coisas?

Organizar as coisas, na concepção de Toni, é comprar um algodão-doce para dividir, encher as garrafinhas de água e encontrar um lugar embaixo de uma árvore para pegar uma sombra.

— Quero te dizer uma coisa — começa.

Ela tira o chapéu, o coloca sobre a barriga e deita com a cabeça em minhas pernas.

Pego um pedaço maior do algodão-doce só para não dizer nada constrangedor. Metade de todas as péssimas conversas que tive na vida começou com "Posso te perguntar uma coisa?" e a outra metade com "Precisamos conversar". Concordo com a cabeça, esperando o baque.

Olhamos uma para a outra e ela levanta a mão para tirar um fio de algodão-doce da minha bochecha. Seu toque é tão gentil que mal sinto.

Ela sorri.

— Gosto muito dessa versão sua.

SÁBADO À TARDE

Não sei há quanto tempo estamos sentadas debaixo dessa árvore, mas isso já não parece mais importante. Tempo e planos e solidão, todas as coisas que eu achava serem muito importantes para mim no começo deste fim de semana, desapareceram em algum lugar entre o galpão-boate e este momento.

Talvez fosse isso que meu pai queria dizer quando falava que a música está sempre com a gente. Olivia é uma melodia que transformou meu universo em canção, e quero passar muito tempo tentando descobrir todas as suas notas. Não quero rearranjá-las, mas com certeza quero analisá-las. Descobrir como e quando tocá-las.

— Um centavo pelos seus pensamentos? — Sorrio para ela e tiro seus óculos escuros para colocar no meu próprio rosto. A armação branca e enorme em formato de coração certamente não combina nem um pouco comigo, mas gosto da ideia de usar algo de Olivia.

— Um centavo? Você não tem respeito pela classe trabalhadora? São no mínimo quinze dólares pelos meus pensamentos, senhora — responde ela.

Dou uma risada e parece que ganhei alguma coisa. Devo ter feito algo certo para merecer esse sentimento.

— Você está certíssima. — Como o último pedaço do algodão-doce e dou um sorrisinho. — A tabela de preços para os pensamentos de garotas adolescentes está desatualizada há tempos.

Ela passa o dedo grudento pelo meu nariz e seu rosto fica sério.

— Preciso te contar... — Ela para um instante antes de perguntar: — Você gosta de mim?

Ela pergunta como se fosse uma questão possível de responder com sim ou não. Como se *gostar* fosse o suficiente para chegar perto de tudo o que sinto por ela.

Não ouço nada a meu redor, não consigo distinguir o som abafado da banda que está tocando do outro lado do gramado. Não vejo as pessoas com biquínis de franjas e camisetas vintage do Farmland com a lista de bandas dos anos anteriores que estão andando por ali esperando o próximo show começar. Tudo o que vejo é ela. Os olhos castanhos que ficam quase pretos depois que o sol se põe. Os lábios apertados um contra o outro quando está pensando. A tensão em seus ombros enquanto se prepara para o que acha que vou dizer.

Eu não só *gosto* dela.

Eu poderia fazer isso, digo a mim mesma. Eu poderia ter algo legal, e não seria simples, mas espetacular. Não seria perfeito, mas seria precioso. Não estou exatamente pronta, mas minha mente vai ter que se esforçar para alcançar meu coração dessa vez. Dessa vez eu vou escolher me jogar.

Meus batimentos cardíacos estão cada vez mais acelerados, mas da melhor maneira possível. Chego mais perto e pego sua mão, que repousa sobre o vestido na altura na coxa. Eu vou dizer. Aquelas três palavrinhas que estão na minha cabeça o dia inteiro, mas que estava com medo de falar.

— Olivia, eu...

Mas não consigo dizer. Não consigo me desculpar por seja lá o que fiz para que ela questionasse se estou nessa por completo, nem fazer uma promessa, nem perguntar a ela todas as coisas que quero perguntar.

Ouço um estampido familiar, e dessa vez não dá para confundir com um efeito sonoro. De repente, os olhos de Olivia se arregalam, assustados, ao ouvir um tiro. Ela me faz levantar e começamos a correr. E todo mundo à nossa volta também. Alguém está gritando. Talvez seja Olivia, mas não sei dizer. Meus pés parecem pesados demais para o resto do corpo, e não consigo acompanhar. Não sei bem o que está acontecendo, e está acontecendo tão *rápido*.

— Toni! — grita ela, me puxando desesperadamente, a correria da multidão quase derrubando nós duas. — *Por favor*, precisamos correr! Você precisa ir mais rápido!

E, de repente, não estou vivendo um momento, mas uma memória. Estou correndo do posto de gasolina na esquina da 56 com a Georgetown, em disparada pela rua tentando escapar, tentando achar alguém que possa ajudar meu pai. Não consigo respirar direito. Não consigo ver nada além das minhas próprias lágrimas. Estou tendo um ataque de pânico.

Alguém esbarra com o ombro em mim e tropeço. Olivia está chorando na minha frente, me implorando para eu me levantar.

Acho que talvez haja sirenes ao longe.

Acho que eu a amo.

Acho que isso significa que vou perdê-la.

Não consigo respirar direito. Estou me deixando levar pelo momento. É aquela sensação avassaladora de medo que me deixou paralisada hoje mais cedo no show do DJ Louddoc. E não sei como aconteceu ou onde ela foi parar, mas me perco de Olivia na confusão de gente ao redor.

Preciso concentrar todos os meus esforços para me lembrar da voz na minha cabeça hoje de manhã, Olivia repetindo palavras suaves até eu voltar para ela. É o suficiente para eu conseguir me mexer. Sou levada pela multidão na direção da saída, e a única coisa que quero fazer é voltar para o acampamento. Olivia só pode ter ido para lá, e Peter e Imani devem estar lá também.

Então eu corro.

SÁBADO À TARDE

Quando chego de volta ao acampamento, suada, triste e muito, muito assustada, a primeira coisa que faço é gritar por Toni. Eu me perdi dela; não acredito que me perdi dela, é minha culpa. Devia ter segurado mais forte, mas não conseguia ver nada, não conseguia fazer mais nada além de seguir o fluxo da multidão, e não consegui mais encontrá-la. Ela estava bem ali, sua mão na minha, e estava tudo bem, bem demais, estávamos fazendo tudo certo, estava tudo tranquilo, e de repente não estava mais. O mundo ao nosso redor ficou uma loucura. Estou parada em pé, gritando até ficar rouca, como se a minha voz fosse o suficiente para desfazer todo o estrago.

— Olivia, Liv, por favor. — Imani está na minha frente, as mãos apertando meu ombro. — Liv, você está bem. Para de gritar. Você precisa parar de gritar.

Atrás dela, Peter olha para o telefone como se ali estivessem todos os segredos do universo. Seu rosto parece tão jovem e tão aterrorizado, e ele não para de repetir:

— Meu telefone não está funcionando. Não tem sinal. Não consigo a porra de um sinal!

Tento respirar, tento me concentrar na voz suave de Imani enquanto ela me puxa para um abraço. Imani. Sempre tão firme. Ela me aperta até quase quebrar, mas é o suficiente para dissipar a névoa na minha mente. Agora consigo avaliar nosso entorno com mais clareza.

Está todo mundo em suas barracas e entrando nos carros, com expressões desesperadas e estressadas. Pessoas chorando. Farmers jogando os equipamentos de camping de qualquer jeito na mala dos carros ou na carroceria das caminhonetes, prontos para ir embora.

Você acha que sabe o que é o caos — acha que ir ao Walmart durante a Black Friday ou comprar um Xbox no dia do lançamento são o auge da insanidade — até estar em meio à verdadeira definição de caos. Até ver as pessoas à sua volta gritando pelos amigos, fazendo perguntas que ninguém sabe responder, torcendo pelo melhor, mas se preparando para o pior.

— Imani, já estão falando no rádio — diz Peter, se inclinando para fora da janela na caminhonete de Toni.

Imani olha para mim e passa a mão pelo meu rosto rapidamente.

— Vou ali escutar o que estão falando rapidinho, tá bem? Fica aqui. Eu já volto. Vai ficar tudo bem.

Não sei por quanto tempo fico ali parada, perdida e aérea, até que ouço Peter gritar:

— Toni! Meu Deus, você está bem.

Toni vem mancando em nossa direção e nem penso em nada, só corro até ela e a abraço. Coloco meu rosto no espaço entre seu pescoço e seu ombro, e só então me permito chorar. Estou tão feliz que ela esteja aqui, que esteja bem, que ter me perdido dela não tenha acabado em algo horrível. Ela ainda está aqui.

— Achei que tinha perdido você — sussurra Toni.

Ela soa tão destruída quanto eu me sinto.

— Estou aqui. — Há tanta coisa que eu gostaria de dizer, mas não consigo fazer isso agora.

Ela se afasta e seca os olhos.

Peter vem correndo e beija a testa de Toni. Eu me afasto para dar um pouco de espaço aos dois, que se abraçam com força.

— Não me assuste desse jeito de novo, cara — diz Peter.

Imani sai da caminhonete e até ela aperta o ombro de Toni. A gratidão por estarmos todos seguros é tão forte que quase se pode sentir como algo físico. Talvez a gente não se conhecesse antes desse fim de semana, mas agora somos um grupo. É o espírito do Farmland: enquanto estivermos aqui, somos uma família.

— Disseram que não é um atirador — diz Imani com sua voz séria de professora, a mesma que ela usa para me ensinar cálculo. Fecha os olhos e, quando volta a falar, sua voz está vacilante. — Foi só um disparo. Não é outro...

Escola Sandy Hook, ou boate Pulse, ou Charleston, ou festival Route 91 Harvest, ou, ou, ou.

A lista é infinita. Até mesmo um lugar como este, o primeiro onde me senti livre, segura e totalmente em casa em muito tempo, não é imune ao medo de armas e o que elas podem fazer. Mesmo que não tenha nos atingido dessa vez, é difícil de ignorar a proximidade do que poderia ter acontecido.

— É — diz Toni, em voz baixa. — Por sorte.

— O que disseram sobre o restante do festival? — pergunta Peter.

Imani diz que não sabem ainda, mas que é melhor continuarmos ouvindo a rádio, porque é o único meio de informação no momento, já que as torres de celular parecem estar sobrecarregadas. Todas as pessoas nos acampamentos ao nosso redor estão reclamando da mesma coisa enquanto arrumam suas malas.

Nenhum de nós se mexe. Ficamos parados em silêncio perto um do outro, em um círculo.

— Acho que temos que ir embora — diz Imani. Ela se vira para mim. — Não importa muito o que eles vão fazer, acho que não temos motivo pra ficar aqui a essa altura. O festival acabou.

O que ela está dizendo faz sentido. Mas pensar nessa possibilidade? É inimaginável para mim a ideia de ir embora daqui sem saber o que poderia ter acontecido entre mim e Toni, ou Imani e Peter, ou até mesmo com a caça ao tesouro. É como tirar a chave da ignição antes mesmo de parar o carro. Não estou pronta para ir embora. Não estou pronta para o mundo real. Ainda não.

Embora muitas pessoas estejam fazendo as malas, também tem um monte de gente parada exatamente onde está. O número de carros em fila para sair do acampamento e de carros estacionados é mais ou menos o mesmo. Alguns Farmers ainda estão abalados, apesar de as coisas não serem tão terríveis quanto se pensava inicialmente, mas não estão indo embora. Precisamos ficar também. Pelo menos até de manhã.

— Não temos condições de dirigir até Indianápolis agora — digo. Levo as mãos para a frente, com as palmas para cima, para enfatizar. Elas ainda estão tremendo. — A gente devia ficar pelo menos até de manhã.

Imani morde o lábio e olha para nosso acampamento, ao longe. Sei que ela quer dizer não. Sei que seu lado racional está vencendo, mas não posso ir embora. Simplesmente não posso.

— Vamos ficar também — diz Peter, a voz séria. Ele olha para Toni, e ela concorda com a cabeça. — Provavelmente estamos seguros agora.

"Nada é seguro", tenho vontade de dizer. Penso em todas as pessoas com as quais eu me sentia segura e que acabaram se revelando nem um pouco confiáveis, cada uma a sua maneira. Todos os lugares para onde fui esperando um refúgio e que acabaram tornando as coisas ainda piores. Mas tem algo reconfortante nessa ideia de ficarmos juntos esta noite, nós quatro enfrentando a tempestade. Talvez não exatamente seguros, mas o mais próximo possível disso se ficarmos juntos.

Imani suspira.

— Ok — diz ela. — Só por esta noite.

Dou uma olhada para Toni, e ela está me encarando. Quero atravessar esse círculo que criamos e me aninhar nos braços dela, mas não faço isso. Ainda não, pelo menos. Porque estando ou não nos braços dela, aquele olhar significa alguma coisa.

E acho que talvez signifique tudo.

SÁBADO À NOITE

Nós quatro ficamos juntos no acampamento de Olivia e Imani a noite inteira. Ficamos ouvindo a rádio do Farmland, esperando mais notícias, e acendemos o fogo numa grelha que trouxemos.

Cada um está lidando de forma diferente. Imani olha o celular religiosamente, tentando conseguir sinal para ver se acha alguma informação sobre o que aconteceu na grande imprensa; nos intervalos, observa Olivia como se estivesse com medo de que ela fosse desaparecer quando não estivesse olhando. Na cadeira ao meu lado, Olivia está sentada com as pernas dobradas e um cobertor sobre os ombros. Eu dedilho as cordas do violão, tentando encontrar alguma melodia que nos tire desse lugar por um momento.

Mas é a reação de Peter que mais me assusta. Meu melhor amigo, cujos sorrisos e piadas normalmente parecem infinitos, está sentado isolado e em silêncio.

— Isso é uma loucura — murmura. Agora já está escuro e ainda não se sabe nada de novo. Os Farmers do acampamento ao lado arrumaram as malas correndo há mais ou menos uma hora, e só deixaram para trás uma garrafa vazia de alguma cerveja artesanal local. Ele olha para nós três e repete, desta vez mais alto: — Isso é uma loucura. Quero saber quem fez isso.

Ele se levanta do chão e passa a mão no cabelo. Soltou o coque mais cedo e ainda não o prendeu de novo. Ele parece esgotado, os cachos do cabelo se desfazendo de tanto que mexeu neles hoje. Até trocou o cropped por um velho casaco de moletom preto com capuz. Quando vejo seus olhos por cima do fogo, percebo que não parece nem assustado. Ele está furioso.

— Vamos mesmo ficar sentados aqui e deixar isso pra lá? Devíamos fazer alguma coisa. — Seus punhos estão cerrados nas laterais do corpo, e ele anda de um lado a outro. — Sabe, Andrew Jackson nunca recuou em situação nenhuma. Ele participou de mais de cem duelos. Isso é...

— Ah, meu Deus, pode dar um tempo, Peter? — reclama Imani. — Chega desses presidentes, pelo amor de Deus. Uns velhos brancos senhores de escravos não vão nos ajudar em nada agora. — Ela se levanta e joga as mãos para cima. — A gente não sabe de *nada*. Não entendeu isso ainda? Não sabemos dos fatos. Não tem nada que possamos fazer.

— Alguns de nós não são robôs, Imani! — Nunca tinha ouvido Peter falar com uma voz tão raivosa, e isso me faz estremecer. — Tem gente que se importa com ações. Tem gente que consegue tomar decisões baseadas em *sentimentos* e não em fatos.

Imani respira fundo e, pela primeira vez em todo o fim de semana, seu rosto revela o que ela está sentindo. Mas, em vez de retrucar, ela se fecha. Senta perto de Olivia e as duas se apoiam uma na outra. Peter vira de costas para o círculo, para o fogo, e fecha os olhos. Ele foi longe demais com aquele comentário. O Peter que eu conheço não perde o controle com as pessoas, principalmente não desse jeito, jogando indiretas e acusações cheias de raiva.

— Você precisa ficar calmo, beleza? — Deixo meu violão no chão e me levanto para ficar ao lado dele. Esfrego o rosto com as mãos e falo baixo, para que só Peter consiga me ouvir: — Imani está certa. Ou vamos embora, ou esperamos. São as únicas opções.

Entendo a frustração dele, posso senti-la em mim também. Como alguém se atreve a tirar esse lugar de nós? Esse fim de semana? Passei a noite inteira reprisando na minha cabeça o momento logo depois do tiro. Cada osso do meu corpo estava sincronizado com Olivia. Todos os meus pensamentos focados na segurança dela. "E se eu a perder? E se ela não correr rápido o suficiente? Por que deixei mais alguém entrar no meu coração se isso só leva a mais sofrimento?"

Peter concorda com a cabeça, mas não se senta de novo. Ele respira fundo, devagar.

— Vou dormir cedo — diz ele, a voz sem emoção. Não parece estar se dirigindo a ninguém em particular. Não faz contato visual enquanto pega o boné no chão e anda em silêncio de volta para nossa barraca. — Vejo vocês de manhã.

Depois disso, parece que não há outra saída a não ser ir dormir. Em determinado momento, o fogo se apaga e cada uma se dirige para sua barraca, todas nós cansadas dos acontecimentos do dia e nos preparando para amanhã. Talvez a gente vá embora de manhã, talvez o Kittredge ainda se apresente amanhã à noite. Talvez esse seja o último Farmland que vamos ter. Não existe certeza de nada.

Mas quando coloco o pijama e deito no saco de dormir em cima do colchão de ar, ao lado de Peter — que já está roncando —, tenho certeza de uma coisa: acho que não sou forte o suficiente para isso.

Não sou forte o suficiente para levar uma vida focada na música, para me apaixonar por Olivia, para nada disso.

Fico deitada em silêncio por uma hora, muito tempo depois de as últimas vozes ao redor terem silenciado. Até que vejo o zíper da barraca subindo e me sento rapidamente para tentar enxergar, em meio à pouca luz, quem pode ser aquele invasor. As tranças de Olivia estão presas num coque baixo e envoltas por um lenço com estampa de leopardo. Seu rosto está completamente sem maquiagem e ela enfia a cabeça para dentro da barraca. Não diz nada, apenas faz um sinal com a mão para que eu saia.

Peter segue roncando ao meu lado, então pego os sapatos e saio sem pensar muito.

Há algo gelado no ar, mas não está exatamente frio. Coloco uma blusa de flanela, para garantir, e vou atrás de Olivia. Ela não fala nada a princípio, e nem eu. O que podemos dizer quando sentimos que a base do nosso mundo foi estremecida? Não há nada que alivie isso, nenhuma frase mágica que eu dissesse nos traria qualquer conforto. Então só continuo andando.

Nossos braços se tocam tanto que, em determinado momento, entrelaçamos os mindinhos e deixamos nossas mãos balançarem entre nós. Tem algo nesse movimento que parece ainda mais íntimo do que dar as mãos. Só de pensar me dá vontade de chorar.

O festival está adormecido. Todos os shows programados para esta noite foram cancelados enquanto os organizadores decidem o que fazer. Apesar de sabermos que não foi um ataque, todo o evento parece estar meio fora do eixo. Neste momento, era para a festa no galpão de música para dançar estar fervendo, o som do grave tão alto que daria para ouvir de qualquer lugar na área de camping. As luzes dos brinquedos do Core deveriam estar brilhando a ponto de mal conseguirmos ver as estrelas.

Devíamos estar fazendo o cumprimento do Farmer para todo mundo que passasse pela gente na trilha de cascalho, mas, em vez disso, não há nada nem ninguém, a não ser uma ou outra pessoa indo ou voltando do banheiro. A única coisa que escuto é a respiração de Olivia e o som de nossos sapatos.

— Olivia — digo finalmente, depois de quinze minutos andando sem qualquer destino aparente. — Aonde estamos indo?

Ela para e põe as mãos nas minhas bochechas. Espero que me dê um beijo, mas não é o que ela faz.

— Se esta é a última noite do Farmland... — começa. Sua voz está baixa, séria, e eu odeio isso. Odeio o que aconteceu e odeio que essa garota na minha frente, a garota com o melhor sorriso de todos e que deveria estar sempre sorrindo, esteja querendo se ater ao que sobrou. A gente não devia precisar fazer isso. — Não quero desperdiçar.

Ela diz que quer ir até o letreiro do Farmland para tirar uma foto, um rito de passagem para todo Farmer de primeira viagem, só para garantir caso não consiga amanhã. Ou hoje, tecnicamente, porque já passa da meia-noite. Mas quando chegamos ao portão que nos levaria ao Core, há barreiras na frente. E um cartaz dizendo "PROIBIDA A ENTRADA ATÉ SEGUNDA ORDEM".

— Merda. — A voz de Olivia é um sussurro, ainda que não haja ninguém aqui para ouvir, e não é como se alguém fosse se importar se ouvisse.

Ela encontra um vão nas barreiras perto da cerca, se espreme para passar por ele e entra no Core. Dou uma olhada em volta para checar se tem algum segurança por perto e faço o mesmo.

Lá dentro, seguimos direto para o letreiro. Tudo dentro do Core está desligado, algo que nunca vi no Farmland. Até mesmo o letreiro e seu glorioso brilho estão apagados — suas lâmpadas grandes e reluzentes descansando. Ela para e tira uma foto — o flash desorientando nosso olhar brevemente em meio à escuridão —, mas não demonstra mais querer aparecer nela. Não pergunto o que a fez mudar de ideia.

Ela continua andando até chegarmos à roda-gigante. Também está desligada, um brinquedo fantasma, mas, já que chegamos até aqui, Olivia pula o pequeno tapume que bloqueia a entrada.

Ela se senta no banco da cabine e abraça os joelhos no peito. Não está vestindo nada além de um short e uma camiseta grande, então tiro a blusa de flanela e coloco sobre seus ombros quando começa a tremer. Ela aperta a blusa contra o corpo e eu me sento a seu lado.

— Tinha que ter mais segurança — digo. Uma frase curta, sem emoção, mais fácil do que aquilo que eu realmente queria dizer.

Ela concorda com a cabeça e a apoia em meu ombro. Não tivemos nenhum momento de silêncio entre nós desde que nos conhecemos — não um momento realmente quieto como esse —, e parte de mim quer ficar parada aqui por um bom tempo. Nesse espaço onde somos só nós duas, sem distrações, enquanto o ar em volta vibra com a eletricidade que criamos. Mas sei que é efêmero. Como tudo na vida, esse momento também vai passar.

— Eu meio que sou especialista em me meter em situações em que não devia estar. — Ela ri, mas com tristeza.

Balançamos para frente e para trás na cabine, e eu me permito imaginar uma noite normal no Farmland, em que estaria a noventa metros do chão olhando para a loucura em neon lá embaixo, ao lado de uma garota de quem gosto tanto que me assusta. Uma garota de quem gosto tanto a ponto de estar disposta a abandonar minha regra de ouro. Uma garota de quem já estou me afastando porque isso não pode durar. Eu não posso... Eu não *vou* me machucar de novo por perder alguém que amo.

Mas decido me deixar levar por este momento. Este último.

— Toni?
— Sim?
— Preciso te contar uma coisa.

OLIVIA

SÁBADO À NOITE

Toni não me apressa quando percebe que está sendo difícil começar a falar. Desvio o olhar e tento achar as palavras certas para permitir que ela veja o pior de mim.

O problema em ser o tipo de pessoa que se apaixona facilmente é que, em determinado momento, os outros captam isso — especialmente numa escola pequena como a Park Meade. Eles veem a rotatividade grande de namorados e namoradas e começam a tirar conclusões sobre você. Ou sobre o que você estaria disposta a fazer, acho.

Mas eu não sabia disso quando Troy me chamou para sair. Só entendi quando já era tarde demais.

Estávamos juntos há um total de duas semanas quando ele se encostou ao meu armário depois da terceira aula, pegou na gravata do meu uniforme e me puxou para perto, cochichando no meu ouvido e abafando o som dos outros alunos que corriam ao nosso redor e gritavam uns com os outros nos corredores.

— Você devia ir lá em casa hoje — disse ele, os lábios tocando minha têmpora. Park Meade tem algumas regras em relação a demonstrações públicas de afeto, mas não me importei. Era gostoso e ousado que Troy quebrasse as regras tão descaradamente para ficar mais perto de mim. — Depois do jogo de futebol.

A casa de Troy era quase sempre o lugar das festas de sexta à noite durante a temporada de folga dos jogos. Nunca precisei de um convite formal para ir, nem mesmo quando não estávamos saindo. Ele era a epítome do estereótipo de galãzinho da escola: lindo, meio burro, com um senso de humor mais maldoso do que engraçado, e inacreditavelmente bom no basquete. Seu nome esteve em todos os times de estrelas e listas de "jogadores para ficar de olho" desde o ensino fundamental, e por sua causa a escola ganhou pela primeira vez o campeonato estadual no ano passado.

O basquete não foi inventado em Indiana, mas algumas pessoas ainda dizem que lá é o berço do esporte. *Momentos decisivos* não é um dos filmes de esporte mais populares de todos os tempos só porque é divertido. As pessoas amam o filme porque é verdade. (É sério, alguns ex-alunos ainda choram só de falar no momento em que Christian Watford, jogador de basquete da Universidade de Indiana, marca aquele ponto decisivo no último segundo em 2011 contra a Universidade de Kentucky, que na época era a primeira do ranking.)

Ser uma estrela do basquete numa cidadezinha de Indiana, especialmente se já está com um pé na liga, faz de você mais do que uma celebridade. Torna você intocável.

— Claro que vou! — respondi, rindo. — Imani vai ter que me levar de carro, obviamente, o que significa que vou precisar esperar ela acabar o dever de casa, porque você sabe que ela não vai terminar a semana com dev...

— Não, estou chamando só você. Estou sozinho em casa hoje. — Ele puxa o cabelo castanho claro para o lado, para não cair nos olhos. — Acho que devíamos ficar só nós dois.

O jeito como ele falou "só nós dois" disse tudo o que eu precisava saber. Ele vinha sendo mais e mais insistente sobre irmos mais rápido desde o dia seguinte ao que me chamou para sair. Sabia o que ele queria e sabia que ele achava que eu já era bem experiente em certos assuntos, mas eu estava com muita vergonha de contar a verdade. A verdade era que, apesar da quantidade de pessoas que namorei e que terminaram comigo, eu nunca tinha transado com nenhuma delas.

Talvez porque não tivesse sido a hora certa, ou a pessoa certa, ou porque as relações não duraram tempo suficiente para chegar a esse ponto, mas, qualquer que fosse o motivo, eu não era a pessoa que Troy achava que era. E aquilo era um lembrete constante de que mais uma pessoa na minha vida queria algo que — por mais que tentasse — eu não conseguia proporcionar.

— Ah — eu disse. Dei um passo para trás de leve e fechei o armário com delicadeza. — Troy, eu... não posso fazer *isso* hoje.

Mesmo naquela época, eu conseguia enxergar o clichê que tinha me tornado: a namorada delicadinha e inocente com medo de perder a virgindade com o atleta gostosão. Mas eu também sabia que gostava de ser a garota nos braços dele, gostava de ser a pessoa que os outros invejavam pelo menos uma vez na vida. Gostava do fato de Kayla Mitchell — capitã do time de tênis e rainha do baile do penúltimo ano — ter dito a todo mundo que Troy nunca namoraria ninguém a não ser ela, e de ele ter me chamado para sair uma semana depois.

Aquilo me fazia sentir poderosa, sentir que eu tinha *valor*.

— Bom, então o que vamos fazer, gatinha? Eu sou um garoto crescido, preciso de alguma coisa para me impedir de enlouquecer.

Ele chegou a dar uma rosnadinha, como se aquilo tudo fosse uma grande piada, e então eu ri como se estivesse achando engraçado. Porque aquele era o papel que eu estava interpretando.

Se ele era o Atleta Gostosão, eu era a Namorada Devotada. Ia até o armário dele de manhã com anotações das aulas nas quais eu sabia que ele não tinha prestado atenção. Aparecia depois dos treinos com biscoitos fresquinhos ou comida para viagem de um restaurante que ele gostava, me oferecendo como um prêmio que ele já ganhara. A gente se beijava no carro dele, com os companheiros de time sacaneando ao lado, e eu o deixava me levar para casa. Eu me ajustei perfeitamente à personagem que precisava ser para manter o interesse dele. A não ser por esse detalhe.

Mas eu sabia a verdade por trás disso: se ele não conseguisse comigo, ia buscar em outro lugar.

Não demorou muito para eu tomar a decisão de, mais tarde, em casa, naquele mesmo dia, mandar fotos minhas para ele diante do meu espelho de corpo inteiro, vestindo o único conjunto de calcinha e sutiã mais ou menos sexy que eu tinha. Adoraria dizer que pensei muito a respeito daquela ideia antes, pesei os prós e contras e decidi que o risco compensaria, mas isso não é verdade. Eu não sou assim.

Eu não penso lá na frente, não levo em conta as consequências. Simplesmente me jogo na esperança de que a queda valha a pena.

Então, quando ele me mandou emojis com a língua de fora em vez de uma resposta de verdade, ainda achei que tinha feito a coisa certa. Foi só quando Imani me ligou, desesperada, à uma da manhã, que percebi que finalmente tinha ido longe demais. Dessa vez, eu tinha me jogado diretamente de um precipício e não tinha nada lá embaixo para me salvar.

E paguei o preço.

As fotos foram parar no Confidential e, na segunda-feira, estavam coladas por todo o meu armário. A escola inteira tinha me visto praticamente nua, e nada poderia ter me preparado para a sensação de exposição que veio com aquilo. É diferente ser ousada e famosa quando você escolhe isso, eu aprendi, mas quando essa escolha é tirada de você, é como se estivesse sendo despida da pior maneira possível.

Os efeitos colaterais vieram bem rápido: Troy desmentindo publicamente que tivesse algo a ver com o vazamento das fotos. A insistência dele de que eu mesma vazei as fotos para chamar atenção. O término vergonhoso e pouco civilizado. A diretora Meyer pedindo o adiamento, e mais tarde um segundo adiamento, da audiência judicial para decidir sobre o envolvimento de Troy no caso, de forma que acontecesse depois da temporada de basquete. Minha mãe parando de falar comigo. Nia praticamente me renegando. As pessoas que achei que eram minhas amigas me evitando por ter tido a audácia de tentar responsabilizar Troy em vez de simplesmente lidar com o que eu tinha feito.

Eu ainda tinha minha melhor amiga, mas não muito mais do que isso. Queria voltar atrás, dizer que não tinha sido nada de mais, que não queria punição nenhuma, mas não conseguia fazer isso. Toda vez que quase ia até a sala da diretora, o que me fazia parar era a lembrança da expressão animada e despreocupada de Troy dando entrevista no canal WTHR depois de mais uma vitória num jogo.

Não existe uma saída satisfatória para alguém na minha posição. Se testemunhar contra ele, posso destruir seu futuro. Posso fazer com que ele perca suas bolsas de estudo e sua única chance de jogar na primeira divisão do basquete. Deixaria minha mãe numa situação tão desconfortável no trabalho que talvez precisasse se demitir de seu emprego dos sonhos. Eu ficaria ainda mais excluída na escola, e da pior forma possível.

Nunca vou recuperar essas fotos, de qualquer forma. Nunca vou recobrar a sensação de privacidade. Eu só conseguiria estragar tudo para as outras pessoas. Tipos como o Troy não são punidos, eles ganham uma bolsa de estudos completa para a faculdade. Ganham a glória, a empatia e uma fila de gente que sempre estará lá para chamá-los de heróis.

Tipos como eu, por outro lado? Tipos como eu têm sorte se terminarem com qualquer coisa que seja.

No fim dessa semana, haverá uma audiência e Troy Murphy estará lá, com sua elegante camisa de botão branca e a gravata vermelha reluzente que ele sempre usava nos dias de jogo. Ele vai sorrir, vai seduzir todo mundo e sair ileso dali. Porque eu não estarei lá para me defender. Eu me recuso a implorar para que eles se importem, a explicar como fui prejudicada e todas as coisas que perdi. Não, meu silêncio é a única maneira de manter o mínimo de dignidade que ainda me sobrou.

Ele já me tirou todo o resto.

SÁBADO À NOITE

Quanto mais Olivia fala, mais sinto meu coração partir. Quero voltar no tempo e destruir todas as pessoas que a magoaram. Quero encontrar esse garoto e mostrar a ele, usando um pouco mais do que palavras, que o corpo e a privacidade de Olivia sempre, *sempre* vão ser mais importantes do que a habilidade dele de quicar uma bola de basquete. Queria que ela tivesse muito mais do que recebeu até agora.

Mas tudo o que tenho no momento são minhas palavras, e esse nunca foi o meu forte.

Uma vez, quando eu era mais nova, estava chorando no quarto à noite, com saudade do meu pai. Minha mãe abriu a porta, veio andando devagar sobre o piso de madeira e se sentou ao meu lado na cama. Ela me consolou em silêncio, pousou a mão com delicadeza nas minhas costas, esfregando em círculos, e depois disse:

— Às vezes as pessoas não sabem como demonstrar o quanto elas te amam. — Eu solucei no travesseiro. — Mas não significa que não amem.

Foi a primeira vez que eu e minha mãe admitimos a existência daquele buraco na nossa casa e na nossa família provocado pela ausência de Jackson Foster. E aquilo não parecia justo. Fiquei imaginando quantas vezes ela deve ter dito aquilo a si mesma, logo após uma ligação perdida ou mais uma turnê estendida. Fiquei imaginando se ela se sentia do mesmo jeito que eu: como se nunca fosse boa o suficiente para fazer alguém ficar.

Olivia funga e se aproxima de mim, como se nos meus braços pudesse se esconder de todo o mal que já lhe aconteceu. E ali finalmente entendo o que minha mãe fez de errado. Amar alguém é ter a coragem de admitir quando você erra, e então fazer tudo o que está a seu alcance para não repetir aquilo.

— Se alguém ama você, precisa demonstrar. E se não souber como fazer isso, aprende, porque é isso que a gente faz quando ama alguém — digo. — Você merece ser tratada com carinho, Olivia. Não sei o que essas pessoas...

Minha voz fica um pouco mais dura, e então paro para reorganizar meus pensamentos. Só de pensar em todos esses ex, no que Troy fez com ela, meu corpo já fica todo tenso. Nunca briguei fisicamente com ninguém, mas, neste momento, tenho certeza de que eu poderia acabar com ele com as minhas próprias mãos.

— Todo esse amor que você dá aos outros, você merece guardar um pouco para si mesma. Você vale muito. Você merece todas as coisas boas.

— Eu namorei tanta gente. — Ela seca os olhos com as costas da mão. — E sempre terminou do mesmo jeito. Em desastre. O problema sou eu.

— Não tem nada de errado em querer que as pessoas te amem. Várias pessoas, inclusive. É seu direito.

— É, mas... Está sempre errado. Tudo sempre acaba muito mal. Sou eu. É o que eu faço — diz ela, os olhos fechados.

— Olha, você não é uma pessoa ruim por querer que alguém te ame. Isso não é errado, tá bem? — Eu chego um pouquinho para trás. Pego em seu queixo para que ela me olhe nos olhos. — Está bem, Olivia? Eles é que estão errados por te tratarem mal. Você precisa entender isso.

— Mas eu *devia* ser mais esperta e saber das coisas. Eu... — Ela se desvencilha e balança a cabeça. — Eu sempre faço isso. Você não sabe porque não me conhece totalmente ainda, mas eu sempre vou longe demais. É algo dentro de mim. — Ela põe a mão diante do peito. — Tem algo aqui dentro que me impede de ser como as outras pessoas. Eu esqueço toda a lógica e a racionalidade quando... — Ela para.

Nem espero que ela conclua o raciocínio. Preciso que ela entenda.

— Amar é estar presente. Ponto-final. Você merece alguém que esteja presente.

Sei que isso é verdade. Sinto no fundo da alma como nunca senti nada antes. Mas é aí que está o problema. Se amar é estar presente e ser melhor para as pessoas de quem gosto do que meu pai foi para mim e minha mãe, não sei se sou capaz disso.

Não sei se algum dia serei esse tipo de pessoa.

Festival de Música FARMLAND

DOMINGO

"Você está nos perguntando sobre estar apaixonado, mas, sabe, acho que a música nunca foi sobre isso. Nossas músicas são sobre o antes e o depois. A ascensão e a queda. Essa é a parte assustadora."

— Teela Conrad na matéria de capa da *Rolling Stone* sobre o Kittredge, em janeiro de 2019.

OLIVIA

DOMINGO DE MANHÃ

Eu não me lembro de ter caído no sono com Toni na roda-gigante, mas queria me lembrar. Porque adoraria ficar um pouco mais naquele momento em que me senti segura e protegida em seus braços, nós duas aninhadas no banquinho. Em vez disso, estou sendo acordada por um segurança grandão — com sobrancelhas arqueadas que, para minha surpresa, são também imaculadas — sacudindo meu ombro.

— Vocês não podem ficar aqui — diz. — Não deviam nem ter conseguido entrar.

Fico desorientada por um segundo, até que Toni tira o braço que estava ao redor do meu corpo e murmura:

— Podia ter rolado uma abordagem mais delicada.

O segurança fica ali parado com expressão de poucos amigos até sairmos da cabine, e, quando olho para trás, ele está balançando a cabeça para nós. Mas não é aquela sacudida de cabeça típica de um funcionário irritado, e sim a de alguém que entende aquilo — o porquê de duas garotas se arriscarem invadindo um local proibido para ter uma última noite juntas —, mas precisa fazer seu trabalho mesmo assim. Ou pelo menos é no que escolho acreditar.

    Espero que Toni segure a minha mão enquanto caminhamos de volta, mas ela não faz isso. Há uma distância entre nós que não entendo, mas tento não analisar muito. Tento me ater à animação de saber que passei a noite aninhada nos braços dela, mesmo que seja a última vez que façamos isso por um tempo. Tento me ater ao fato de que ela sabe tudo sobre mim, que contei toda a história sobre Troy e eu e os estragos que causei apenas por ser eu mesma, e ela não foi embora. Ela me olhou com tanta paciência que até doeu, e ainda me abraçou.

    Ninguém nunca fez aquilo por mim antes, nem mesmo Imani. Nenhum julgamento, nenhum "eu te disse", nenhum olhar de decepção. Só um abraço apertado sem a intenção de me consertar. Como se soubesse que sou forte o suficiente para passar por isso sem ela, mas quisesse estar ali mesmo assim.

    Não falamos sobre isso, mas acho que é assim quando é de verdade. Deve ser isso que a gente sente quando está com alguém e sabe — sabe mesmo, no fundo da alma — que não vai ser algo temporário. Que quer que construam algo juntos. Quando olho para Toni, as marcas em seu rosto por ter dormido apoiada na camisa, ou o bocejo que dá sem se preocupar em cobrir a boca, não vejo isso terminando amanhã. Vejo a gente acordando juntas outros dias no dormitório dela em Bloomington, ou fins de semana assistindo a shows no The Vogue, ou noites debatendo sobre as melhores músicas da discografia do Fleetwood Mac.

    Vejo anos e anos de possibilidades se desdobrando à minha frente.

— Eu vou... — Quando chegamos à área de camping, Toni aponta com o dedão para a barraca dela e de Peter.

Quero dar um beijo nela, mas penso que talvez não seja a melhor ideia, considerando que nós duas devemos estar com bafo. Concordo com a cabeça.

— Beleza, hum, vejo você mais tarde.

Quando me viro, estou um pouco arrebatada e bastante nervosa ao pensar no que esta noite significou. Fui honesta com Toni e ela ainda assim ficou comigo. Isso tem que significar alguma coisa, não é?

— Onde você estava a noite inteira? — Imani pergunta assim que chego perto.

Olho para nosso acampamento e tudo que estava dentro da barraca agora está do lado de fora, na grama, e ela já começou a desmontar as coisas. Imediatamente sinto meu coração acelerar, um sinal de que meu corpo está entrando no modo de pânico.

Está muito cedo para isso. Não podemos ir embora ainda. Não podemos. *Eu* não posso.

Depois da conversa de ontem com Toni, sinto que ainda há muita coisa a fazer. Muita coisa para entender. Eu precisei me sentar com ela, chorar com ela e ser sincera com ela para enfim compreender o que acabou sendo engolido pelos trolls do Confidential, os avisos nada sutis da minha mãe e os olhares de pena de Imani, durante todo esse tempo. Talvez eu seja um pouco excessiva. Talvez eu seja um pouco exagerada. Mas isso não significa que não mereço ser tratada com dignidade.

O fato de Troy me descartar, violar minha privacidade e partir para a próxima garota sem qualquer punição e sem ser responsabilizado de nenhuma forma não é culpa minha — é dele. Então ele deveria sofrer as consequências também.

Eu não tinha certeza se deveria testemunhar contra ele — não achava que ajudaria em nada —, mas nem que seja só por mim, porque eu mereço algo melhor, acho que preciso testemunhar. Não importa o que aconteça depois. Se Imani parasse para me ouvir, ela ficaria feliz por eu ter entendido tudo. Mas ela está furiosa.

— Estou te ligando e mandando mensagem desde que acordei e você não estava aqui. — Imani balança o telefone na minha frente.

Eu sacudo a cabeça, discordando antes que ela diga mais alguma coisa.

— Por que você está arrumando tudo? — Começo a pegar as coisas que ela já guardou para devolvê-las a seus lugares. O casal que estava do nosso lado esquerdo já foi e o grupo de amigos do lado direito está guardando tudo na mala do SUV. — Ainda nem sabemos se a programação de hoje está cancelada. Não podemos simplesmente ir embora.

Imani revira os olhos.

— Bom, eu já estou pronta pra ir embora. Pra mim já deu de aventura por um fim de semana. — Ela se vira para a barraca e começa a dobrar o tecido horrível de nylon. — Por que não levou o telefone? Estava preocupada com você.

— Nem pensei nisso — digo. Quero que ela pare de arrumar tudo, mas não sei como. Imani já está com seu objetivo traçado, determinada a ir embora. — Imani, espera...

— Você passou a noite toda com a Toni, não é? — Sua voz não está alta, nem raivosa, apenas sem emoção.

Sei da promessa que fiz a Imani, que este seria um fim de semana de melhores amigas, mas isso foi antes. Ela passou os últimos dois dias se aproximando de Peter, construindo algo que poderia ser muito legal (graças a mim!), e agora tenho a Toni. Imani não queria que eu a deixasse sozinha e saísse atrás daquela sensação de ser desejada por alguém. Mas não foi isso que aconteceu.

Eu não fui atrás de Toni. Eu trombei com ela, quase literalmente, e fui fisgada. E ela continuou me fisgando ao longo do fim de semana inteiro.

— Passei — digo, com cuidado. — Mas foi bom! Eu contei tudo pra ela, e ela ficou de boa. Toni é... diferente.

Imani solta um suspiro.

— E nosso fim de semana de melhores amigas, Olivia?

Se ela parasse para ouvir um pouco, veria que a mudança no nosso fim de semana foi uma coisa boa. Foi a melhor coisa. Abro a boca para contar a ela que mudei de ideia sobre o testemunho contra Troy, e que vou fazer isso. Que Toni me ajudou a ver o que eu não estava enxergando antes, mas ela me corta.

— Nisso você não pensou, mas aposto que já imaginou exatamente quais vão ser as cores de seu casamento com a Toni. Ah, não, já sei, você provavelmente já decidiu nomear os filhos de vocês em homenagem a uns músicos pretensiosos que já morreram! — Ela passa a mão pelo cabelo, as ondas de alguma maneira ainda intactas depois de um fim de semana nessa umidade. — Esse é o seu problema, Olivia. Está sempre preocupada com as pessoas erradas.

Uau. Essa doeu. É a confirmação do medo que tive durante todo esse tempo, de que Imani me visse exatamente como todas as outras pessoas da minha vida: uma fracassada incorrigível. Que não dá mais para confiar na minha avaliação. Talvez nunca tenha dado.

— Isso não é justo. Você não deu nem uma chance a ela. Como sabe que é a pessoa errada?

— Porque foi você quem escolheu.
Tenho um sobressalto. Não foi intencional, mas é como se ela tivesse me furado e agora eu estivesse murchando. Nenhuma de nós fala nada. Só olhamos uma para a outra, esperando que alguém desista. Enfim, Imani suspira.
— Vou ver se encontro alguma coisa pra comer — diz. Ela se afasta de mim e pega a pochete. — Quando voltar, eu vou embora. Mal posso esperar para ficar o mais longe possível desse festival e desse pesadelo de fim de semana. — Ela olha por cima do ombro. — Você tem meia hora. Pode vir comigo ou ficar aqui, mas eu vou embora.
Ela sai andando em direção ao Core e eu me jogo na cadeira que ela ainda não guardou.
Imani nunca iria embora sem mim, então sei que é só uma ameaça vazia. Mas o simples fato de ela dizer uma coisa dessas, de jogar isso no ar, me faz parar um pouco. Ela está mesmo tão irritada assim comigo? Está mesmo com tanto ciúme a ponto de achar que foi trocada por Toni ou algo do tipo? Nós nos afastamos tanto assim?

DOMINGO DE MANHÃ

Pego o violão na case e me sento em cima do cooler. Penso sobre a noite em que toquei aqui com Olivia, sobre como voltar a estar em contato com a música me fez visualizar tudo com mais clareza. Talvez isso vá revelar um outro tipo de Verdade para mim. Tento dedilhar os acordes de "The Argonauts", mas não saem direito. Não há magia. As notas estão certas, mas tudo parece mecânico, artificial. A sensação de oito meses atrás está de volta, e eu odeio isso.

Tento de novo. E de novo. E o resultado é o mesmo. Estou frustrada comigo, e com meu violão, e com esse festival idiota, e não consigo fazer isso. Não consigo fazer nada disso.

Peter ainda está dormindo, ou pelo menos acho que está. Ainda não saiu da barraca, e normalmente isso é um sinal bem certeiro de que ele ainda não voltou ao mundo dos vivos. Fico feliz de estar sozinha por um momento, mesmo irritada.

Por um segundo antes da apresentação de ontem, eu senti tanta clareza em relação à minha vida, mas não tinha nada a ver com uma carreira. Tinha a ver com um sentimento, e esse sentimento tinha tudo a ver com Olivia. Mas ontem à noite, enquanto ela me contava sobre o ex-namorado, senti aquela coceirinha dentro da cabeça que já me aconteceu tantas vezes. A voz que me sussurra para não ir adiante, não me aproximar mais. Porque, se eu fizer isso, uma de nós vai acabar sendo magoada pela outra.

Porque é isto que acontece quando você se importa demais com as pessoas: você se despedaça, se despedaça, até que não sobra nada a não ser poeira.

Estou tentando recuperar a sensação do nosso beijo e daquele momento eletrizante no palco desde que aconteceram — elas são do tipo que consome tudo, chamas que lambem minha pele e queimam tudo pelo caminho. Eu já consigo sentir a avidez que meu pai devia sentir o tempo inteiro. Querer tanto alguma coisa que aquilo consegue eclipsar todo o resto. Vim aqui em busca de um plano para a minha vida, algo que pudesse deixar minha mãe orgulhosa e me dar um propósito. Mas nas poucas horas que fiquei grudada em Olivia, eu me esqueci de tudo. E isso é perigoso.

Nenhuma de nós precisa de mais perigo em nossas vidas. Precisamos de um amor mais estável do que o que estamos acostumadas. E é aí que me dou conta. Só há uma coisa a fazer, e vai doer demais.

Quando Olivia aparece, as tranças soltas e balançando enquanto anda, eu viro a Toni de antigamente. A Toni da Ardsley Academy, a rainha do Polo Norte. Preciso me esforçar à beça para não me jogar em cima dela, beijá-la, dizer que sinto muito. Dizer que adoraria que existisse uma solução melhor. Mas não existe. Não quero magoá-la, então preciso me afastar.

Ela parece estar se sentindo do mesmo jeito que eu, há um tipo de urgência em seu rosto que nunca tinha visto.

Ponho o violão de volta na case e me levanto. Ela imediatamente me abraça pela cintura e eu a aperto forte, embora saiba que não deva fazer isso.

— Toni. — Olivia diz meu nome como se fosse uma oração, com suavidade e reverência. Parece que há um balão cheio ocupando meu peito, e mal posso respirar. Quero continuar abraçada com ela, talvez para sempre. Ela apoia a cabeça no meu ombro. — Estou tão feliz por ter você.

Tento convencer a mim mesma que não é só pelo meu bem. Que isso vai ser bom a longo prazo para ela também. Ela realmente não sabe que tipo de pessoa eu sou. O tipo que se torna fria rapidamente, que não demonstra sentimentos, que mantém os outros à distância. Ela não sabe que isso está no meu DNA — que sou a cópia de um homem que escolheu a música em vez das pessoas que ele amava todas as vezes, e que provavelmente vou fazer a mesma coisa um dia se tiver a chance.

Coloco as mãos em seus ombros e a afasto de mim. Quando ela me olha, vejo tudo em seus olhos. Todos os futuros possíveis. Todas as decepções inevitáveis.

Vejo minha mãe fingindo que não estava chorando nos aniversários de casamento que passou sozinha. Vejo fotos minhas em apresentações de piano, minha mãe sorridente, mas nenhum sinal do meu pai. Vejo ele chegando à cidade e sendo tão sedutor a ponto de nos fazer esquecer por quanto tempo tinha ficado fora e o quão rapidamente iria embora de novo. Vejo a mim mesma começando a faculdade daqui a alguns dias e sendo a adulta que meu pai nunca foi.

Vou escolher o caminho seguro, o caminho estável, o que eu devia ter feito desde sempre.

— Olivia — digo. — Precisamos conversar.

OLIVIA

DOMINGO DE MANHÃ

Qualquer pessoa que tenha dito que todas as decepções amorosas são iguais claramente nunca teve o coração partido por Toni Foster.

Uma onda de frieza me atinge enquanto me afasto do acampamento dela, e sinto arrepios pelos braços, embora hoje esteja ainda mais quente do que ontem. Estou tremendo, me abraçando, mas mal dando conta de me manter inteira e não despedaçar. Mando uma mensagem para Imani dizendo que preciso dela — que Toni e eu terminamos —, do mesmo jeito que sempre faço. Como manda o roteiro. Mas tudo que recebo do outro lado é o silêncio. Atordoada, perambulo de volta para meu acampamento inexistente, e não consigo nem chorar. Acho que estou em negação.

Como é possível que uma pessoa esteja tão errada todas as vezes? O que é que há de errado comigo? O que faz meu julgamento ser tão ruim e meu amor tão facilmente rejeitado?

Sou sempre eu quem afasta as pessoas. É sempre algo que faço ou digo. Não importa se estou sendo eu mesma desde o começo ou se estou interpretando uma personagem — é assim que sempre acaba para mim. Essa sou eu.

Uma inquietação familiar borbulha dentro de mim. Uma urgência de correr, ir, *fazer* alguma coisa.

Nunca vou ser igual a Nia, com suas notas e looks e relacionamentos perfeitos. Nunca vou ser o tipo de garota para quem as pessoas olham e pensam: "Nossa, ela conseguiu tudo mesmo, né?". Algumas pessoas são abandonadas e outras abandonam. Não há nenhuma dúvida em relação a qual grupo pertenço, se é que havia antes.

Passo as mãos pelo rosto e ajeito a postura. Sei exatamente que personagem preciso ser para resolver isso.

A primeira coisa a fazer é tomar um mais do que necessário banho.

Estou coberta por uma camada de sujeira depois de dois dias de suor e sujeira. Aqueles lencinhos umedecidos sugeridos pelas mensagens nos fóruns não vão ser suficientes para tirar isso. Pego meus chinelos, toalha, sabonete e vou andando até os chuveiros. Ponho algumas moedas para ativar a água e entro no banho. Limpo cada centímetro de poeira do corpo. Esfrego os braços até ficarem quase em carne viva. Faço o ritual de lavar e deixar escorrer as partes de mim que não quero mais.

Foi o que fiz com Troy, com Aaron, Jessie, Kai — e a lista continua. Enquanto lavo, tento sentir o alívio de ver a pessoa que fui neste fim de semana descendo pelo ralo, mas tudo que consigo sentir é uma tensão profunda e vibrante, como um elástico prestes a se romper. Mas conheço bem esse sentimento. Eu o acolho como um velho falso amigo. Quero me livrar dele, mas anseio pela familiaridade que provoca. Pelo menos, quando me transformo assim, sei exatamente o que esperar. Sei o que preciso perder para ganhar o que quero.

Acho que foi aí que estraguei as coisas com Toni. Era um território desconhecido. Eu tropecei. Escorreguei sem nem saber que estava escorregando. Não vai acontecer de novo.

Fico no chuveiro até a água esfriar, e então fico mais um pouco. Desligo a água, e o contato da toalha com meu corpo machuca um pouco depois de tanto esfregar. Volto para o acampamento e me visto no banco de trás do carro. Levo um tempo excessivo passando maquiagem diante do espelho retrovisor. Vou usar esse uniforme como se fosse uma armadura.

Vou pedir desculpas a Toni. Não sei exatamente pelo que vou pedir desculpas, mas não é como se nunca tivesse feito isso antes. Posso pedir desculpas por qualquer que tenha sido o motivo para ela se afastar hoje de manhã. Posso recuar um pouquinho, posso ser um pouquinho diferente, guardar as partes de mim que foram demais para ela.

Não posso consertar a mim mesma, mas posso consertar *isso*.

Não quero mais me sentir assim. Eu me preparo. Visto minha nova pele.

Vou andando para o acampamento de Toni e Peter.

— Olivia.

Peter está encostado na caminhonete quando chego. Seu cabelo está molhado e bagunçado como se também tivesse acabado de tomar banho, mas está vestido do mesmo jeito de sempre: tênis Vans preto sujo, algo que era uma calça skinny e virou um short e uma camiseta cropped tie-dye azul e verde do Bowie.

— Toni não está aqui — diz ele.

Meu coração para por um segundo. Claro que Toni não está mais aqui. Ela já deve ter ido para o Core viver a vida. Mas Peter devia ter ido com ela. Percebo que sua voz não está tão entusiasmada como sempre.

— O que houve? — pergunto, tentando manter um tom neutro.

Ele levanta o telefone e balança.

— Imani está bem irritada pela forma como me comportei ontem. Me mandou uma mensagem dizendo que vocês iam embora e que eu não devia mais entrar em contato... Sabe como é. — Ele desliza pela lateral da caminhonete e se senta na grama. Olha para mim com a expressão fechada. — Aliás, ouvi sua conversa com a T hoje mais cedo. Sinto muito.

Considero isso um sinal para me sentar ao lado dele. Se eu já não tivesse sido dispensada em um carro alegórico no meio da parada de volta às aulas, na frente de todos os representantes de turma do segundo ano, até teria ficado mais envergonhada por ter sido dispensada com alguém ouvindo. De tantos términos, sinto que já devo ter ultrapassado direto a fase da humilhação, porque só consigo dizer:

— Vim aqui para conquistar ela de volta.

Peter solta uma bufada. Olha para o telefone, mas não diz nada por um longo tempo.

— Às vezes, a melhor coisa que a gente pode fazer é dar espaço às pessoas, sabe? — solta ele, dando de ombros. — Dizer adeus pode ser a resposta certa, mesmo que você não sinta que é.

Peter, que a conhece melhor do que ninguém, está dizendo que acabou.

Sinto meu peito apertar de uma maneira conhecida, a pior possível. Sei bem como é quando alguém te diz para desistir. Quando alguém te diz que nunca vai rolar, que é hora de seguir em frente, que você não era boa o suficiente desde o começo. Quero correr. Quero fazer alguma coisa imprudente. Quero afastar esse sentimento.

Abro e fecho os punhos, tentando me estabilizar. Tento desacelerar meus pensamentos, mas não consigo. Eles não param. Tudo está se movendo muito rápido.

Peter passa as mãos pelo cabelo de novo. Sei que é um hábito nervoso, mas penso distraidamente no quanto aquilo o faz parecer com o gatinho da vez do Twitter. Peter, com seu sorriso largo, os olhinhos de cachorro, as emoções sempre comandando tudo. Ele é... bonitinho. Faço uma lista das qualidades de Peter sem nem mesmo me dar conta. Ele é inteligente — inteligente o suficiente para acompanhar Imani, inclusive. Engraçado. Legal. E, acima de tudo, ele é transparente.

Não existem joguinhos com Peter. Você sempre sabe exatamente o que ele está sentindo. Se ele te quiser, você vai saber — vai se tornar o sol no sistema solar dele.

E, de repente, minha postura se ajusta. Minha visão parece mais aguçada, renovada. Isso é bem familiar também. Mais familiar até do que a rejeição. Aquilo toma conta de mim com tamanha rapidez que quase nem percebo o que está acontecendo.

— Então, Peter — começo, colocando gentilmente a mão no braço dele, que está apoiado em seu colo. O tom da minha voz é um pouco mais agudo, bem de leve, só o suficiente. — Me lembra aqui, qual você disse que foi o problema no show do Odd Ones ontem?

Ele se ilumina imediatamente. Seus olhos brilham e se fixam nos meus. Está entusiasmado e, onde há entusiasmo, há possibilidade.

Não sei por quanto tempo ficamos ali um ao lado do outro, falando sobre assuntos sobre os quais eu não me importo, mas nos quais me permito mergulhar. Eu me permito ser invadida por eles. Todas as vezes que ele não desfaz o contato visual comigo enquanto estou falando ou ri de algo que digo, sinto a mesma energia que costumava aparecer quando encontrava um novo alvo. O nó no meu peito começa a afrouxar.

Estamos apoiados na caminhonete, o braço de Peter encostado no meu, e consigo sentir como o sol aquece sua pele. Ele cai na risada com alguma piada que mal percebi que fiz, e bate com o ombro no meu de propósito. Eu me lembro dele dizendo que pop punk era seu gênero musical favorito, então desencavo tudo que sei a respeito.

Cito shows underground a que assisti de artistas novatos de pop punk do Meio-Oeste. Falo de algo que tirei de um artigo sobre o Fall Out Boy, sobre como eles se venderam depois do terceiro álbum, mas digo com tanta autoridade que faz parecer que realmente me importo. Como se eu tivesse ouvido a banda religiosamente por anos, embora nem consiga citar uma música deles a não ser "Dance, dance", e isso só porque as pessoas usaram num desafio de dança no Confidential ano passado.

Sentar ao lado de Peter — e construir para ele essa narrativa de que Olivia Brooks é uma princesa do pop punk — é como pegar um instrumento depois de um tempo longe. Só preciso de alguns minutos de prática e logo estou tocando como uma profissional de novo.

Isso é bom, digo a mim mesma. É agradável. Peter é um cara legal. Não sei por que Imani não agarrou sua chance com ele neste fim de semana. Peter é engraçado e inteligente e bonito e inofensivo. Ele é ótimo.

Ele é o tipo de pessoa com quem eu deveria estar. Passei o fim de semana inteiro com Toni quando talvez fosse isto aqui que eu devia ter feito. Peter não me dispensaria logo depois de eu ter confessado todo o meu passado triste para ele, ainda que tivesse me dito que eu merecia mais. Peter não me afastaria porque daria muito trabalho me conhecer melhor depois do festival.

Achei um lugar seguro para aterrissar.

DOMINGO DE MANHÃ

Se eu ficar pensando na expressão de Olivia quando eu disse a ela que não podia mais fazer isso, tenho certeza de que vou desmoronar. Tento bloquear esse sentimento. Faço o que sempre fiz: abraço a sensação de entorpecimento que vem quando estou sozinha em momentos em que não gostaria de estar.

Resolvo dar uma volta. Não sei para onde estou indo ou quanto tempo vou ter que ficar andando até alguém enfim nos dar notícias sobre o que vai acontecer hoje — se o festival vai ser completamente cancelado ou se vão tentar salvar o que restou —, então decido apenas ir. Enquanto caminho pela área de camping, sou atingida pela onda de nostalgia mais forte que já senti.

Não importa o que aconteça, esse lugar nunca mais vai ser o mesmo. Os totens iluminados com fotos das cabeças de alguns personagens de TV favoritos, os acampamentos decorados como se fossem resorts cinco estrelas, o espaço na frente do palco onde me sentei nos ombros do meu pai pela primeira vez para ver um show — não tem volta. É bem provável que haja uma edição do Farmland ano que vem, claro, mas esse lugar nunca mais vai ser exatamente o mesmo. O Farmland é o lugar onde achei que poderia perder a vida, e onde acabei perdendo Olivia.

Já não é mais o meu lugar seguro e confortável afastado do resto do mundo. Na verdade, provavelmente nunca foi. Mas agora é impossível de ignorar.

Quando chego perto do Core, o celular que estava completamente morto desde ontem — todo mundo tentando ligar e mandar mensagem ao mesmo tempo acabou fazendo a conexão cair — começa a apitar com muitas notificações. Preciso me forçar a não procurar para ver se alguma dessas mensagens é de Olivia. Acho que só de ver o nome dela agora eu já desabaria. A primeira que abro é do aplicativo oficial do Farmland: o festival não terminou. O segurança pessoal de um dos artistas acidentalmente deixou a arma destravada e ela disparou no chão. Ninguém ficou gravemente ferido, embora tenha havido alguns ferimentos mais leves por causa do tumulto.

Solto um longo suspiro. A mensagem diz que o último dia não está cancelado, mas as medidas de segurança serão intensificadas. As filas na entrada serão mais longas, então precisamos chegar mais cedo para conseguir ver os shows.

Tem mais uma mensagem, coisas sobre os Farmers serem mais fortes juntos, sobre termos a capacidade de superar tudo, mas não leio. Eu me sento onde estou, num trecho de grama perto da entrada do Core. Há vários Farmers andando por ali; alguns parecem estar desmontando o acampamento para ir embora mais tarde e outros já estão indo agora — entendo perfeitamente as duas decisões.

Mas, de onde estou, vejo também muita gente arrumada e pronta para o dia. Não estão arrumando as malas, não estão indo embora, estão apenas sentados em seus acampamentos tomando café como se nada tivesse acontecido. Aquela normalidade me faz ser tomada por um sentimento de tristeza. Eles estão agindo normalmente porque sustos como esses *são* normais. Nós tivemos sorte. Na maioria das vezes não é assim.

Quando percebo que o celular tem sinal, ligo para minha mãe sem olhar as outras mensagens.

— Oi, mãe. — Minha voz está meio trêmula quando falo, então tento de novo. — Bom dia.

— Antonia, quero que você venha pra casa agora — diz ela, sem nem me cumprimentar. Consigo ouvi-la se mexendo do outro lado da linha, sem dúvida na cozinha limpando a bancada até conseguir ver o próprio reflexo. É o que ela faz quando está estressada. — Não consegui falar com você a noite inteira e hoje acordei com notificações da CNN, *Billboard* e *Rolling Stone* dizendo que alguém levou uma arma para o festival?

Claro que as notificações chegaram para ela antes que eu conseguisse ligar. Ela deve estar lendo notícias incompletas e morrendo de preocupação desde ontem à noite. Fecho os olhos e penso como deve ter sido isso para ela. Sem querer, causei à minha mãe o mesmo tipo de estresse que meu pai causava, e isso era a última coisa que eu queria.

— Toni, você está aí? Está me ouvindo? Quero que você venha pra casa, está bem, amor?

É o som daquele *amor* que me faz querer chorar. Então eu choro. Pela primeira vez desde que meu pai morreu, choro daquele jeito que seria vergonhoso se eu não estivesse tão esgotada.

Nada está sendo como deveria. Nem este ano, nem este festival, nem o que vai acontecer nos próximos meses. Não tenho a menor ideia do que fazer. Não quero investir na minha paixão e magoar minha mãe, mas também não levo jeito para a faculdade. Não queria magoar Olivia a longo prazo, mas acabei magoando — e a mim mesma no processo — hoje de manhã ao terminar com ela. Não queria deixar ninguém se aproximar muito de mim, mas acabei reabrindo as feridas causadas por todas as vezes que meu pai saía de casa para mais uma turnê.

Parece que tudo o que eu faço para reduzir os danos acaba deixando as coisas ainda piores. Mas fico surpresa ao sentir o peso nos meus ombros diminuir um pouquinho enquanto soluço no telefone.

É tão libertador parar de tentar segurar tudo, parar de tentar manter a fachada da Toni Foster estoica, forte e calada que tenho fingido ser por todos esses anos.

— Toni. — A voz da minha mãe é mais suave do que o normal. É a voz que ela usa para me consolar. — Vou buscar você. Quer que eu vá até aí? Vou pegar o carro e vou aí, está bem? É só...

Eu fungo e rio um pouquinho. Porque amo minha mãe e sua postura de advogada de tentar consertar tudo entrando em ação. Mas acho que não preciso disso agora.

Eu preciso de uma resposta, uma resposta que não consegui descobrir, mesmo com todo o tempo, todos os shows e todas as noites solitárias que já tive. Uma ao redor da qual estive dançando a vida inteira.

— Não, por favor. Fica aí. Eu só... Por que o meu pai não foi pra faculdade? — Levanto os joelhos até o peito e apoio a cabeça sobre eles. — Por que você nunca disse pra ele arranjar um trabalho diferente? Uma carreira chata e normal?

A princípio, fica um silêncio do outro lado da linha, mas sei que ela está ouvindo tudo o que não estou dizendo: o que a faculdade reserva, o fato de que até esse fim de semana eu não conseguia tocar há meses, por que não consigo achar meu lugar no mundo. Mas ela não faz as perguntas certas.

— Está em dúvida sobre a faculdade? Isso é pânico de calouro? Porque podemos conversar com seu conselheiro acadêmico para encontrar um curso que combine com você.

— Não, mãe, não tem a ver com a faculdade. Tem a ver com o meu pai. Tem a ver comigo. — Respiro devagar. Não quero que ela fique preocupada. Nunca quis que ela precisasse se preocupar comigo. Mas preciso que seja sincera agora. — Tem a ver com... Como ele tinha tanta certeza de que precisava estar o tempo inteiro na estrada? De que não era para estar em casa, com a gente?

Limpo o nariz com a barra da camiseta. Ela não fala por um bom tempo.

— Não tinha nada a ver com você — começa. — Tinha a ver com... uma inquietação. — Ela respira fundo. — Seu pai nunca estava satisfeito. Estava sempre querendo algo melhor. Ele amava muito você, Toni. Mas ele tinha um vazio dentro de si que tentava sempre preencher com o que quer que houvesse na estrada. — Ela parece ter pensado muito nisso. Como se fosse difícil dizer em voz alta. Mas nós temos que fazer isso. Passamos muito tempo sem falar sobre esse assunto. — Não existe amor capaz de preencher um vazio como esse.

Penso em todas aquelas noites esperando que ele ligasse depois de um show e a decepção, de novo e de novo, até enfim aprender a não esperar mais. Até aprender a não esperar mais nada de ninguém para não me decepcionar. Eu me lembro do sentimento doído de saudade que ainda estava aqui dentro até eu me abrir para Olivia. Eu me lembro de como estar com ela me fazia sentir do mesmo jeito que as melhores músicas; como se estivesse voltando para casa.

— Você é muito mais do que nossos piores erros, meus e do seu pai, Antonia. E Deus sabe que nós cometemos muitos. — Nem respiro enquanto espero o que minha mãe vai dizer a seguir. — Você pode construir uma vida que te traga orgulho e felicidade e não se tornar o seu pai. Uma coisa não equivale à outra.

E não sei se ela está me dando permissão, ou mesmo para o que ela está me dando permissão, mas sei que é o que eu precisava ouvir.

Eu me levanto. Estava errada antes. Talvez faça sentido — minha tentativa de me afastar —, não sei. O que sei é que não importa onde eu esteja no ano que vem, quero me sentir para sempre do jeito como me senti com Olivia neste fim de semana. Talvez o amor não tenha sido o suficiente para fazer meu pai ficar, não tenha sido o suficiente para fazê-lo parar de fugir, mas pode ser o suficiente para mim.

— Como você soube que queria ser advogada? — pergunto, rapidamente.

—Além de ser sua mãe, era a única coisa que me imaginava fazendo pelo resto da vida. A única coisa que eu queria fazer todo dia — diz ela, sem pestanejar. — Escuta, você vai ficar bem? Eu estava falando sério quando disse que posso ir aí te buscar. Você não está parecendo você mesma.

Concordo com a cabeça, embora ela não possa me ver. Estou mais perto de ficar bem do que estive em quase um ano.

— Vou, mãe — respondo. Penso em Olivia, em como nós podemos dar certo se eu me permitir. Sorrio. — Acho que finalmente entendi tudo.

DOMINGO À TARDE

O sol já está alto no céu e, à nossa volta, as pessoas estão agitadas, ou voltando para casa ou curtindo o que restou do Farmland. Mas não estou prestando atenção em nada disso; estou focada no formigamento que sinto na minha pele diante da excitação de ser o foco único da atenção de alguém. Prender a atenção de outra pessoa, ter o potencial de ser desejada, nem que seja por um segundo, acalma minha inquietação.

Eu me viro para Peter com um sorrisinho tímido. Parece completamente errado para o meu rosto neste momento. Estou usando um disfarce. Odeio isso. Preciso disso.

— Tá bem, mas e o *Infinity on High*? Não é possível que você vá me dizer que *Infinity on High* não está na sua lista de três melhores discos deles! — exclama Peter.

— Você fica bonitinho quando está todo alterado assim. — Minha voz nem parece minha mesmo. Sou outra pessoa.

Ele franze as sobrancelhas.

— Hã?

— Eu disse — levo a mão ao queixo dele e viro seu rosto na minha direção — que você fica bonitinho quando está todo alterado assim.

Peter engole em seco e suas pupilas se dilatam. Ele começa a se inclinar na minha direção, e é aí que sei que consegui. Consegui fazer com que ele queira me beijar. Mas a animação que normalmente aparece nesse momento não vem. As endorfinas permanecem inativas. Se eu forçar um pouquinho mais, talvez possa reverter isso.

Chego meu rosto mais perto do dele e me movo devagar, de um jeito sedutor. Viro o queixo dele só um pouquinho até que quase...

— Espera aí, para... — A cabeça de Peter se afasta antes que nossos lábios se toquem, como se ele estivesse saindo de um transe, mas não foi rápido o suficiente.

— Olivia? — diz uma voz à minha direita.

Sinto um soco no estômago.

— Ah, meu Deus — diz uma voz à esquerda de Peter.

Ele olha para trás e imediatamente se levanta. Eu trinco os dentes.

Não preciso olhar para saber de quem são as vozes. Na verdade, tudo o que menos quero fazer agora é olhar. Mas Peter corre na direção dela e sei que isso vai ter que acontecer.

— Toni, isso não é... Espere um minuto! — grita ele.

Eu me levanto e vejo as costas de Toni enquanto ela se afasta e Imani corre na direção oposta. O zumbido no meu ouvido se intensifica até eu não ouvir mais nada. Minha mãe em lágrimas, "Por que você não pode ser mais como a sua irmã, Olivia?". A voz de Troy sussurrando no meu ouvido naquela primeira festa, "Se gostasse mesmo de mim, você faria". O monólogo constante na minha cabeça que diz "Você não é suficiente. Nunca vai ser suficiente".

Mas um pensamento se mantém firme depois que todos os outros passam: "Eu estrago tudo que toco".

Nem é realmente uma escolha ir atrás de Imani ou Toni. Toni já decidiu que não vale a pena ficar comigo, mas Imani é minha melhor amiga. Imani tem que me perdoar.

— Imani, por favor. Espera!

Corro para tentar alcançá-la. Ela já conseguiu andar quase metade do caminho até o Core desde que saiu correndo.

Eu sei que não devia ter dado em cima de Peter, principalmente porque disse a ela que não ia nem piscar para ninguém neste fim de semana. Prometi a ela um fim de semana de melhores amigas e não cumpri. Ela tem toda razão de estar um pouco irritada comigo por isso. Eu mereço.

Mas não é como se *ela* quisesse ficar com o Peter — ela mesma disse isso a ele. Então não pode ficar irritada por eu ter beijado ele. Ou quase beijado. Enfim.

Pelo menos com Imani existe a possibilidade de pedir desculpas, de conversar sobre o assunto. Afinal, não é como se nós duas nunca tivéssemos brigado antes. Com Toni, por outro lado, está claro que já era. Não há mais esperanças ali. Já estava difícil antes desse lance com Peter, mas algumas coisas são demais para ignorar.

Beijar o melhor amigo de alguém, mesmo que tenha ficado só no quase, é o tipo de coisa que não tem volta.

E talvez eu tenha feito exatamente por isso. Assim como é melhor não trocar o certo pelo duvidoso, talvez seja melhor não trocar a solidão que você mesma escolhe para si por uma imposta pelos outros.

— Peter disse que você dispensou ele. — Paro na frente dela e levanto as mãos para que pare também. Só essa corridinha já me deixou meio sem fôlego, então uso um jato do inalador antes de continuar. — Eu nunca tentaria e, na verdade, nem conseguiria roubar um cara de você. Sei que isso não melhora muito as coisas, mas...

— Você acha que isso tem a ver com um cara que mal conheço? — A voz de Imani é dura como aço, uma voz que ela usa para xingar os meus ex-casos no corredor ou quando quer que algum gerente de restaurante leve a sério seu pedido de reembolso por causa de um frango que não cozinharam direito. Ela nunca usa essa voz comigo. — Claro que você acha. Porque é assim que funciona sua mente, sempre correndo atrás de um novo objeto de paixão. Você não se importa com o gênero, não se importa se vocês têm algo em comum, nem com seu próprio bem-estar. Você não se importa com nada, não é?

— Uau. Hum.

Ouvir isso tão abertamente é como levar um soco no estômago.

Eu sempre soube que Imani não concordava com muitas das minhas decisões — ela efetivamente me avisou que a maioria delas não era uma boa ideia —, mas não achava que ela tinha uma opinião tão ruim sobre mim. Como se eu fosse uma caricatura da bissexual confusa, que pula de pessoa para pessoa simplesmente porque não consegue se decidir. É algo que minha mãe diria, ou Nia, mas nunca minha melhor amiga.

— Isso é meio maldoso, Mani.

Contraio os dedos e tento fugir da confusão dentro da minha cabeça.

Quando viemos para o Farmland, eu prometi a Imani que não ia repetir algo que já fiz com ela — não ia largá-la sozinha. E não fiz isso. Enquanto eu estava com Toni, ela estava se divertindo com Peter! Ela estava feliz... Eu achei.

Eu me lembro da primeira noite, quando ele apagou no meu saco de dormir. Parecia que eles estavam curtindo juntos. Eles gostam do mesmo tipo de música e, numa mesma conversa, podem facilmente ir da história da Pop Top até a ciência da fotoluminescência ou o guaxinim de estimação do Calvin Coolidge. Como eu poderia adivinhar que, além de não estar interessada nele, ela ainda sentiu como se eu a tivesse leiloado para poder correr em direção ao pôr do sol com Toni?

Ela faz um movimento para trás como se eu tivesse dado um tapa nela.

— Maldoso?

— Sim, *maldoso*. — Cruzo os braços e ajeito a postura. Se eu fingir que estou confiante, talvez me sinta assim por dentro também. — E você está sendo meio bifóbica também. Não é porque minha sexualidade é mais fluida do que a de outras pessoas que...

— Nesse momento você não tem nenhum direito de me dar sermão — diz ela, irritada.

— Olha, podemos só fazer as pazes, por favor? Estou tendo um dia horrível e só quero chorar e comer um taco daquela barraquinha do Core.

O rosto de Imani muda tão depressa para uma expressão de indignação que até dou um passo para trás por instinto. Sinto um aperto no estômago.

— Como assim isso é sobre você mais uma vez?

— O que... O que você quer dizer? — Já sinto as lágrimas se formando e prontas para cair no rosto.

— Exatamente o que eu disse, Olivia. Cada pessoa na sua vida funciona apenas como mais um espelho num parque de diversões, que por um tempinho mostra para você uma versão sua diferente e mais divertida. — Ela deixa os braços caírem ao lado do corpo. — Tudo é sempre sobre você. *Seus* sentimentos. *Sua* dor de cotovelo. Como posso usar essa pessoa para me sentir melhor comigo mesma por quinze minutos até ficar entediada, ser largada e seguir em frente? Lava, enxágua e repete.

Quero discutir, dizer que não é bem assim, que nunca pensei nela como um instrumento com uma finalidade específica. Mas talvez ela esteja certa. Talvez algo nesse discurso seja verdade. Talvez eu seja o problema, mas não da maneira que pensava. Minha mente na mesma hora se lembra de Troy, e sinto que estou respirando por um canudinho.

— A história do Troy é diferente — diz ela, sempre ligada no que estou pensando, até nesse momento. — Você não merecia aquilo. Ninguém merece.

Fica um silêncio por um momento. Pelo menos o silêncio possível dentro de um festival de música.

— É que... Você não é uma personagem de filme, sabe? Você é uma garota de verdade. Não acontece uma montagem musical quando você compra roupas novas e de repente tudo muda. Essa é a sua vida. Você é quem você é. — Ela põe os óculos escuros na cabeça e aperta os olhos com as mãos. Então completa, sem olhar para mim: — Seu problema não é ser exagerada demais ou seja lá o que você acha que afasta as pessoas. As pessoas com quem você sai é que são umas idiotas. Seu problema é que você é egoísta.

— Imani, me des...

Ela olha para mim rapidamente, seus olhos um pouco mais do que marejados.

— Desculpa? Você devia ter dito isso no dia em que eu tinha ingressos para assistir a minha banda favorita e, em vez de ver o show, tive que ir te consolar em mais uma crise porque você *realmente achava que Aaron era a pessoa certa e agora ia ficar sozinha pra sempre.*

— Mas você disse...

Ela revira os olhos.

— Você realmente acreditou que eu, de todas as pessoas, ia cometer o erro de comprar ingressos falsos? Eu disse aquilo porque me fazia parecer menos patética do que a verdade.

Ela fecha os punhos, e por um segundo eu desejo que simplesmente me dê um soco, ou algo assim. Vamos resolver essa situação logo, tirar esse negócio do caminho, porque qualquer coisa seria melhor do que isso aqui. Isso machuca mais do que corte de papel, e ela obviamente ainda não terminou. Agora que está falando, consigo ver tudo nitidamente. Fiz isso tantas vezes ao longo da nossa amizade, que ela provavelmente poderia continuar falando para sempre.

— E que tal aquela vez em que você me fez ir a Chicago para te ajudar a superar um término e me largou sozinha num porão sujo, depois de ver o show de uma banda horrível, com um monte de caras sinistros tentando passar a mão em mim, durante *quatro horas* sem me dizer onde estava? Enquanto isso você estava pegando o guitarrista! — O corpo dela está todo tensionado. — Eu morri de medo, Olivia. E você não conseguiu nem guardar o anel que compramos na viagem, a única parte boa do fim de semana inteiro.

Ela roda o anel prateado no dedo mindinho até sair. Não achei que ela tinha percebido que o meu havia sumido. Mas subestimei muitas coisas em relação a Imani. Ela fecha a mão com o anel dentro e continua:

— Ou a vez em que você escolheu ir atrás da *maçã* idiota de uma competição que provavelmente agora está cancelada em vez de ir na roda-gigante comigo? A única coisa que eu queria fazer nessa merda aqui. Então, não. É muito tarde pra pedir desculpas. Eu não perdoo você por isso.

Ela começa a andar sem rumo definido, apenas se afastando de mim, o que deve ser o suficiente para ela. Mas para de repente, vira e volta dois passos, apontando na minha direção.

— E sabe do que mais? Nem posso colocar a culpa em você. Isso não é sua culpa. A culpa é minha.

— Imani, não. É minha culpa, eu...

Ela continua andando, quase como se não estivesse mais falando comigo.

— Eu fiquei segurando sua mão a cada término, só pensando: "Em algum momento ela vai sacar. Vai entender o que ela significa pra mim. Da próxima vez, ela vai me escolher".

— Imani ri. — Mas você nunca ia perceber, não é?

Eu... O quê? Minha boca fica seca.

— Acho que sou apaixonada por você desde o dia em que nos conhecemos.

Sua voz fica trêmula, e é demais para mim. Imani não chora, nunca. E é tão horrível, tudo isso, essa confusão péssima. Porque eu também a amei desde aquele primeiro dia na aula de Geometria, quando ela levantou o braço e respondeu à primeira pergunta com uma certeza tão grande que eu soube que ela era o tipo de pessoa certa para me aproximar. Era tão esperta, tão consistente, e tem sido assim desde então.

Eu só não a amo do mesmo jeito que ela me ama. Ou amava, no pretérito agora, com certeza.

Estamos paradas no meio da pista de cascalho, e um sedã azul passa fazendo barulho atrás de nós, tentando sair. Chegamos para o lado e vamos para a grama, e Imani não desconta mais nada em mim. Ela fica quieta por mais um tempo. E eu não sei o que dizer. Então ficamos as duas olhando uma para outra até que sua voz calma aparece.

— Eu vim dizer pra você que decidi ficar para assistir ao Kittredge. — Eu me aproximo para tentar segurá-la de alguma forma. Como se Imani talvez não fosse me deixar se eu pudesse me apoiar nela por mais um segundo. Ela afasta o braço quando chego mais perto. — Não — começa como uma bronca. — Não toque em mim, ok?

Ela fecha os olhos e vira o rosto para o céu. Está ficando nublado, o clima captando o momento, como nos maiores clichês de todos os clichês de filmes. Mais uma cena de término na minha vida, com direito a desastre. Meu Deus, sou um dramalhão ambulante.

— Assim que acabar o show do Kittredge, eu vou embora. — Imani seca as bochechas. — Não vou perder o show da minha banda favorita de novo por sua causa.

Ela não espera minha resposta. Simplesmente sai andando, abre a mão e deixa o anel cair na terra. E é nesse momento, com o anel barato que significava tanto para ela a ponto de usá-lo todos os dias por um ano sendo jogado fora como lixo, que eu desmorono.

Soluço em meio ao choro conforme ela se afasta sem um rumo específico, me deixando para trás com todas as coisas que não consegui dizer. Todas as minhas desculpas e explicações são um amontoado confuso que não sei nem como colocar em palavras.

Não volto para o acampamento e nem vou atrás dela no Core. Sento exatamente onde estou, na grama, e fico olhando os Farmers voltando para os acampamentos, e as pessoas que já arrumaram as malas se preparando para ir embora. Pego o anel no chão, tento limpá-lo na barra do vestido e ponho no meu próprio dedo.

Imani me conhece melhor do que ninguém, e eu deveria conhecê-la tão bem quanto. Então como foi que eu consegui não ver todos os sinais luminosos e gritantes bem na minha cara de que ela sentia algo por mim nos últimos três anos? Enquanto estava absorta na ideia de encontrar A Pessoa Certa — ou só A Pessoa, dependendo do dia —, eu enfiava uma faca cada vez mais fundo no coração da minha melhor amiga. Fiz com que tudo fosse sobre mim, suguei todo o ar de cada cômodo que compartilhamos.

Ela tinha razão em estar irritada comigo. Furiosa, na verdade. Eu saí no lucro, até, depois de tudo o que fiz nos últimos anos. Imani foi a melhor amiga que eu podia ter, esteve presente em todos os momentos em que precisei. Mas eu nunca fiz o mesmo por ela, do jeito que deveria.

Eu estava errada. Quando Toni disse todas aquelas coisas sobre o que eu merecia e o que deveria aceitar, era porque ela não estava vendo a minha versão que as pessoas que me conhecem melhor veem. A versão que Imani vê, a versão que minha mãe e Nia veem. Ela não poderia.

Eu devia ser uma mestra no amor; devia saber mais do que todo mundo sobre isso. Mas se amar realmente significa estar presente, eu não consegui fazer nem isso.

Olho para a tela do celular sem nenhuma mensagem. Ninguém está pensando em mim o suficiente para me escrever, nem mesmo os trolls do Confidential.

Estou verdadeiramente sozinha.

Exatamente como mereço.

DOMINGO À TARDE

Quando vejo Peter e Olivia tão próximos, praticamente se beijando, só sinto o impacto dos destroços.

Está tudo terminado entre mim e Olivia. Meu melhor amigo me traiu. O Farmland acabou.

Saio correndo do acampamento, o mais rápido que já corri na vida. Eu me escondo atrás de um motorhome para despistar Peter, que vem atrás de mim gritando, e depois continuo sem me preocupar em tê-lo no meu encalço. Não quero ouvir nada do que ele vá me dizer agora. Nada que ele diga pode afastar o que estou sentindo.

Começa como um buraco, um vazio barulhento mostrando que talvez nunca tenha havido nada mesmo ali. Talvez eu não estivesse fingindo ser uma rainha de gelo, talvez o fingimento tenha sido apenas quando achei que poderia ser capaz de amar alguém. Capaz de deixar alguém se aproximar. Mas continuo andando. E continuo andando. E, a cada passo, esse vazio evolui, muda, e vai enchendo e enchendo até que estou transbordando com alguma outra coisa, algo que não vou conseguir controlar.

Estou com raiva. De repente, estou com uma raiva tão louca e avassaladora que minha visão fica turva. Minhas mãos suam. Paro onde estou, sem nem pensar nos Farmers que vêm andando atrás de mim a caminho do Core, e tento me recompor. Mas não consigo.

Como essa garota ousa sorrir para mim, ficar por perto mesmo depois de eu tentar enxotá-la, e falar, falar, falar e falar até conseguir quebrar todas as minhas barreiras? Como ela ousa ser engraçada e aberta e rir como se eu fosse mais do que um projeto de pessoa, como se realmente se importasse comigo? Como ousa ser tudo que eu não sabia que queria, mudar a forma como vejo a mim mesma, me fazer querer ser mais honesta, mais aberta, mais ousada, mais, mais, mais?

Como posso ter me apaixonado por ela, sabendo o que sei sobre o que o amor faz com a gente?

Como posso ser tão idiota?

Ando na direção dos portões de segurança que dão acesso ao Core e, enquanto caminho, os momentos que culminaram nisso passam em sequência pela minha cabeça como se fossem as polaroides de Olivia. Flashes de memórias, congelados no tempo. Olivia dançando na grama no show do Odd Ones. Peter com a língua de fora perto do galpão de apresentações Goldspur. Imani e Olivia abraçadas na fila para pegar água ontem. Tudo nessas memórias agora tem um ar de quietude. De ingenuidade.

Quando chego à fila da segurança do lado de fora do Core, o festival está ganhando vida novamente. Tem gente indo e voltando dos chuveiros, outros dedilhando os violões do lado de fora das barracas. As pessoas não estão tão à vontade quanto antes. Não se cumprimentam, não sorriem uns para os outros tão abertamente. Todo mundo na fila está nervoso e calado. Um cara com blusa florida põe a mão no bolso para pegar o telefone e a mulher ao lado dele se assusta, e depois fica com vergonha pela reação.

Levo cerca de meia hora para passar pela segurança, mas não ligo. A monotonia do processo é uma distração bem-vinda.

Não sei para onde estou indo até que chego lá e fico parada diante dele. O palco Granny Smith se agiganta à minha frente, silencioso. Mais tarde, o Kittredge vai tocar aqui na frente de dezenas de milhares de Farmers e fãs barulhentos. Há vinte anos, meu pai tocou aqui com o Red Hot Chili Peppers depois de ganhar o Golden Apple.

Uso a barra da camiseta para secar os olhos. Não estou chorando copiosamente, só algumas lágrimas, mas já é demais.

Fico imaginando quem será que ganhou o Golden Apple, ou se ainda vão manter o concurso. Talvez isso também tenha sido apagado pelos eventos de ontem. Não quero pensar em ir embora nem em ficar presa por oito horas num carro com Peter, a última pessoa que jamais imaginei que me trairia desse jeito, mas também não aguento ficar aqui por muito mais tempo. Quando formos embora desse lugar, vou deixar todas as memórias que ele me traz. Não quero mais nada com elas.

Meu telefone toca no bolso, e não consigo evitar uma esperança de que seja Olivia. Eu me odeio por pensar nisso. É um número desconhecido, então atendo por curiosidade.

— Alô?

— Toni Jackson. Como você está? — é a voz rouca de tenor de Davey Mack do outro lado da linha. Meu coração acelera ao ouvi-la.

Nunca falei com ele antes — nunca tive motivo para isso —, mas conheço muito bem a voz de várias entrevistas e das músicas do Kittredge no rádio. Faz anos desde que o vi pessoalmente. Talvez desde que a banda tocou no Lollapalooza, três anos atrás, quando minha mãe me levou até Chicago para encontrar meu pai e vi o show dos bastidores.

— Davey Mack. — Solto um suspiro. Tento parecer o mais tranquila possível. Embora ele tenha sido parte do meu universo por anos, de certa forma, por causa do meu pai, a gente não se conhece. E ele ainda é um dos maiores astros do mundo. — Tudo... tudo bem?

— Bom, queria dizer pessoalmente que você foi ótima no Golden Apple ontem — diz ele. — Você e Olivia foram especiais. Uma dupla incrível. Ela está aí? Tenho boas notícias pra vocês.

Eu me encolho.

— Não, hum, não. É, não, ela não está.

— Ah, que droga! Queria pegar vocês duas no mesmo lugar. Bom, então você conta pra ela, está bem? Adoraria que vocês tocassem com a gente hoje, se quiserem.

Tenho quase certeza de que parei de falar e até de respirar. Ele diz mais algumas gentilezas, coisas legais sobre meu talento e aonde devemos ir mais tarde, mas a ligação logo termina. Ele fala comigo de um jeito amigável, mas não há qualquer indício de que saiba quem eu sou ou, melhor, de quem eu sou filha. É isso. Eu consegui. Ganhei o Golden Apple. E me sinto ainda melhor em saber que fiz isso sem recorrer de nenhuma forma à relação do meu pai com a banda.

Depois de desligar, embora eu vá negar se alguém me perguntar se aconteceu, eu grito. Grito muito alto, um grito agudo que chega a ser vergonhoso. Não consigo nem conceber o que isso significa. Eu vou tocar, no palco, durante o show principal do Kittredge hoje à noite. Meu nome vai estar naquela placa ridiculamente enorme na entrada, a mesma na qual o nome do meu pai foi escrito há vinte anos. Isso é inacreditável. Tenho que ligar para Oli...

Meu coração para. Quero ligar para Olivia, comemorar com ela — agradecê-la por ter me ajudado a conseguir. Mas é claro que não posso. Não tenho coragem de comemorar essa vitória com ela, e com certeza não consigo tocar com ela hoje. Não estamos nem nos falando. E agora que ela e Peter são seja lá o que forem, não sei se ela vai querer, mesmo se eu considerasse.

Qual é o lado bom da música se você não pode compartilhá-la justamente com a pessoa que te faz ter vontade de cantar?

OLIVIA

DOMINGO À TARDE

Caminho de volta e me jogo no lugar onde antes ficava nosso acampamento.

A única coisa que Imani ainda não guardou no carro é a minha mala. É tão agressivo, sua mensagem tão clara, que não aguento; começo a chorar de novo.

Eu achava que as minhas dores e o modo como eu amava e desejava ser amada de volta eram tão singulares que mereciam ocupar espaço não apenas na minha vida, mas na dela também. E isso não é amar alguém. Eu arruinei tudo com a minha melhor amiga e destrocei qualquer chance de fazer as pazes com Toni — destruí dois relacionamentos em uma tacada só. É um recorde pessoal.

A angústia no meu peito é diferente de tudo o que já senti depois de um término. É mais profundo, algo que parece ir até meus ossos, o tipo de mágoa que não pode ser resolvida com sorvete e maratona de filmes. Isso eram Band-Aids para curar minhas mágoas superficiais. Mas não sei o que fazer com algo assim, tão entranhado. Não sei como me recuperar de algo assim.

Abro a pochete para pegar o inalador, porque chorar sempre ataca a minha asma. Minha mão toca nas pontinhas das polaroides ali dentro. Pego as fotos e as espalho diante de mim, na grama.

Enquanto vou olhando todas elas, me ocorre que a quinta maçã ainda está em algum lugar por aí. Se parar para pensar que passei o fim de semana correndo atrás disso, ganhar o carro acabou virando uma coisa tão insignificante diante de tudo o que aconteceu que quase tinha esquecido de sua existência. Assim, é claro que ganhar seria legal, mas não há mais qualquer urgência.

Ainda assim, por curiosidade, dou uma olhada no perfil e na hashtag para ver se alguém achou a última maçã. Tem um tempinho desde que olhei a página do @EncontradoNoFarmland e, quando a abro, depois da última pista, vejo que há vários quadrados pretos com o texto "Não Há Lugar para o Medo no Farmland".

O clima alegre e despreocupado do perfil — com fotos de Farmers sorridentes na cabine da Fiat no Core entre uma pista e outra — não existe mais. Parece que enquanto eu estava ocupada estragando tudo de bom que ainda existia na minha vida, alguém estava fazendo a mesma coisa com esse espaço de alegria e comunidade.

Quando saio do Instagram, decido fazer uma varredura geral nas redes sociais. Não sei o que me compele a checar o Confidential. A parte racional do meu cérebro diz para evitar o site com todas as forças. Mas, neste momento, não consigo evitar. É quase uma compulsão, um velho hábito que achei que já tinha perdido, fazer login e olhar minha conta.

Acho que vou encontrar mensagens dos trolls de sempre, mas, em vez disso, há apenas uma notificação: mensagens diretas de @KMitch03. Mexo de forma nervosa o anel de Imani no meu mindinho, como se a mania ansiosa dela tivesse passado para mim.

Fez sentido quando vi que Troy tinha começado a ficar com Kayla apenas duas semanas depois que terminamos. O rosto dela poderia estar estampado na capa da Bíblia da Boa Moça, com qualidades que iam de rainha do baile ao campeonato de tênis que a Park Meade ganhou graças a ela. Kayla fazia boas escolhas, sempre a coisa certa. Nunca faria algo idiota como eu fiz. E, se fizesse, Troy nunca a trairia dessa maneira.

Esse tipo de coisa não acontece com Boas Moças. Fecho os olhos por um momento antes de abrir a mensagem, tentando me preparar. O que quer que ela tenha a dizer para mim, sobre mim, eu posso aguentar. Não vou usar isso como combustível para minha próxima decisão ruim. Desta vez, não vou tacar fogo na minha vida só para ressurgir das cinzas como algo diferente, do jeito que Imani disse. Não vale a pena. Não quando o preço disso é perder as pessoas sem as quais eu não imagino minha vida.

De **@KMitch03** para **@OliviaTwist**

> Ei, sei que a gente não é amiga nem nada, mas vc é a única pessoa que acho que vai entender e eu n sabia mais o que fazer

Minha respiração acelera ao ler a primeira mensagem, desta vez por um motivo bem diferente do anterior. Além de

Troy, Kayla e eu não temos mais nada em comum, nem nunca tivemos.

> Sabe aquilo que vc disse que ele fez?
> Eu sei q ele fez

Aperto o celular com tanta força que é capaz de o plástico da capinha quebrar entre os meus dedos. Posso sentir o suor começando a escorrer na parte de trás do cabelo.

> Ele me pediu pra mandar umas fotos umas semanas atrás, e eu não queria pq sei o q pode rolar nesses casos, e você obviamente tb sabe. Mas estamos juntos há seis meses, então mandei. Cortei meu rosto, mas ainda assim, sabe?

> Descobri que ele dormiu com Amelia Myers 🤮 no luau dos formandos semana passada e tentei terminar com ele. E quando disse que pra mim estava tudo acabado, ele disse que eu não podia terminar com ele porque senão "todo mundo ia saber o que eu fiz"

> Não quero ferrar com minhas chances em Stanford, então não quero fazer nada mais para irritar ele

Não é possível. Não tenho nenhuma razão para achar que Kayla inventaria isso tudo — assim, que motivo ela teria para se colocar no mesmo lugar que eu, a não ser que fosse verdade? Mas, de qualquer maneira, estou tendo dificuldades para compreender. Como é possível que algo assim aconteça a alguém como ela? Uma pessoa perfeita, inteligente, o par ideal para Troy e o estilo de vida dele?

Assim que saíram as notícias, minha mãe deixou bastante claro que ela preferia varrer o que aconteceu para baixo do tapete a arriscar perder o emprego. Nia não escondeu de ninguém sua opinião de que se eu não tivesse feito algo tão irresponsável, não teria envergonhado a família daquela maneira.

Então eu cedi, fiz algo no meio do caminho entre deixar para lá completamente e tomar medidas legais. Achei que isso abafaria as coisas, talvez ficasse tudo menos confuso. Deixei nas mãos da escola. Deixei que eles marcassem a data para uma audiência judicial e assisti a eles adiarem para outra data, várias e várias vezes, durante meses. Até que chegamos ao fim do segundo ano, Troy já estava sendo disputado pela Duke, pela Universidade da Carolina do Norte e pela Universidade Estadual de Ohio, e minha mãe mal falava comigo desde o dia em que Troy postou as fotos. Não havia uma resolução, nem nunca haveria. Porque ninguém se importava com garotas como eu.

Mesmo que eles não dissessem com todas as letras, eu sabia a verdade: não há nada a ser feito com garotas negras que não "se dão ao respeito", não são fáceis de entender e nem são as melhores em tudo. Nós somos descartáveis.

Todo esse tempo, as pessoas me disseram que eu merecia o que tinha acontecido comigo. Que eu era exagerada, eu mesma demais para merecer o mesmo tipo de amor e respeito destinado a garotas como Kayla. Mas, já que o que ela está dizendo é verdade, então aquilo não tinha nada a ver comigo.

As palavras de Toni ontem à noite voltam de repente à minha mente, com tanta força que me pegam desprevenida. "Todo esse amor que você dá aos outros, você merece guardar um pouco para si mesma. Você vale muito."

Você vale muito.

Kayla vale muito. Eu valho muito. Toda mulher vale muito.

E enquanto garotos como Troy, que crescem e viram homens com poder demais e ego demais, não responderem por suas ações, isso vai continuar acontecendo. Não sei o que vou dizer na audiência judicial na sexta-feira, mas sei de uma coisa: eu valho mais do que a habilidade de Troy de ganhar mais um campeonato estadual para a Park Meade.

Já estou digitando a mensagem de resposta quando duas outras aparecem.

> Não sei se você ainda vai voltar pra Park Meade, sei lá, alguém disse que você ia mudar pra Ardsley? O que, aliás, eca

> Enfim. Seja lá o que vc for fazer, só por favor ferra ele. Pra sempre

Saio do Confidential e abro o aplicativo da câmera. Talvez eu não consiga consertar o que aconteceu entre mim e Imani, talvez não fosse mesmo para dar certo com a Toni, mas posso evitar que isso aconteça com outra garota. Posso garantir que todo mundo saiba exatamente que tipo de pessoa podre Troy é — como ele caça as garotas e usa nossos corpos como instrumento de chantagem em seu jogo de poder.

Esperar que a escola fizesse a coisa certa não funcionou, e ignorar tudo também não ajudou em nada. Não posso deixar minha vida e minha felicidade nas mãos de outras pessoas. Isso é algo que preciso fazer por conta própria.

Se as pessoas quiserem espalhar uma história, a *minha* história, então é melhor que espalhem a que eu contar. A versão que eu controlo.

Ponho os ombros para trás, ajeito o rímel e aperto gravar.

"No início do segundo ano, comecei a sair com Troy Murphy, pivô do time principal de basquete da Escola Park Meade", começo, tentando fazer minha voz parecer mais confiante do que me sinto. "Naquele outono, ele violou minha privacidade da pior maneira possível."

Conto a história inteira. Mantenho contato visual com a lente da câmera e imagino estar olhando diretamente para ele. Quero que ele me veja e entenda a gravidade do que fez. Quero que sinta medo. Eu me recuso a sentir vergonha.

Quando eu subir isso no site, vai ser o fim dos segredos. Minha mãe vai saber que não estive no retiro da igreja o fim de semana inteiro. Todo mundo na Park Meade vai saber o que Troy fez comigo, e aí cabe a eles decidirem se vão ignorar ou não. Decidirem se vão continuar apoiando alguém como ele. Esse fardo eles é que vão ter que carregar, não eu. Não posso deixar o emprego da minha mãe, a afronta dos meus colegas ou o orgulho da minha irmã me impedirem de viver a vida que mereço. Mesmo que as pessoas que deviam ter feito isso não tenham me defendido quando mais precisei, eu mesma posso me defender.

Abro o Confidential.

E, antes que eu mude de ideia, aperto enviar.

DOMINGO À TARDE

Meu celular começa a vibrar no bolso de trás e penso em ignorá-lo. Quando olho a tela, destravo o telefone e atendo.

— Oi. — Minha voz sai meio rouca depois dos gritos de comemoração.

— Toni, meu Deus, que bom que você atendeu! — É a voz alta e preocupada de Mack. — Você está bem, certo? Como está Olivia? Onde vocês estão? Tentei ver se estava tudo bem depois de tudo o que aconteceu ontem, mas ninguém tinha sinal à noite e foi uma confusão. Pode vir aqui pro ônibus ficar com a gente até a hora do show, se quiser. Está meio solitário aqui porque a equipe inteira saiu...

— Está tudo bem — interrompo.

Meu estômago revira com a mentira, mas só quero que ela pare com o trem desgovernado das preocupações. Não nos vemos ou nos falamos há anos, então toda essa aflição me choca um pouco. Por que ela está tão apreensiva por uma garota que mal conheceu quando era criança?

Não entendo, mas avalio a oferta. Acho que talvez seja uma boa ideia passar um tempo com outra pessoa em vez de me afundar ainda mais em mim mesma.

— Onde você está?

Ela passa as instruções para chegar ao local onde o ônibus da turnê está e diz que vai me encontrar no portão para me colocar para dentro sem a pulseira necessária. E aí desligamos.

Não levo mais de dez minutos para chegar ao estacionamento dos fundos, onde ficam os ônibus de turnê.

— Toni! — Mack passa pelos seguranças que guardam a entrada e me dá um abraço. Acho que tudo é meio diferente quando o mundo parece estar desmoronando. — Que bom que você está aqui! Deve ter ouvido que a banda vai tocar hoje, né? Está tudo supercaótico, mas, sabe, um caótico bom, não ruim. — Ela se apressa enquanto andamos em direção a mais um grupo de seguranças. Estão em menor número porque vamos entrar numa área mais exclusiva, mas ainda assim. — A banda está fazendo vários planos para o show de hoje. Vai ser demais.

Um dos seguranças insiste em me revistar, e concordo, com os dentes trincados. Entendo que é necessário, mas aqueles toques todos me deixam irritada. A proximidade física não é muito natural para mim, mesmo que neste caso seja totalmente profissional e mecânica. Até poucos dias atrás, eu nem conseguia abraçar as pessoas completamente. Até que...

Tento não pensar em Olivia, mas todos os pensamentos voltam para ela. Não consigo evitar. Em menos de 72h, ela se tornou uma grandiosa cacofonia e, sem sua presença, o silêncio é sufocante. De fato, como pensei, me abrir para mais alguém além de Peter e da minha mãe dói. E dói mais do que eu imaginava.

Quando chegamos à porta do ônibus, Mack coloca a mão no meu ombro, e é só então que percebo que estou chorando. Agora sou o tipo de pessoa que chora na frente dos outros sem nem perceber. Que ótimo.

— Você está bem?

Viro o rosto para o lado e fecho os olhos para evitar as lágrimas que estão vindo.

Consigo sentir os braços finos de Mack me abraçando por trás, e ela me envolve por todo o tempo que preciso. Quando enfim acaba, eu entendo. O que as Verdades do meu pai queriam dizer. Por que nos voltamos para a música buscando respostas que não conseguimos encontrar sozinhos. Nesse momento, só consigo fazer uma coisa.

— Pode pegar um violão emprestado um minutinho? — Seco os olhos. Mack imediatamente passa por mim e pega o violão que está em cima da mesa. — Tem uma música que preciso escrever.

Terminar uma música pela primeira vez em oito meses faz com que eu me sinta como se alguém tivesse tirado uma pedra de cima do meu peito. Sabia que minha respiração andava mais curta, mas, até então, não me lembrava mais como era expirar sem esse peso.

Leva mais ou menos uma hora, ao todo, para encontrar as palavras que capturem o modo como me sinto. Mas as notas surgem facilmente. Essa parte sempre foi a mais natural para mim — encontrar os acordes que combinem com o que estou querendo dizer. Isso me lembra de Olivia combinando suas fotos com aquelas frases que eram quase letras de música. Mas agora pensar nela não é um peso, é mais como uma luz. Como se eu pudesse ver com mais clareza o que não conseguia antes desta tarde, antes desse fim de semana inteiro, na verdade.

O ônibus está vazio e me sinto como uma penetra, uma intrusa, sentada aqui com o violão de sei lá quem nas mãos, mas Mack me garante que está tudo bem.

A maior parte do pessoal da banda está por aí, junto com os voluntários, limpando todo o estrago causado pelo caos que se estabeleceu depois do disparo acidental, enquanto Teela e Davey estão no escritório do Farmland em ligações com empresários, agentes e os organizadores do festival para decidir o que fazer. Mack passou a maior parte do tempo no FaceTime com a namorada, encolhida num dos beliches nos fundos, tentando fazê-la acreditar que está tudo bem e seguro.

Ela se joga na cadeira ao meu lado enquanto experimento algumas notas, tentando entender se a ponte está certa ou se tem algo levemente fora do tom.

— Você devia tentar um Lá menor aí em vez do Fá — sugere.

Tento, e ela está certa. A diferença é mínima, mas é o suficiente. Finalmente parece certo.

— Teela quer que os outros artistas principais do festival se apresentem com eles hoje. Sonny Blue, Pop Top, Odd Ones, todo mundo que ainda estiver aqui, para fazer um show gigantesco, a noite toda.

Parece o tipo de coisa que meu pai com certeza apoiaria. Se shows ao vivo eram o altar diante do qual meu pai se ajoelhava, de jeito nenhum ele deixaria o medo do que poderia acontecer profanar seu objeto de adoração. A maneira como

Teela e Davey estão agindo para recuperar o festival parece uma homenagem ainda maior a ele do que a que aconteceu no funeral.

— Acha que as pessoas vão ficar até o fim da noite? — pergunto.

— Sim, acho de verdade. — Mack concorda tão veementemente com a cabeça que as baquetas que prendiam seu coque caem no chão. Ela as pega e começa a girá-las nos dedos com tanta rapidez que fica nítido que é quase instintivo. — Ouvi dizer que...

Alguém bate forte na porta e nós duas damos um pulo. Mack segura a baqueta como se fosse um taco de beisebol e chega perto da porta devagar. Olha pelo vidro da janela antes de decidir abrir. Deixo o violão de lado e me levanto, só para o caso de ser alguém que eu precise afugentar com meu olhar agressivo ou meu gancho de esquerda surpreendentemente forte.

Mas a pessoa que entra atrás de Mack não é de jeito nenhum alguém em quem eu queira dar um soco.

Talvez eu quisesse umas duas horas atrás, mas ver Peter agora só me deixa triste.

— Toni, pelo amor de Deus, procurei você em todos os lugares. Você não atende o telefone!

— Como você conseguiu entrar aqui, Peter? — Cruzo os braços e me apoio na mesa do jeito mais casual possível.

— Era de se imaginar que os seguranças seriam um pouquinho mais cuidadosos em checar as lixeiras que entram e saem da área VIP. — Ele balança o cabelo para tirá-lo do rosto e cai um pedaço de alface. Põe o boné de volta. — Precisava te encontrar, cara. Você precisa saber que eu nunca...

— Como exatamente você me encontrou? — interrompo.

Ele levanta o celular.

— Tenho as suas informações do Encontre meu iPhone, lembra? — Ele ao menos tem a decência de parecer meio envergonhado por isso e acrescenta: — Não faria isso se não fosse uma emergência, está bem? E assim, eu também *preciso* saber como você veio parar no ônibus de turnê do Kittredge, mas beleza, isso é história pra outra hora.

Olho por cima do ombro dele para Mack. Foi legal da parte dela me chamar para ficar aqui e me deixar chorar sem fazer nenhuma pergunta, mas essa é uma conversa que eu deveria ter em particular. Ela aperta meu ombro demonstrando seu apoio e vai para a área das camas com o fone de ouvido.

— Não quero saber, está bem? — digo, me sentando na ponta do sofá. — Eu só... não quero ouvir nada disso.

— Não, mas, T, por favor. Você precisa ouvir. Você é minha melhor amiga, sabe disso. Eu... — Ele para. Tira o boné e mexe nele com as mãos. — Estava tudo uma confusão enorme. Eu ainda estava com raiva e com medo, então Imani me mandou uma mensagem e eu simplesmente... Não devia ter chegado tão perto de beijar a Olivia. Sei disso. — Ele se senta ao meu lado e seu rosto está mais sério do que nunca. — Nunca vou deixar de me sentir o pior dos lixos por ter deixado chegar tão longe. Me desculpa, T.

Não quero perdoá-lo. Ainda sinto a pontada da traição e não sei se estou pronta para deixar para lá.

— Eu nunca menti pra você, certo? Tipo, você me conhece bem. Não estou mentindo agora. Está bem?

Paro por um segundo para analisá-lo de verdade, esse cara que eu achava ser meu melhor amigo. Peter sempre foi brutalmente sincero, quase a ponto de causar vergonha alheia. Ele chora sem rodeios em filmes românticos quando fazemos sessões de Netflix pelo FaceTime. Ele faz carinho em todo cachorro que encontra na rua. Não pensou duas vezes quando o chamei para vir ao festival comigo simplesmente porque eu sabia que mudaria a minha vida.

Peter Menon, eu me dou conta, é a coisa mais consistente da minha vida.

Penso na minha nova música, nas Verdades que juntei neste fim de semana entre shows e momentos fortuitos atrás de galpões. Penso no que quero para minha vida e nas pessoas que quero que estejam nela.

— Tudo bem — digo. Engulo o nó na minha garganta e digo de novo, com mais firmeza. — Tudo bem, Menon. Mas apronta uma merda dessas de novo, ou *quase* apronta uma merda dessas de novo, e vou dar uma de Van Halen em 2004 e tacar meu violão na sua cara. Combinado?

— Sim! Ai, meu Deus, obrigado! Nunca fiquei tão feliz com uma ameaça à minha integridade corporal. — Peter se inclina e faz uma reverência dramática em vez de me abraçar, como sei que quer fazer. Ele ainda me dá o espaço de que preciso sem eu nem precisar pedir. — Estava tão preocupado achando que teria que devolver as jaquetas jeans combinando com nossos rostos pintados que mandei fazer pro seu aniversário de dezoito anos. Custam, tipo, um semestre de salário mínimo do Java Hut.

Eu rio porque não consigo evitar. Mas um segundo depois já lembro por que estava no fundo do poço antes. Então, mesmo que Peter não tenha beijado Olivia, com certeza absoluta parecia que ela queria beijá-lo, e isso é outra questão totalmente diferente.

— Posso dizer uma coisa? — Ele se senta ao meu lado no sofá.

— O fato de eu não dar permissão alguma vez te impediu?

— Bem observado. — Ele me olha com a expressão séria por um momento. Do lado de fora do ônibus, ouço o barulho suave das gotinhas de chuva batendo na lataria. — Sabe por que gosto de decorar fatos sobre os presidentes mortos?

— Porque você é esquisito — digo e dou de ombros.

Nunca pensei por que Peter faz as coisas que faz. Aprendi a aceitar as estranhezas dele assim como ele aprendeu a aceitar as minhas, sem questionar.

— Ah, claro, isso não está totalmente errado. — Ele revira os olhos e dá um sorrisinho. — Mas, mais do que isso, é uma maneira de dar sentido às coisas. Os Estados Unidos foram fundados por caras esquisitos, babacas que não eram os mais espertos da turma. — Fico lembrando alguns dos fatos que Peter já me contou sobre esses caras brancos ao longo da nossa amizade e percebo que ele está certíssimo. — E, ainda assim, eles conseguiram convencer o mundo de que este país é algum tipo de potência global.

— Acho que isso também é culpa do racismo — comento.

— Ah, com certeza — responde ele, rindo. — Acho que o que quero dizer é que gosto de saber que esses caras eram um desastre completo. Se alguém confiou a eles *isso* tudo aqui — ele faz um círculo com o indicador no ar —, por que não deveríamos confiar em nós mesmos com todo o resto?

Fecho os olhos e balanço a cabeça. Eu devia saber que ele ia arranjar um jeito de bancar o terapeuta para cima de mim antes que o fim de semana terminasse. Seu rosto está sério quando o olho novamente.

— Está dizendo que devo confiar a mim mesma o coração de alguém, Menon?

— Não, estou dizendo que devia confiar a ela o seu coração. — Ele bate o ombro no meu. — Você gosta mesmo da

Olivia, não é? Assim, apesar do que aconteceu mais cedo e tudo mais. Quer ter ela por perto?

Não adianta mentir para Peter. Ele sabe a resposta de qualquer forma — e tenho certeza de que está escrito em cada centímetro do meu corpo como me sinto até mais alerta ao ouvir o nome dela.

— E daí? Você faz umas merdas às vezes. Todos nós fazemos. Isso significa que não vale dar uma chance?

Peter é um otimista incorrigível, então normalmente aceito os conselhos dele com ressalvas. Mas, a essa altura do campeonato, preciso ceder. O fato é que não importa o quanto tente convencer a mim mesma do contrário, não consigo ficar com raiva dela.

Estou com raiva principalmente de mim mesma por pensar que terminar com ela hoje de manhã seria o suficiente para desligar magicamente a parte do meu cérebro que se apaixonou por ela. Estou com raiva porque esperei tantos anos para me permitir sentir o que sinto quando estou com ela, porque eu achava que solidão era o antídoto para coração partido.

Mas eu sei agora mais do que nunca: solidão só gera mais solidão, não te impede de se machucar. Talvez seja aí que entra o amor. O risco de se machucar é compensado pelo resto. Pelas noites que você passa dançando dentro de celeiros, pelas tardes que você passa cantando aos berros a música de sua banda favorita ao lado de dez mil fãs tão apaixonadas por eles quanto você, ou pelas manhãs em que você acorda aninhada com a outra pessoa numa barraca quente demais.

Quando meu pai disse que eu ia ser grande um dia, talvez ele estivesse falando sobre música. Mas talvez não. Talvez estivesse dizendo que eu estava destinada a viver um grande amor, a gostar de alguém e aquele sentimento ser recíproco. Só de pensar nisso ainda fico com medo.

— E se a pessoa tiver um limite do quanto ela pode perder antes de desmoronar completamente? — pergunto.

— Não sei, cara — diz ele. — Mas preciso acreditar que as pessoas que sobrarem vão me amar o suficiente para me ajudar a colar meus caquinhos de volta.

Eu assinto. Acho que é assim que a música nos dá as respostas. Olivia é um tipo de melodia que transformou meu universo em canção, e me dou conta de que quero passar quanto tempo eu puder tentando descobrir todas as suas notas. Não quero mudá-las, mas não consigo pensar em nada melhor do que apreciar sua beleza.

— Então. — Ele aponta com a cabeça para o violão na mesa e a letra rabiscada com pressa. — Vai resolver esse negócio aí agora ou o quê?

— Peter — digo. — Vou precisar da sua ajuda para montar um plano.

Vou pedir todos os favores que puder. Vou botar em prática a primeira lição que meu pai me ensinou: qualquer coisa pode ser resolvida com um show ao vivo. Vou fazer aquilo de que tenho mais medo.

Vou reconquistar Olivia.

DOMINGO À NOITE

— **O que você está fazendo aqui?** — Imani se levanta do cooler onde estava sentada quando chego.

Fico paralisada. Ela não parece mais tão irada quanto antes, mas com certeza não está feliz em me ver. Fico imediatamente intimidada, embora não esteja aqui por causa dela. Eu vim porque fui chamada.

— Peter disse que precisava me encontrar aqui.

Olho para a mensagem de Peter pedindo que eu e Imani voltássemos ao acampamento em meia hora. Parecia urgente, sem seus habituais emojis e memes, então respondi logo de cara.

"Desculpa", mandei uma mensagem de áudio para ele entender que eu queria conversar melhor sobre aquilo. "Eu passei dos limites mais cedo. Não foi justo com você. Nem com Imani, embora por motivos bem diferentes e... Bom, me desculpa. Não vai acontecer de novo."

"Sei que não vai, amiga. Eu estava meio fora de mim também", respondeu ele, rapidamente. "Teria sido bem esquisito se a gente se beijasse, já que você e minha irmã de outras vidas vão voltar a ficar juntas, sabe?"

Não disse a ele que não tem a menor chance de isso acontecer, que Toni e eu terminamos oficialmente antes mesmo de eu tentar beijá-lo.

Mas, agora, parada aqui diante de Imani, fico desejando que Peter tivesse me dito logo o que queria. Ou queria ter pensado melhor e evitado chegar cinco minutos antes do combinando. Imani *sempre* chega quinze minutos antes. É esse sol em capricórnio.

— Mesma coisa comigo. Preferia que ele tivesse me mandado logo uma mensagem dizendo o que queria em vez de fazer esse teatrinho todo. O show do Kittredge vai começar daqui a pouco e quero pegar um bom lugar. — Ela olha para o celular para checar a hora. E acrescenta, baixinho: — E então finalmente vou poder ir embora desse deserto infestado de germes.

Imani se senta de volta no cooler. Bom, ela meio que se joga, na verdade, como se o corpo estivesse pesado demais para conseguir ficar em pé. Nem parece mais estar com raiva, parece só... esgotada. Essa imagem parte meu coração. E embora eu saiba que não é nem perto de ser o suficiente, preciso dizer a verdade a ela.

— Desculpa — solto impulsivamente.

Bom. Lá se vai meu discurso emocionado.

Ela esfrega as têmporas.

— Sério mesmo, Olivia. Não precisamos fazer isso. Eu entendo.

— Como você entende se nem eu mesma entendia até, sei lá, uma hora atrás? — Eu me sento no espacinho ao lado dela. Penso um pouco tarde demais que talvez esteja muito perto e Imani fique desconfortável, mas ela não me empurra para o chão, então acho que é um bom sinal. — Eu fui um pesadelo de pessoa desde que nos conhecemos.

Ela olha para mim e põe as mãos no colo. Continuo.

— Você é a melhor pessoa que eu conheço. E sei que isso talvez seja algo gigantesco para se dizer a alguém, mas é o que acho mesmo. Você é a primeira pessoa pra quem penso em ligar quando tenho novidades. A última para quem mando mensagem toda noite antes de dormir. — Não é muito difícil listar as coisas que amo em Imani, ou os motivos pelos quais quero recuperar essa amizade. — Você é uma gênia, literalmente. Já foi provado. Tem a segunda maior média da história da Park Meade, eu pesquisei. A primeira é da minha irmã, aliás, e vou tratar isso na terapia quando voltar pra casa. Mas você não faz as outras pessoas se sentirem burras ou menores em comparação. É só, sabe, mais uma coisa que faz você ser você. — Olho para o rosto dela buscando algum tipo de compreensão. — Mas...

— Mas você não me ama do mesmo jeito que eu te amo — completa ela.

Balanço a cabeça, triste. No fim das contas, esse é o ponto central. Não posso ser essa pessoa para Imani porque simplesmente não sinto a mesma coisa.

Mas posso ser a melhor amiga na história das amizades, o que pretendo fazer até que nós duas estejamos velhas, grisalhas e andando na Parada do Orgulho LGBTQIA+ lado a lado, como aquelas senhoras icônicas que sempre carregam os melhores cartazes e usam roupas cafonas de arco-íris. Precisamos conversar muito para entender como vai funcionar essa nova dinâmica entre nós, as duas seguindo em frente e sendo totalmente sinceras pela primeira vez na vida, mas acho que vamos conseguir.

Ela balança a cabeça e olha para o céu antes de soltar um suspiro típico de Imani.

— Tenho pensado sobre como você deixa suas meias sujas no meu quarto, às vezes, quando dorme lá em casa, ou como acha que abacaxi na pizza é uma coisa aceitável.

— É criminosa a forma como o abacaxi é subestimado, Imani, e você *sabe* — digo.

— Não, é só criminoso mesmo, mas não é essa a questão. — Ela passa a mão no cabelo e o coloca todo sobre um dos ombros. — A questão é: acho que talvez eu tenha sido injusta com você também. Eu te coloquei num pedestal, encarei você como uma *coisa* que eu merecia ganhar algum dia. Como se eu tivesse o direito porque esperei ou fui uma boa amiga. E sinto muito pela forma como lidei com tudo hoje — diz ela. — Só acho que — recomeça, chegando um pouco para trás para me olhar nos olhos — nenhuma de nós está olhando para a outra e vendo quem nós somos de verdade. E isso não é justo.

Ela está certa. Talvez nenhuma de nós enxergue a outra direito há muito tempo, e eu espero que isso seja o começo de algo novo. Algo melhor. Ela não me perdoou ainda, mas tenho esperança de que ainda vai. De que podemos consertar isso. De que esse é um relacionamento pelo qual vale a pena lutar.

— Ei. — Ela olha para minhas mãos no colo e passa o dedo no anel. — Você pegou.

Quando ela levanta a cabeça, observo seu rosto: olhos suaves, lábios levemente curvados num pequeno sorriso. Faço que sim, mas não digo nada. Quero dar espaço para ela dizer o que precisa agora.

— Aliás, vi o que você postou no Confidential — diz. Ela tira uma folhinha de grama do meu ombro. — Foi muito corajoso. Estou orgulhosa de você.

Não sei o que vai acontecer com o vídeo ou com Troy. Mas agora está aí, no mundo. Pelo menos fui honesta. Uma vez, li uma frase da Zora Neale Hurston que dizia: "Se você se cala a respeito da sua dor, vão te matar e dizer que você gostou".

Bem, eu me recuso a ficar calada. Eu me recuso a deixar alguém fazer eu me sentir culpada por querer ser tratada com respeito.

Não postei o vídeo por Imani, é claro, mas ouvi-la dizer isso é bom. É ótimo.

Levanto o mindinho e sugiro a promessa mais sagrada que existe.

— Amigas para sempre?

Ela olha para minha mão parada entre nossos rostos por um momento, e tenho medo de que não acredite na minha promessa depois das tantas que quebrei ultimamente. Quando ela sorri e entrelaça o mindinho com o meu, é como se algo tivesse acendido dentro de mim.

— Combinado — diz.

Beijo o dedão dela, e ela beija o meu, e sei que, não importa o que aconteça, esse é um relacionamento pelo qual nunca vou parar de lutar.

— Meninas! — Peter vem correndo e para com as mãos nos joelhos, quebrando nosso momento emocionante. Ele está sem fôlego, como se tivesse vindo correndo do Core. — Que bom que estão aqui.

— Você pediu para virmos, Peter — responde Imani, sem paciência como sempre.

— É verdade.

Ele ajeita a postura e aperta os lábios. Peter se move de forma solene à nossa frente. Está com seu habitual boné do Oakland A's nas mãos, e mexe nele de forma nervosa. Está se comportando de um jeito tão diferente do normal que estou com um pouco de medo do que vai falar.

— Imani, preciso te pedir desculpas — diz, sério. É a primeira vez que vejo esse tipo de expressão em seu rosto, e fico meio perturbada.

Imani põe a palma da mão no rosto e solta um gemido.

— Peter, nós. Não. Estávamos. Juntos. Você não me deve nada. Pode beijar quem você quiser.

— Não, não, não estou falando disso. — Ele balança a cabeça. — E a gente não se beijou! Mas, tá bem, não é essa a questão. A questão é que fui grosso com você ontem à noite, e não devia ter sido. Eu queria que você estivesse a fim de mim do mesmo jeito que eu estava de você, porque você foi muito legal comigo. E aí perdi o controle quando vi que não estava. Foi bem babaca da minha parte.

Por um segundo, Imani abre a boca, mas não sai nenhuma palavra. Acho que talvez ela precise de uma reinicialização do sistema.

— Imani? — cutuco devagar.

— É. — Ela balança a cabeça. — Desculpa, é. Obrigada. Por, hum, dizer isso. Não estou acostumada com... Foram muitos pedidos de desculpa hoje. Então. Obrigada. Tudo bem.

Peter se ilumina e imediatamente abre os braços para um abraço.

— Permissão para me aproximar, Vossa Excelência?

Imani revira os olhos, mas abre um sorrisinho discreto.

— Permissão concedida, sua criança grande.

Peter a envolve num abraço enorme e a levanta do chão. O rosto de Imani fica um pouco vermelho diante de todo o afeto, mas ela dá um tapinha nas costas dele antes de ser colocada de volta no chão.

—Agora, olha só. Preciso que vocês duas venham comigo imediatamente. Tem um negócio muito sério rolando onde precisamos estar, e a presença de vocês duas é obrigatória.

Ele coloca o boné virado para trás e aponta com dois dedos para nós. Imani se arrasta atrás dele, como se alguém a estivesse puxando pelos dentes. Eu rio, e ela me lança um olhar severo que logo se transforma num sorriso típico. Não é me receber de braços abertos, mas é alguma coisa. Vou aceitar por enquanto.

Percebo que, embora eu goste de Toni, por mais que quisesse que as coisas entre nós tivessem dado certo, eu não *preciso* ficar com ela. Não preciso da atenção dela para me sentir completa. Não mais. De agora em diante, vou lutar para ser Olivia Brooks, em toda a sua glória imperfeita, e isso vai ser o suficiente. Tenho um longo caminho para trilhar e muitas coisas para corrigir, mas acho que esse é um bom lugar para começar.

DOMINGO À NOITE

Admito que teria usado qualquer desculpa para mandar uma mensagem para Olivia, mas dizer a ela que ganhamos o Golden Apple é uma ótima opção. Ela demora duas horas para responder e, quando faz isso, sinto uma pontada no coração. É uma mensagem tão curta e formal que parece um adeus.

> A apresentação sempre foi sua mesmo.
> Você vai se sair bem. Boa sorte.

Tento não pensar muito nem deixar isso me desanimar. É sucinto de uma maneira nada típica de Olivia, mas não significa que devo perder as esperanças de que o plano dê certo. Não significa que tudo o que aconteceu antes do meu término equivocado tenha desencadeado o pior desenrolar possível dos acontecimentos. Agora, tudo o que posso fazer é torcer para que as coisas saiam como o planejado.

Quando Peter sai para encontrar Olivia e Imani, vou para o palco principal fazer um breve ensaio e a passagem de som. Quando chego nos bastidores, algumas horas antes do show, Teela é a primeira a me cumprimentar.

— Você deve ser a Toni! — Ela sorri, e quase me derreto toda. De repente, lembro que todos os boatos são reais: ela é tão linda pessoalmente quanto na televisão. Cortou bem curtinho o cabelo que costumava ser preto e pintou de loiro, e está usando um vestido tubinho de couro sintético. Olivia ia amar. — Estou ansiosa pra tocar com você hoje.

Murmuro um "obrigada", mas um cara da equipe técnica nos interrompe, trazendo uma guitarra Epiphone Les Paul Standard dourada linda. Teela sorri de forma gentil para ele, os olhos apertados, e explica que ela na verdade precisa da Epiphone Les Paul *Special*.

— Estamos com menos um técnico de guitarra no momento, então as coisas estão meio confusas — explica ela, quando ele sai correndo se desculpando. — E as pessoas seguem acreditando nesse boato ridículo de que estou grávida e a banda vai entrar em hiato, então tem sido difícil arranjar um substituto. — Teela balança a cabeça e ajeita o retorno no ouvido. Seus olhos analisam minha case velha no chão, jogada ao meu lado. Fico quase com vergonha do quão surrada ela está, até que Teela diz: — Eu tinha um amigo com uma case exatamente assim. Ele gostava dessa coisa de se lembrar de cada show em cada cidade.

Seus olhos ficam suaves e tristes, e explico a conexão para ela.

— Essa case era do meu pai — digo. Tento manter a voz firme. — Jackson Foster.

Ela fica de queixo caído, e consigo ver em seu rosto as peças se juntando.

— Toni... Você é a Toni do Jackson. — Ela põe as mãos nas duas bochechas e balança a cabeça. — Davey vai adorar isso.

Minha mãe não vai acreditar na coincidência, como de alguma forma eu e meu pai acabamos parando nessa mesma situação incrível e inimaginável com duas décadas de diferença, ambos nos últimos dias antes do resto das nossas vidas. Parece um sinal. Minha mãe encontrou o que ela amava, transformou em carreira e nunca nem por um segundo me fez duvidar do quanto eu era importante para ela. Talvez eu possa ser mais do que um prato cheio das ansiedades dos meus pais. Talvez possa achar um jeito de amar de maneira completa, e também feroz, sem precisar escolher um ou outro.

— Se vocês estiverem procurando técnico de guitarra... — digo, enquanto o som da bateria fica alto no palco logo atrás de nós. Parece que está batendo junto com meu coração. — Eu tenho um pouco de experiência. — Dou de ombros. — Está praticamente no sangue.

Teela aperta os lábios e faz sinal para uma mulher que está ali perto. Ela vem em nossa direção com um headset na cabeça, o rosto corado e a pele brilhando pela umidade. O cabelo está caindo do rabo de cavalo baixo, e sua roupa preta está com marcas de suor no pescoço e nas axilas. Na mesma hora, tenho certeza de que essa é a mulher que comanda as coisas por aqui.

— Toni, essa é a Meredith, nossa gerente de produção. — Ela aponta para mim. — Mere, Toni é uma gênia com as guitarras. Filha do Jackson. Acha que temos uma vaga pra ela na perna europeia da turnê?

A conversa é rápida, mas objetiva. Meredith me orienta a ligar para ela amanhã e encontrar meu passaporte.

— Teela — chamo, depois que Meredith sai para buscar o técnico de som. Teela abre um sorriso encorajador e tento engolir o nervosismo. Isso é uma aposta alta, e definitivamente um risco, mas preciso perguntar. — Você se importaria se não tocássemos uma música do Kittredge juntas hoje? Tem uma coisa muito... importante pra mim que preciso tentar fazer.

Ela põe a mão nos quadris e balança a cabeça, mas não perde o sorriso.

— É uma daquelas Verdades, né? — pergunta ela, repetindo as palavras do meu pai como se fosse a coisa mais natural do mundo. — Você parece muito com seu pai, sabia?

E, pela primeira vez, a ideia de ser como meu pai não soa como algo assustador. Soa como um elogio.

— Eu ficaria honrada — aceita ela.

Ainda tem muita coisa no ar, tantos problemas que preciso resolver que já perdi a conta. Mas este é um momento importante. Essa chance pode ser tudo.

Qualquer que fosse o plano que eu estava buscando neste fim de semana, acho que encontrei.

O ensaio acaba antes mesmo que eu me dê conta. É tudo muito surreal. Tocamos a música algumas vezes, outra pessoa da equipe indica minhas deixas e, antes que eu perceba, já está na hora de começar o show. A multidão gigantesca que costuma assistir ao último show do festival é um pouco menor do que o normal, mas ainda assim é muita gente. Fico olhando as pessoas chegando até a grama estar toda coberta de Farmers a perder de vista. Quando o show começa, o volume dos gritos preenche o ambiente como se houvesse um milhão de pessoas ali, e não apenas dezenas de milhares.

O substituto do técnico de guitarra que vi mais cedo esbarra em mim sem querer a caminho do palco para entregar a Davey sua Strat preta e branca de canhoto. Ele sussurra um pedido de desculpas enquanto anda. A equipe está ocupada garantindo que dê tudo certo, e a escala do trabalho da produção é maior do que todo mundo esperava, dada a quantidade de artistas e bandas participando. Olho para a esquerda e vejo Bonnie Harrison apoiada numa pilastra bebendo uma garrafinha de água e acho que vou vomitar um pouquinho. Com que frequência ficamos assim ao lado dos nossos ídolos? Tocamos no mesmo palco que eles? Só de pensar nisso minha cabeça gira, e fico imaginando se alguém perceberia se eu me deitasse aqui rapidinho para me recompor.

Na minha frente, vejo Davey dominando a plateia, como se tivesse nascido para isso. Seu cabelo longo e ruivo balança quando ele fala entre as canções. O show começou há quinze minutos, mas parece que eles estão ali há horas. O Kittredge mal tinha tocado a primeira música, "More Than Ruins", e duas pessoas da área VIP já tinham subido na grade de metal diante do palco para fazer um *crowd surfing* na plateia. Há tantos cartazes e totens feitos pelos fãs que mal dá para ver quem está lá atrás. Pessoas com cangas pintadas às pressas com dizeres como "FARMLAND É PARA SEMPRE" e "AQUI AINDA É A NOSSA CASA" sacodem bem alto suas mensagens, para que todo mundo veja.

Mas é o conjunto de vozes que não para nunca — cantando as músicas e também entre uma e outra — que torna esse show diferente de todos os que já vi no Farmland. O rugido constante da massa de gente que forma a plateia faz o chão tremer e os pelos dos meus braços se arrepiarem. É impetuoso, orgulhoso e destemido. É o som mais lindo que já ouvi.

— Sabe — diz Davey, pegando o microfone com uma das mãos e segurando o braço da guitarra com a outra. — Tem muita gente que acha que não devíamos estar aqui hoje. — A voz dele ressoa sobre a multidão, ainda mais amplificada que o habitual, para se sobrepor ao som da chuva que cai sobre nós agora. — Gente que acha que o Farmland pode ser destruído pelo medo.

Todo mundo vai à loucura quando ele diz isso. É um som retumbante, imutável. Essas pessoas se recusam a se submeter ao medo. Eu entendo os Farmers que foram embora mais cedo, que acharam estar mais seguros assim, mas tem alguma coisa nessa plateia que está agora diante do palco que faz valer a pena ter passado pelo pesadelo para encontrar esse sonho.

Sonny Blue vai entrar no palco para tocar algumas músicas daqui a pouco, já que o show deles de ontem à noite foi cancelado e, depois disso, o vocalista do Odd Ones vai fazer um cover do Queen junto com Davey. Pop Top vai cantar um single novo de seu próximo álbum e até o DJ Louddoc vai participar, dando um toque de house music em algumas músicas de estilo mais folk do Kittredge. Todos os principais artistas do fim de semana vão se unir para celebrar o espírito do Farmland.

— Tem gente que acha que vamos ficar quietos, com medo — continua Davey, o público reagindo a cada frase. — Mas essas pessoas não conhecem o Farmland como eu conheço. Essas pessoas não entendem o Código Farmer.

Ele fica com a voz trêmula, e aquela emoção invade a todos nós como uma onda. Esse Farmland pode até ter assustado todo mundo como nunca antes, mas este lugar, o que ele significa, não pode ser tirado de nós.

— Aqui, nós cuidamos uns dos outros. Isso é uma família.

Esse lugar sempre teve seus problemas, mas, apesar de tudo, sempre foi um lar para mim. Essas pessoas são o *meu* tipo de pessoa. O Farmland sempre mudou minhas prioridades. Aqui, eu consigo baixar as minhas defesas e me permitir sentir tudo que fico com medo de sentir em outros lugares.

Foi isso que abriu espaço para Olivia, e eu nunca deixarei de ser grata por essa oportunidade.

Davey explica que nos telões ao lado do palco há um número para o qual as pessoas podem mandar mensagem e doar dinheiro para o Newtown Action Alliance, uma iniciativa fundada após o tiroteio no Sandy Hook. Enquanto eu estava trabalhando na minha música hoje mais cedo no ônibus, era isso que a banda estava organizando, e ver tudo sendo colocado em prática é incrível.

Neste momento, há diversos tipos diferentes de nervosismo no meu corpo. Ainda sinto aquela umidade grudenta que vem com a chuva e continua no corpo mesmo depois que você se secou, mas vem um calorzinho ao pensar no que está por vir. Mesmo que Olivia não me aceite de volta depois disso ou não queira dar uma chance para nós, pelo menos eu terei tentado. Posso suportar o coração partido se ela não quiser tentar de novo. Bom, talvez ela nem esteja na plateia. Mas preciso fazer isso.

Pela primeira vez na vida, vou colocar meu coração nas mãos de outra pessoa e confiar que ele será tratado com cuidado. E se ela estiver disposta, vou fazer o mesmo com o dela.

— Senhorita Jackson? — Um dos caras da equipe me cutuca no ombro e abre um sorriso. Está segurando um par de retornos para o ouvido e aponta para minha cintura. Eu sorrio e digo para ir em frente.

Ele está um pouco trêmulo, o cabelo loiro-escuro meio revolto e todo desgrenhado enquanto me ajuda a posicionar o receptor sem fio atrás da calça jeans, e dá para perceber que é novo no trabalho. Se meu pai estivesse aqui, sei que faria o máximo possível para esse garoto sentir que está sendo visto.

Quando meu retorno está no lugar e já consegui passar a alça do violão por cima da cabeça sem tirar meu chapéu, me alongo um pouco. Nada muito dramático — não é como se eu fosse tocar o show inteiro, pular da plataforma do baterista ou dar uns saltos mortais como Davey faz às vezes —, só o suficiente para fazer o sangue circular.

— Você é a próxima, senhorita Jackson — diz o cara da equipe, chegando mais perto para eu conseguir escutá-lo apesar do barulho no palco.

Teela está cantando a plenos pulmões o refrão de uma das músicas mais antigas deles, "If I Ever Leave This Place", uma letra que fala de mortalidade, destino e sobre lutar pelo que se acredita, e a banda está se preparando para os solos. É barulhento, caótico e, de certa forma, perfeitamente contido. É uma das músicas mais emblemáticas do Kittredge. Bate um pouco diferente hoje.

Eu me viro para o cara.

— Qual é seu nome?

— Deacon! — grita ele de volta. — É minha primeira vez com a banda. Acabei de chegar da turnê da Megan Thee Stallion. Isso aqui é... diferente.

Dou uma risada. Aposto que é.

— Eu sou a Toni. — Estendo a mão e ele a aperta rapidamente.

Paro por um segundo para pensar como quero me apresentar a ele. Hoje, estou no palco com a banda, mas esse não é o papel que eu esperava ter. Nem tenho certeza de que é o papel que quero ter depois desta noite.

Estou esperando no *backstage* do show dessa banda pela qual passei a vida sentindo rancor por roubarem meu pai de mim e admiração por serem tão inquestionavelmente *bons*. A verdade é que estou esperando nesse *backstage* há muito tempo.

Daqui a uma semana, talvez eu esteja trabalhando como parte da equipe do Kittredge do outro lado do mundo, fazendo isso, *sentindo* isso toda noite. Ou posso estar sentada numa sala de aula em Bloomington, fazendo planos de estudos para aulas com as quais eu não me importo e me perguntando por que as meias da minha colega de quarto deixam o dormitório com cheiro de presunto estragado. A pergunta nunca foi "Onde eu quero estar?", e sim "Como eu quero que minha vida seja?".

Agora sei que nem precisava me apresentar nesse palco para alcançar a mesma clareza que meu pai encontrou aqui. Daqui a seis meses, um ano, cinco anos, o que vai importar para mim é me sentir tão conectada com outra pessoa, ou uma multidão de pessoas, quanto me senti neste fim de semana.

Eu me lembro de quando meu pai me contou de onde veio o nome Festival de Música Farmland. Esse terreno todo costumava ser uma fazenda, farm. Olhando para ele agora, cheio de palcos de metal, motorhomes alugados e luzes néon gigantescas, ninguém nunca imaginaria que em determinado momento foi o maior produtor de maças orgânicas ou mel livre de transgênicos do sul do país. Você pode ser muito bom numa coisa e então, por milagre, mágica ou capitalismo, se tornar algo totalmente diferente. Algo que ninguém esperava.

Olivia estava certa: a resposta estava bem aqui ao meu alcance, me esperando. Querer uma carreira na música não me torna inconstante como meu pai, assim como ir para a Universidade de Indiana não me faria ser estável como minha mãe. Há um meio-termo, um que eu nem tinha pensado em explorar, e esse meio-termo sou eu.

— Acho que vou estar com vocês na próxima parte da turnê. — Os olhos dele se arregalam de curiosidade. Eu acrescento: — Na equipe que cuida dos instrumentos.

Deacon assente, diz que nos vemos em Leeds e desaparece nos fundos do *backstage*. Teela canta a última nota da música e a plateia vai ao delírio. A banda não está economizando em nada hoje. É difícil reconhecer um momento histórico quando você está nele, mas posso sentir isso agora. Esse é um show que vai ficar para a história. Um show que vai ficar conhecido como uma Verdade sobre o poder da música ao vivo de nos ajudar a passar por qualquer coisa que nos desafie.

Quando o barulho enfim diminui, Davey volta para o microfone, ofegante e suando em bicas. Chegou a hora. Vou fazer isso. Ai, meu Deus, não acredito que vou fazer isso.

— Temos vários convidados especiais hoje. Espero que vocês não se importem — diz Davey, causando mais uma leva de gritos da plateia. Eles nem sabem quem eu sou ainda, mas isso não importa. É uma noite especial. Está tudo elétrico. — Agora, quero apresentar a vocês uma artista novata e muito talentosa. — De repente, quero chorar. Não de tristeza, mas de alívio. Enfim cheguei ao lugar onde eu deveria estar. — A incrível Toni Jackson!

Com essa deixa, entro no palco e imediatamente fico chocada com a intensidade do brilho das luzes. Com como tudo fica quente do nada. Faço o melhor possível para não apertar os olhos e também para me lembrar de acenar e conseguir sorrir, tudo ao mesmo tempo.

É tipo tentar coçar a barriga e bater na cabeça ao mesmo tempo — pelo menos um deles tem que dar certo.

Meu sorriso provavelmente deve estar um pouco mais apertado do que eu gostaria, mas consigo chegar ao centro do palco sem maiores percalços. Não consigo ver quase nada à minha frente até que meus olhos se acostumem. Agora que tenho uma visão geral, percebo que há mais gente do que eu imaginava dos bastidores. Tem dezenas de milhares de pessoas aqui, e talvez eu esteja jogando esse número para baixo. Ainda estão gritando, garotas acenando de cima dos ombros de alguém e amigos de braços dados. Sei que meu rosto está sendo projetado neste momento em telões enormes nos dois lados do palco, para que até as pessoas lá no fundo do gramado consigam me ver. Eu tento, mas falho miseravelmente em não deixar isso me apavorar.

Seguro o violão para evitar que minhas mãos comecem a tremer.

A única coisa que me deixa mais calma é saber que, se Peter conseguiu fazer o que disse que faria, Olivia está aí, pronta para ouvir o que tenho a dizer. Não consegui fazer isso hoje de manhã, mas neste palco estou pronta para ser sincera. Não importa o que aconteça depois, não quero terminar esse fim de semana sem ter tentado todo o possível para fazê-la entender como me sinto.

Eu ensaiei com a Teela mais cedo, então, sem mais delongas, me posiciono no microfone destinado para mim e inicio os primeiros acordes da música que escrevi. A multidão começa imediatamente a aplaudir e gritar. Esse não é um dueto naquele estilo pergunta e resposta, mas é quase isso. É um toma lá dá cá que diz: "Estamos nisso juntos. Não existe nada se não nos movemos em conjunto".

A banda deixa que a gente toque num formato acústico, porque fazer todo mundo aprender a tocar uma música nova, nunca ouvida antes, uma hora antes do show não seria muito factível. Mas, pensando bem, nada disto aqui é factível.

Começo a cantar a música e Teela se junta a mim numa harmonia perfeita.

"Nós somos a respiração que dá sentido aos seus pulmões."

"Esse movimento é o maior presente do seu corpo."

São as palavras de Olivia, e espero que ela as ouça e entenda o que são. Uma homenagem, um pedido de desculpas e uma súplica, tudo ao mesmo tempo. Depois da primeira estrofe e do refrão, finalmente tomo coragem para olhar de novo para a plateia. Já fui parte dessa massa de gente, muitas vezes, mas vê-la daqui muda tudo. Tem umas cinquenta mil pessoas ali, com os celulares e lanternas para cima, mexendo os braços ao som de uma música que eu escrevi.

Se eu dissesse que é mágico, ainda assim não seria suficiente.

Dou uma olhada para a primeira fila, o espaço reservado para os Farmers com pulseiras VIP, e perco o ar. Ainda bem que apenas Teela canta essa estrofe, porque quando vejo Olivia ali, olhando para mim, preciso reunir todas as minhas forças para não pular do palco e ir correndo na direção dela. Especialmente porque ela está me olhando com uma expressão fofa de admiração, como se eu tivesse feito algo inacreditável.

Meu sangue pulsa nas minhas veias, meu coração bate no ritmo perfeito e tudo é música. A reação do público depois de uma nota aguda especialmente linda cantada por Teela, o barulho de algum voluntário derrubando algo no *backstage*, o ronco distante de um helicóptero voando acima de nós — certamente algum canal de TV tentando cobrir o que aconteceu ontem e o que está acontecendo hoje —, é tudo acompanhamento. É como uma orquestra — grande demais para explicar a alguém que não esteja aqui, neste exato momento.

E quando termina, quando o público aplaude e grita mais uma vez, uma coisa é certa: só tem uma pessoa que quero comigo quando tocar o bis.

OLIVIA

DOMINGO À NOITE

Não acredito que faz só dois dias que vi Toni andando por aquela estradinha de cascalho, mas, quando a vejo no palco, sem dúvida consigo acreditar que fui arrebatada por seu rosto irritantemente lindo a ponto de cair de cara em cima da minha própria barraca. Porque, lá em cima, com as luzes coloridas do palco se movendo sobre sua pele, o violão na mão, os olhos fechados, ela parece ainda mais magnética do que naquele dia.

Antes, eu só tinha visto a parte estética — suas roupas, seu cabelo, o piercing no septo —, mas isso aqui é ainda melhor. Tem muito mais valor agora vê-la assim, porque eu sei quem ela é para além de todas as bobagens. Ela está cantando essa música que sei que é para mim, minha própria letra saindo de sua boca como se eu tivesse escrito para ela, e é muita coisa para processar. Talvez ela me queira de volta. Talvez a gente dure mais do que esse fim de semana. Talvez eu não tenha estragado as chances dela aqui — e nem estragado *ela*.

Ela toca a última nota e olha para o público, como se estivesse procurando alguma coisa. Quando seus olhos param em mim e ela abre um sorriso largo, eu entendo. Toni disse antes que eu mereço todas as coisas boas, mas acho que é mais do que isso. Eu *sou* todas as coisas boas.

De alguma forma, a chuva caindo sobre nós não me deixa tão desnorteada quanto aquela apresentação. Olho para Peter, na esperança de que ele tenha algumas respostas para o que acabamos de assistir, mas ele sorri e tira uma pulseira extra do bolso. Uma pulseira verde-limão onde se lê "EQUIPE" em negrito. Ele a coloca no meu punho e diz alto o suficiente para ser ouvido apesar da música e do público gritando:

— É melhor ir logo! Ouvi dizer que tem uma futura rockstar te esperando nos bastidores.

Meu primeiro instinto é olhar para Imani. Eu não vou. Juro, se Imani disser que precisa que eu fique aqui com ela agora, jogo tudo para o alto. Toni pode me mandar um sinal de fumaça ou algo assim quando voltar para casa. Vou fazer qualquer coisa que seja necessária para compensar tudo o que não vi, todos os anos de amor e amizade de Imani que não valorizei.

Mas, porque Imani é Imani, ela respira fundo, revira os olhos e belisca a parte de cima do nariz como se fosse uma velhinha de setenta anos.

— Vá em frente — diz, então. — Depois de tudo isso, de repente desta vez as coisas possam dar certo pra você.

Dou um beijo enorme e molhado em sua testa.

— Você é uma deusa em meio aos homens, Imani Garrett. Uma deusa!

E então começo a correr na multidão, desviando de corpos que pulam entusiasmados enquanto o Kittredge toca um cover do Bon Jovi ao lado da Pop Top, minha cabeça rodando com a emoção do que acabou de acontecer. Do que isso pode significar para a Toni e a Olivia do futuro. Só o fato de ainda existir um "Toni e Olivia" já é motivo suficiente para me fazer correr mais rápido. E então começo a chiar um pouco, porque meus pulmões são uns traidores desgraçados que não ligam para o amor, e paro para um jato da bombinha de asma.

Quando finalmente chego à lateral do palco que dá acesso ao lugar onde Toni deve estar esperando, mostro a pulseira para o segurança e ele faz um sinal para que eu levante os braços e abra as pernas para ser revistada.

Não sei exatamente aonde estou indo, mas vejo uma escadaria que deve dar no *backstage* para onde Toni saiu, e considero uma boa aposta. Paro por um segundo no meio da escada e tento me recompor um pouco.

Minhas roupas estão ensopadas apesar da capa de plástico com o logotipo do Farmland que foi entregue a todo mundo antes de o show começar. E vou dizer uma coisa: o que acontece nos filmes está tudo errado. A cena do reencontro dramático na chuva não é romântica, é uma bela zona.

Talvez Rachel McAdams não tenha se importado com o fato de Ryan Gosling vê-la que nem um cachorro encharcado em *Diário de uma paixão*, mas, olha, estou com dificuldades aqui. Minhas tranças estão caídas pelo meu peito como se fossem miojo cozido demais, porque definitivamente Kanekalon não foi feito para pegar chuva. Esse visual não tem salvação.

E acho que é melhor assim. Esse é um outro momento que eles não mostram nos filmes. Quando a garota erra, muitas e muitas vezes, e a pessoa do outro lado da equação não é um cavaleiro perfeito com armadura brilhante, e sim uma garota mal-humorada que só sorri quando quer e que luta para resguardar cada centímetro de um coração que você nasceu para ceder. Ou a garota que aparece para cortejar sua amada parecendo uma bota encharcada, enquanto a amada em questão sua em bicas por causa das luzes do palco mas reza para ninguém notar.

    O amor é uma zona, constrangedor e feio, mas pelo menos é honesto.

    Se for muito perfeitinho, penso, subindo as escadas, *eu não quero*.

    Vejo o chapéu de Toni quase imediatamente. Ela está de costas para mim, mas vou andando em sua direção, sorrindo tanto que minhas bochechas doem. Enfim, depois de todos os nossos quase acidentes, todos os nossos quase acertos, esta é a hora. Vamos ficar juntas. Vamos fazer dar cer...

    Eu paro quando um par de braços envolve o pescoço de Toni e ela joga o violão para trás para dar um abraço apertado de volta. Vejo a tatuagem com os dizeres "Eu não tenho medo de nada" no antebraço da garota e, antes mesmo que elas se soltem, já sei a quem aqueles braços pertencem. Lembro daquele momento pouco antes da nossa apresentação no Golden Apple, os risos soltos e a história entre as duas. Não vou lidar com isso.

    Sério, depois do dia, do fim de semana, da porra do *ano* que tive? Nenhuma garota vale ser feita de idiota assim. O que pensei que ela estava tentando dizer usando as minhas palavras... Eu não podia estar mais errada.

    Começo a me virar e vejo Toni se afastando da garota ao mesmo tempo. Quando me vê do outro lado do *backstage* meio escuro, seu rosto se ilumina.

    — Olivia!

O sorriso dela vai embora imediatamente quando vê meu rosto. Acho que ela não esperava ser pega no ato, o que, obviamente, foi um erro de cálculo grotesco dela, dadas as circunstâncias. Ela tira o violão por cima da cabeça e o entrega para algum técnico antes de vir na minha direção.

Por sorte, tive mais chances de praticar minha corrida neste fim de semana do que em toda a minha vida, então saio mais rápido do que o normal, desço a escada e estou de volta na chuva. Maldita chuva. Maldito Farmland. Maldita Toni.

Sinto uma pressão no peito, mas me contenho antes do que normalmente vem depois disso — o ódio a mim mesma, as decisões precipitadas. Isso não é culpa minha. Não, se Toni quer cantar uma música para mim e depois sair do palco correndo para os braços de uma roadie ruiva descolada, é escolha dela. É ela quem está perdendo. Sério mesmo, quem mais teria a ideia brilhante de combinar um minivestido de crepe plissado da Rowen Rose comprado no brechó e com estampa floral com esses tênis Saint Laurent? Só eu, é claro!

E agora, graças a ela, meus tênis estão cobertos de lama. Vou mandar a conta da lavanderia para ela, *disso* eu tenho *certeza* e...

— Olivia, espera! — Ouço a voz de Toni por cima do som da chuva.

Decido fazer a volta em vez de ir na direção da multidão, porque esse seria o caminho óbvio que ela faria, e viro rapidamente para a esquerda. Tão rápido, na verdade, que de repente meus pés não estão mais embaixo de mim e eu virei a heroína mais deprimente da humanidade.

Caio no chão com força, me espatifando com tudo. A parte de trás do meu vestido fica ensopada de lama, assim como a parte de dentro dos meus sapatos, e nem me dou o trabalho de me levantar ou abrir os olhos.

Aqui jaz Olivia Brooks. Digam a todos para não usar a foto do anuário no meu obituário, porque não havia corretivo que fosse suficiente para cobrir aquela espinha no queixo.

— Olivia, você está bem?

Toni se ajoelha ao meu lado, sem se importar que a lama esteja ensopando sua calça jeans e sujando suas botas. Ela põe a mão por baixo das minhas costas e me ajuda a sentar. Meu corpo inteiro vibra com a sensação daquele toque, do local onde está a mão dela entre minhas escápulas até a pontinha dos dedos. Não tem nem doze horas, mas sentir as mãos dela em mim de novo gera uma onda de eletricidade. Pisco por causa da chuva caindo nos olhos e vejo o sorrisinho irritante e adorável de Toni, que está olhando para mim.

— A gente precisa parar de se encontrar nessas condições — diz ela, por cima da música.

Solto um resmungo. Eu vou sentir essa queda amanhã.

— Acho que essa fala é minha — respondo, com um suspiro. Toni se levanta e oferece as mãos sujas para me puxar. Ela continua segurando, mas dou um passo para trás. Quando consigo me equilibrar, grito por cima do barulho da chuva: — Eu vi você lá atrás! Com aquela garota de ontem!

Toni franze as sobrancelhas e então faz um não veemente com a cabeça.

— Aquilo não... Ela estava me dando parabéns! — Toni estende as mãos e fala mais baixo, como se ela mesma não pudesse acreditar: — Eles me ofereceram um trabalho na equipe! Vou viajar com o Kittredge na próxima perna da turnê.

— Ai, meu Deus, Toni! — Dou um pulo e quase escorrego de novo, mas ela se apressa e me segura pela cintura.

Está tão perto de mim agora que posso ver os pingos de chuva em seus cílios. — Estou tão feliz por você.

É verdade. O lugar de Toni é na estrada, com uma banda, ou na banda. Não importa. O lugar dela é onde está a música.

— Olivia... — A voz dela é tão baixa que é quase imperceptível.

Eu não mexo um músculo. Não quero estragar nada.

— Podemos começar de novo? — interrompo. Meu coração bate acelerado no peito.

— Não, não quero isso. — Ela balança a cabeça, mas, antes que eu entre em pânico, coloca a mão no meu punho. — Quero todas as memórias deste fim de semana. Todas as lembranças ótimas, horríveis — diz, e olha para nossas roupas destruídas — e nojentas também. — Ela hesita um pouco. — Tudo bem?

Ouço a voz de Teela por cima do barulho da multidão, e o público a responde com a mesma energia. É tão grande — a quantidade de amor, a energia, a alegria de tudo aquilo. Mas não quero estar lá agora, quero estar bem aqui. Quero ser eu mesma: a Olivia Brooks amorosa, entusiasmada demais, às vezes impetuosa, e leal ao extremo. Completamente eu. E quero compartilhar isso com essa garota, de verdade dessa vez. Sem segredos. Sem medo.

Não tem nem o que perguntar.

— Tudo bem — respondo. E me inclino na direção dela.

A chuva já diminuiu bem quando nos afastamos, mas a mãe natureza não pode tirar esse momento de mim. Eu ganhei meu beijo na chuva, com a heroína imperfeita, mas fantástica, dos meus sonhos, e estou totalmente risonha e tonta, como imaginei que estaria. Apesar das manchas de lama na bunda.

— Nem pensem nisso, vocês duas.

Dou um pulo com Toni quando Festy Frankie aparece do nada com as mãos nos quadris e uma expressão no rosto bem diferente dos sorrisos e biquinhos das fotos do seu perfil. Mesmo que esteja usando uma coroa de flores e um vestido esvoaçante branco com ombros à mostra, tudo ainda magicamente intacto.

— Acho que precisamos conversar sobre uma certa maçã. — Ela cruza os braços e ergue as sobrancelhas.

Toni aperta minha mão e me puxa um pouco para trás dela, como se eu precisasse de proteção dessa garota branca desnutrida com dreads ofensivos. Mas eu aceito, porque Toni fica bem bonitinha quando entra no modo defensivo.

— Olha, Festy, não vamos nos desculpar por pegar aquela maçã. Sei que é contra o Código Farmer, mas valeu a pena pra gente. Então, se quiser, vai ter que vir pegar.

Eu espero que ela responda com alguma gracinha malcriada, mas, em vez de discutir, Festy... solta uma risada. Ela gargalha tão alto e por tanto tempo que fico com a impressão de que Toni a quebrou. Até que ela põe a mão na pochete e pega outra maçã.

— Você... Você encontrou a última — digo, apontando para ela. — Onde você achou? Eles nem postaram a última pista.

Ela joga a maçã para o alto e a pega.

— Eu sou influenciadora da Fiat. — Ela dá de ombros. — Eu sabia o tempo inteiro onde estavam.

— Então por que você disse no post...

Ela chega perto, abre a palma da mão de Toni e coloca a maçã ali.

— Ninguém nunca disse a vocês duas para não confiarem em tudo que leem na internet? — Ela aperta nossas bochechas com delicadeza. Sua voz volta a soar como algo etéreo. — Sigam em frente e em paz, meus amores.

Com essa, ela desaparece tão rápido quanto surgiu, deixando a mim e a Toni ali, olhando uma para outra, com os queixos caídos.

— O que acabou de acontecer? — pergunto.

Toni dá uma risada.

— Acho que você acabou de ganhar?

Em vez de responder, ponho os braços ao redor do pescoço dela, não porque estou com medo de ela fugir se não a segurar — pelo contrário. Nos meus braços, ela é forte, firme e presente. Estou em um dos lugares mais estranhos e mágicos da face da terra, e tudo está uma zona, mas em algum lugar dessa zona estou eu. E Toni. E minha melhor amiga. E aquilo que estava buscando e nem sabia.

Davey Mack e Teela Conrad estão cantando uma música que não conheço, mas posso senti-la no fundo do peito, e estou coberta de lama e da umidade grudenta da chuva, e estou abraçada com a garota que, tenho certeza, é mais do que uma futura memória ou um sentimento passageiro. Este momento é melhor do que qualquer filme, qualquer música.

Colo os lábios nos dela e tento registrar tudo, desde a maneira como meus pés afundam na lama até o pulsar do baixo nas caixas de som que faz meus ouvidos zunirem. Quando me afasto, Toni pisca devagar e abre os olhos, tentando colocá-los em foco, como se fosse a primeira vez que nos beijamos.

— Uau. Você devia ganhar um carro todo dia — diz.

Ela sorri devagar. Levo a mão até as minhas costas, onde ela ainda está segurando a maçã dourada. Pego dela e coloco dentro da pochete. Ela pousa a mão aberta nas minhas costas, e sinto o calor se irradiando a partir dali para o corpo todo.

E, com todo o drama, a cena e a bagunça generalizada, minha vida aparentemente é um filme: fogos de artifício aparecem sobre nós, saindo de trás do palco e iluminando todo o céu. Os olhos de Toni não desviam dos meus, como se nenhum espetáculo fosse melhor do que esse aqui na frente dela. Consigo ver as cores no céu refletindo em suas bochechas.

Ela está certa. Eu ganhei mesmo. Dou outro beijo nela.

Eu ganhei demais.

AGRADECIMENTOS

No início da pandemia que devastou 2020, Dave Grohl escreveu sobre a importância dos shows ao vivo: "Sem aquele público — aquele público suando e gritando — minhas músicas seriam apenas barulho. Mas juntos somos instrumentos numa catedral sonora, e a construímos juntos noite após noite". E fiquei pensando nisso desde então.

Escrevi este livro sobre um mundo que eu amo enquanto vivia num mundo que jamais poderia conceber nem nos meus sonhos (ou pesadelos) mais loucos. Então, antes de qualquer coisa, tenho uma dívida de gratidão com cada música, cada banda e cada mural do Pinterest que sempre me lembram do poder da música ao vivo: como ela pode transformar um estranho num amigo, motivar esperanças radicais e nos envolver com uma alegria compartilhada — mesmo em épocas em que isso não parece possível.

Quero agradecer à minha agente, Patrice Caldwell, por, bem, tudo. Antes mesmo de começarmos a trabalhar juntas, uma amiga minha disse que você era uma leoa e, desde a primeira vez que nos falamos, você vem me mostrando, dia após dia, essa ferocidade que é sua marca registrada. Obrigada por ser uma defensora incansável e por lutar por mim e por essas garotas negras queer brilhantes, imperfeitas e cheias de esperança que povoam minhas histórias.

Não sei se tenho palavras, tempo ou espaço suficiente para agradecer à minha editora brilhante, Maya Marlette, mas vou tentar de qualquer forma. Obrigada por sua paciência comigo e por seu cuidado sem precedentes com este livro durante o processo de edição, que eu achei que seria eterno. Se eu tivesse que fazer tudo de novo — parir outro romance no meio de uma pandemia —, não gostaria que fosse com nenhuma outra pessoa.

Obrigada a toda a minha equipe na Scholastic, as lindas notas que se unem para tornar cada um dos meus livros uma canção: Taylan Salvati, David Levithan, Mallory Kass, Emily Heddleson, Lizette Serrano, Zakiya Jamal, Erin Berger, Ellie Berger, Rachel Feld, Shannon Pender, Stephanie Yang, Yaffa Jaskoll, Nikki Mutch, Aimee Friedman, Janell Harris, Jazan Higgins, Erin Slonaker, Starr Baer, Crystal Erickson, Cindy Durand e Jackie Hornberger.

Para Nicola Yoon, Julian Winters e Ashley Woodfolk: obrigada por terem lido esse livro antes de todos e por enviarem palavras tão generosas. O mundo, e o meu trabalho, são melhores porque podemos ler os seus livros. Se eu pudesse escrever uma sinfonia para cada um de vocês, eu faria isso.

Para meus grupos de mensagem cheios de moças queer, malvadas e malcriadas: obrigada por serem os bastiões de encorajamento e sabedoria que me mantiveram na linha o suficiente para terminar esse livro. Sou eternamente grata por fazer parte das suas vidas e por vocês serem parte da minha.

Para Khadij: obrigada por ser minha parceira de festivais de música. Daquele primeiro ano dançando descalças no Grant Park até o nosso último verão cantando a plenos pulmões no Farm, este livro não teria sido o mesmo sem as memórias que construímos juntas sob céus noturnos, nas grades dos shows e lutando para atravessar multidões.

Para minha família: não achava que era possível, mas, de alguma forma, ficar trancada em casa com vocês por oito meses durante uma pandemia e num cenário de caos político me fez amá-los ainda mais. Obrigada por serem a luz, o carinho e a graça sem os quais eu não conseguiria imaginar minha vida.

Para cada blogueiro, leitor, bibliotecário, professor e amigo do amigo de um amigo que apoiou *Espere até me ver de coroa*: não tinha certeza se essa carreira seria viável até vocês se empolgarem com Liz, Mack, Robbie e Jordan e afastarem cada partícula de medo que eu tinha dessas histórias, desses finais felizes, não importarem. Eu não estaria aqui se não fosse cada um de vocês. Obrigada.

E, finalmente, para todas as garotas negras que cantam fora do tom, dançam livremente em galpões e ficam sentadas no canto sonhando que um dia vão mudar o mundo: suas doidinhas maravilhosas. Suas rebeldes lindas. Suas anjas impetuosas. Obrigada por todas as vezes que vocês pegaram na minha mão, me puxaram para a frente — fosse de uma plateia, de uma sala de aula, de uma fila, de uma oportunidade — e disseram: "Você não vai perder isso se depender de mim". Amo muito vocês. Que nós todos possamos voltar em breve para aquela catedral sonora para gritar, construir e celebrar juntos mais uma vez.

Este livro, composto nas fontes EmojiOne, Fairfield LT Std,
FC Mustard Mustache, Helvetica Neue LT Std, Optima
LT Std, PotatoCut, Toolbox Stringbeans, foi impresso
em papel Pólen Soft 70g/m² na Gráfica Elyon
São Paulo, Brasil, março de 2022.